墨龍

系列之《奇点三部曲》

智太危机

钟拓奇 著

金城出版社
GOLD WALL PRESS

图书在版编目(CIP)数据

智太危机 / 钟拓奇著. — 北京 : 金城出版社，2012.8
ISBN 978-7-5155-0573-2

Ⅰ. ①智… Ⅱ. ①钟… Ⅲ. ①科学幻想小说 - 中国 - 当代 Ⅳ. ①I247.5

中国版本图书馆 CIP 数据核字(2012)第 197617 号

智太危机

作　　者	钟拓奇
责任编辑	雷燕青
文字编辑	薛　莹
排版设计	高　阳
开　　本	710 毫米 × 1000 毫米　1/16
印　　张	17
字　　数	300千字
版　　次	2012 年 11 月第 1 版　2012 年 11 月第 1 次印刷
印　　刷	北京雁林吉兆印刷有限公司
书　　号	ISBN 978-7-5155-0573-2
定　　价	32.00元

出版发行	**金城出版社** 北京市朝阳区和平街 11 区 37 号楼　邮编　100013
发 行 部	(010) 84254364
编 辑 部	(010) 84250838
总 编 室	(010) 64228516
网　　址	http://www.jccb.com.cn
电子信箱	jinchengchuban@163.com
法律顾问	陈鹰律师事务所 (010) 64970501

引 子

已经存在了四十六亿年的太阳，大约还有五十多亿年的寿命。五十亿年之后，太阳内部的氢剧烈燃烧，使太阳转变成不断膨胀的红巨星，膨胀的程度会极为惊人。理论上说，这种膨胀会轻而易举地延伸到地球并把地球吞没，事实上地球在被吞没之前，就应该早已被膨胀的太阳烤成飞灰。

而质量相当于太阳八到二十倍的恒星在红巨星之后会变成超新星，他们在演化后期星核和星壳彻底分离时会发生超级大爆炸，如果这种爆炸离地球没有足够远的距离，它会损耗地球的臭氧层，向地球大气层辐射大量放射线。

尽管这一切对地球所造成的损害和具有毁灭性的灾难还很遥远，然而银河系三颗行星的离奇消失却清楚地告诉我们：宇宙中可以轻易毁灭行星、毁灭地球的未知因素还有很多。

地球的灭亡进入了加速期……

当然，以上只是地球上今天的人类科学家们的推测。

11月12日22点，中国科学院紫金山天文台青海观测站。

苏筱澜坐在办公室的沙发上看着上一任主任王彤留下的手稿资料。她一边看一边摇头，自言自语："王主任是有些多虑了。"尽管如此，她的注意力如此集中，甚至没有注意到茶几上那杯浓浓的黑咖啡早已没了热气。

"咚咚咚！"猛的一阵敲门声打破了夜的宁静。

"请进。"苏筱澜立即合上资料夹抬起了头。

一个中年男人推开门后径直向她所在的沙发走去，连客气的招呼也没有打。他递给苏筱澜一张数据表："主任，这是13.7米毫米波射电望远镜刚刚发回的数据。TQ328星消失了！"

苏筱澜心里猛地一抽，这怎么可能，可手里这张刚刚打印出的的纸张还带有一丝打印机里带出的余温，上面的数据几乎印证了王彤的推测。

苏筱澜的声音竟带有一丝颤抖："再确认一遍，结果出来马上送过来。"

先是TQ547，接着是TQ443，如今TQ328星也消失了，三颗星先后消失，很难说这还是偶然……如果不是，那地球岂不……

苏筱澜不敢再想下去。她急忙转身走到装有模拟系统的电脑前。她把三颗行星的数据输入系统，按照它们消失的时间、时间间隔以及与地球之间的距离关系，系统很快计算出了地球消失的时间。

苏筱澜怔住了。如果这一切都是真实的，那就意味着几千年的人类文明将会在3800天后，也就是差不多十年之后，从宇宙中消失。

11月12日18点，俄罗斯萨彦山谷BADAR射电天文台观测站。

伊诺神色凝重地推开了尼古拉斯办公室的房门。

"这是中国青海观测站发来的数据，他们通过数据比对，模拟计算出了地球消失的时间。"伊万说着把手中的资料放在了尼古拉斯面前。

“什么？”尼古拉愣了下，拿起桌子上的资料看了一遍，“简直是开玩笑，他们一定是搞错了。”

“TQ328确实也消失了，刚刚用我们的系统模拟了一次，结果和他们计算出来的推论是一致的。”

尼古拉斯抬头看着伊万，怔怔地问：“还有多久？”

“十年。”

11月12日，凌晨6点，美国夏威夷莫纳克亚山天文观测台。

熬了一夜的杰森很疲惫，他打了个哈欠、伸了伸懒腰，又整理了一下衣服，这才戴上帽子，要开车回家休息，而就在他要离开办公室的时候，却和推门进来的凯瑞撞在了一起。

“对不起。”杰森看着失魂落魄的凯瑞，“这么慌张，怎么了？”

“不好了，地球这次在劫难逃了。”

杰森了解凯瑞，他一向很谨慎。杰森忙问：“到底怎么了？”

还没等凯瑞开口，杰森的脸已经变得苍白：“TQ328也没了？”

“是的，俄罗斯方面也传来了同样的数据。”

“那我们就只剩下十年了？”

“是的。”

“可……可这些消失的行星到哪里去了？”对天文几乎无所不知的杰森有些茫然。

难道是物理学家萨尔、波尔马特他们所说的宇宙膨胀，把这几颗行星挤出了银河系？想到这里，杰森忙道：“你马上安排动用NASA所有的资源全面搜索，寻找TQ328的踪迹。”

凯瑞离开后，杰森已经没有了一丝困意。他抬腕看了看表，心想：我得马上向总统汇报。

目录

CONTENTS

目录

CONTENTS

篇一 异变

PIANYI YIBIAN

章一

青藏高原，天蓝水阔，绿宝石般的卡卓雍错湖面上平静得没有一丝涟漪。湖边的坎布尔寺一间灰暗的房间里，高雅妮怔怔地看着怀里的李古力，精神恍惚。她没注意到她身前凭空出现的黑脸人。

这黑脸人大约有一米五的个子，粗糙黝黑的皮肤上布满了深深的裂纹，像北方杨树粗糙的树皮。他的耳朵厚长而下坠，小圆筒状的嘴，他的两只硕大外凸的眼睛如同两个小碗扣在小小的鼻子上方，占据了面部几乎三分之一。圆规一样的双腿支撑着短小的躯干。他的脚掌相当大，约有三十多厘米长，这让他站立的身体显得十分稳重。

黑脸人平静地看了抱着李古力的上身坐在长桌边的高雅妮一眼，接着走到穿着红袍子的笛陀面前。他嘴唇未动，信息却随着意识传递了过去："墨砣的连接为什么断开了？这是怎么回事？"

笛陀看着黑脸人，眼珠转动，嘴唇却也没有动，他通过意识解释道："墨砣在光太世界三十年代失踪了，当我发现要去寻找时，却没了能量，所以一直拖到现在。"

黑脸人看见笛陀眼珠转动，很惊讶地问："你转眼珠是什么意思？"

"我从亮星人那里学到的。"笛陀并没有解释转眼珠是什么意思。

"你学会了模仿亮星人？"黑脸人吃了一惊。笛陀所学的所有信息都要通过墨砣传回朴陀星，并在经过处理之后有选择性地反馈给他。而他和朴陀星失去了联系，怎么却学会了直接模仿亮星人的动作？

笛陀见黑脸人有所思考，便没有做声。

黑脸人显然又有了新的疑问："你说你没有了能量，怎么又有了？"

"具体情况我不是非常明白。亮星七年前，我感觉我的能量恢复的时候，我正躺在一个封闭的盒子里。我想可能和那个盒子有关，于是我把它破坏了。我跟着一个亮星人去了一个叫做开阳的地方。在那里我感应到墨砣的存在，并在亮星人的帮助下找到墨砣，之后我便带着墨砣回到这里把它放回了墨架。”

黑脸人沉默了片刻，忽然动了动嘴，一串脆脆而奇怪的声音发了出来：“你说的七年是什么意思？”

黑脸人忽然不再用意识跟自己交流，笛陀先是吃了一惊，接着用语言解释道：“七年是一个时间段，年是亮星人用来计算时间的单位。”

听了笛陀的解释，黑脸人又沉默起来。对他来说，时间这个概念是相对模糊的。

笛陀见黑脸人没有进一步的反应，便用意识和他沟通：“我的能量又快耗尽了，我要回朴陀星。”

“你要回朴陀星？”黑脸人恢复了意识传递。

“是的。”笛陀回答。

他怎么会提出要求回朴陀星？这是一个主动过程，这到底是怎么回事？黑脸人惊讶地看着笛陀。不过想到也需要笛陀回朴陀星提取信息，以便了解这里都发生了什么，黑脸人答应道：“你可以先回朴陀星。”

笛陀满意地点点头。他回头看了一眼仍然坐在长桌边的高雅妮和她怀中已经死去的李古力，然后走向墨架。他把手掌平放在墨砣上，轻轻一按，刹那间，他站过的地方空空荡荡，他不见了。

见笛陀已经回去了朴陀星，黑脸人想到既然来到亮星，他应该更好地了解这里的光太世界，看笛陀经历了什么。想到这里，黑脸人向长桌边的高雅妮看去，并向她走了过去。

“你在干什么？”黑脸人问高雅妮。随着他的问话，墨架上那三棱锥的颜色由灰色到黑色交替变化起来。

猛然有个声音出现在脑海里，一下被惊醒的高雅妮缓缓抬起头，想寻找声音的来源。她看到一个长相古怪的黑脸人在她的面前。她暗暗自问：难道我一直在做梦？她心中一喜，赶紧低头看怀里的李古力。

“对，这一定是场噩梦，队长没有死！”高雅妮心里有了一丝安慰。她不想继续这场噩梦。她努力想让自己醒过来，于是把抱着李古力的手臂收得更紧。

此时，阳光从对面窗子射进来的角度已经转移到了左侧。高雅妮移动一下身子，以便让阳光落在李古力的脸上，给他温暖。同时她也闭上了眼睛，右手轻轻抚摸着李古力的脸颊，想着她心中寄托着爱的队长如此安静地躺在自己怀里，她嘴角甚至露出一丝满足的微笑，她突然又有了让这个梦延长一会儿的想法。

看到高雅妮没有回应他，黑脸人有些不理解。他记得上次来的时候，那么多人对他顶礼膜拜，而如今眼前这个人却无动于衷。难道是因为她怀里的人？想到这里，黑脸人扫视了一眼李古力，重新看向高雅妮，问道："你在干什么？他不是已经死了吗？"

黑脸人的话像魔咒一样刺到高雅妮的心里，并在她脑海里回荡，她想挣脱却完全无能为力。这种感觉太真实，完全不像在做梦，这让她再次紧张起来。高雅妮睁开双眼，看向黑脸人，她刚要说话，一阵杂乱的脚步声从远处传来。她抬眼看过去，惊叫起来：

"关凯！"

章二

在喇嘛的引导下，关凯和张大明一前一后赶了过来。三人一进屋，带头的喇嘛一眼就看到了那个黑脸人。他的脑海里马上浮现出智觉佛的法相，同时想起了老活佛的话。

当年这些脸色黝黑的人驾着莲花来到的时候，最初他们的话喇嘛们完全听不懂，就在大家手足无措的时候，他们开始说出大家听得懂的话了，喇嘛们十分震惊，认为这是一个智慧启蒙的过程，于是大家认定这些人是他们的智觉佛。

“智觉佛？”喇嘛吃了一惊，惊讶之余，他不敢有半点迟疑，高呼一声“拜谒智觉佛！”说完俯首示敬，又举手高揖合掌平拱，屈膝跪在了地上，随后手膝踞地，五轮俱屈，五体投地。

看见黑脸人的样子，关凯也吓了一跳，他简直不相信自己的眼睛，他用怀疑的目光紧紧盯着黑脸人。

世上竟然有长成这样的人，头顶上长满了密密麻麻的细小肉球，看着就有些瘆人。他身子短小，四肢发达，比例完全失衡，皮肤粗糙得像是穿了什么特殊材料的盔甲。这几乎让关凯产生了怀疑，是不是有人故弄玄虚，特意装扮成这个样子？不过关凯的注意力并没有放在黑脸人身上太久，他是来找李古力和高雅妮的，要给他们一个惊喜。

关凯的目光向右转动，马上看到了坐在长桌边的高雅妮还有她怀里的李古力。

看到关凯活生生地站在面前，高雅妮心里一惊：关凯？难道我也死了？不……不可能，这是梦，一定是梦！要是王贵华也在，大家就齐了。

高雅妮这么想着，又低头看李古力的脸。她嘴角淡淡的微笑消失了，她想从这场梦中赶快醒来，一切都太可怕，她快要承受不住了。

“小高，队长这是怎么了？”关凯上前问道。

高雅妮刻意不去听四周的声音，也不管关凯的问话。她只是紧紧地抱着李古力，在意识中努力让自己醒来。

关凯见高雅妮不说话，心里发急，而李古力的头枕在她怀里一动不动，看上去身体有些僵硬，一个可怕的念头出现在关凯的脑海里。

“队长！”

关凯怒火冲天，不禁大喝一声。他第一个想到的就是那个怪异的黑脸人，他两步走过去，一把抓住了黑脸人的臂膀，厉声质问：“这是怎么回事？”

在地上行五体投地大礼的喇嘛见此情形，慌忙起身扑向关凯，扯住他的衣服道：“你想干什么！不准对智觉佛无礼，快放手！”

关凯一把把喇嘛推倒在地，伸手再抓黑脸人的肩膀，但黑脸人却似乎不明所以，睁着他硕大的眼睛看他。这时喇嘛从地上爬起，又冲过来，大声喊着：“不得无礼，快放手！”

关凯满怀兴奋而来，却看到队长竟然是这样。一时间愤怒、悲伤都在心里上涌。他对黑脸人吼道：“别装神弄鬼了，怎么回事？快说！”

夕阳的余晖穿过窗户照射进来，一束光落在黑脸人黝黑、粗糙的脸庞上。黑脸人没有说话。喇嘛这时再次从地上爬了起来，扑向关凯。他愿意为保护他的智觉佛而牺牲自己的性命。

张大明一进屋便立即注意到了黑脸人，张大明感受不到对方身上任何人类的气息，他马上怀疑黑脸人不是地球人。听到喇嘛称他为智觉佛，张大明更加怀疑他的真实身份。

但是，高雅妮和李古力又是怎么回事？

张大明快步走到高雅妮身边，俯身摸了摸李古力颈脖的脉搏。心脏已经不跳。

“这是怎么回事？”张大明急声问。

看到张大明也出现在面前，高雅妮终于意识到自己就在现实中。她的眼泪不受控制地涌了出来，心智也渐渐地清醒。她却没有回答张大明的问题：“张教授？你怎么和关凯在一起？他不是……”

张大明正要解释，又听到关凯和喇嘛在拉扯。张大明转头喝道：“住手，李古力还在这里躺着呢，救人要紧。”

张大明的话把愤怒的关凯惊醒，他甩开喇嘛，也不再顾黑脸人，径直快步走到高雅妮身边。他看了看李古力，对正在抽泣的高雅妮说：“小高，别哭了，快救人啊！”

“队长……队长已经……牺牲了。”高雅妮哽咽道。

“怎么可能？队长怎么会死呢？”关凯不愿相信这是真的，“你肯定吗？他不是暂时的昏迷？”

关凯放开喇嘛和黑脸人后，喇嘛立即重新匍匐在地，再次膜拜黑脸人，口中念念有词："我佛慈悲，莫怪这些凡人。"黑脸人依旧面无表情，他静静地看着在这个昏暗房间里正在发生的一切。

张大明轻轻地拍了拍高雅妮的后背："你把古力放下，我来看看。"

高雅妮听到，立刻把李古力的头部从怀里松开。他们三人一起把李古力的身体平放在长桌上。张大明掰开李古力的眼睛细看，瞳孔已经散开，他又把手放在李古力的胸口，他的心脏早已不再跳动。

看张大明仔细检查着李古力，眉头紧皱，不说一句话，关凯急了："张教授，怎么样？队长有救吗？"张大明没有回答关凯的问题。关凯又问高雅妮："到底怎么回事？队长怎么就成这样了？"

高雅妮把她所经历的说了一遍。关凯听后，头上青筋直冒："凶手是谁？"

"不知道，我进来后，队长已经躺在长桌上了，当时屋里面只有那个穿红袍子的喇嘛。"高雅妮小声啜泣着。

"原来是喇嘛。"关凯双眉紧皱，咬紧牙关自语道。他猛地站起，转身朝着喇嘛走去。喇嘛此时还在膜拜黑脸人，突然感觉背后衣领一紧，他赶紧用手去抓，但整个人还是被关凯从地上拎了起来。

"说！队长是不是你杀的？"关凯怒喝道。

喇嘛极力挣扎了两下，他看向黑脸人："不是我。智觉佛可以明证。"

关凯根本不信："什么狗屁智觉佛？原先屋里就你和队长，除了你还有谁？"

张大明回身再次对关凯喝道："把他放下。不是他。"

章三

“为什么？”关凯放下喇嘛，看向张大明。

“古力的胸口受过重击，心脏已经震裂。杀人者必定力大无比，这是普通人做不到的。”

喇嘛听到张大明的解释，插话道：“不管是谁，杀人的人一定会进阿鼻地狱的。”

张大明真正怀疑的是还在似乎是愣愣地看着他们说话的黑脸人。他问喇嘛：“你所说的这位智觉佛是？”

“智觉佛是来为我们开启心智，传授智慧的。”说到这里，喇嘛似乎想起了什么。他又跪拜在黑脸人身前，嘴里念念有词，祈祷智觉佛救救躺在长条桌上的李古力。

关凯根本不信黑脸人能救李古力，他急急地问张大明：“张教授，你能救队长吗？”

张大明有些犹豫。

“试试吧，张教授！”关凯催促道。

“好，我试试。”张大明想了一下，转身离开房间。

不一会儿，他带着一个小箱子回来：“高博士，麻烦你帮忙。”

“好。”高雅妮马上站了起来，她也不问张大明如何施救，只要希望张大明会有办法。

张大明解开李古力的衣扣，分开他胸前的衣服。他用手术刀剖开李古力的胸腔，把一个透明的半圆形罩子罩在上面，按下罩子左侧的一个按钮。立刻，罩子下已经断开的血管开始向心脏游移，直到碎裂的心脏慢慢恢复成一个整体。一切完成之后，张大明移开透明罩，把一个微型的薄片贴到李古力已经完整的心脏上。

高雅妮在旁边帮张大明擦拭着汗水，见状问道：“这是什么？心脏起搏器？”

“是的，和人类使用的心脏起搏器一样，他控制心脏的收缩，推动血液运行，疏导血管，以支持人体各个器官。”张大明回答道。

“有用吗？”关凯这时已经不再有其他想法，只是希望张大明能救队长。

“希望有用，心脏起搏器是由电池和电路组成的脉冲发生器，他会定时发放一定频率的脉冲电流，通过起搏电极导线传输到心室肌，使局部的心肌细胞受到刺激而兴奋，并通过细胞间的传导扩散传布，导致整个心房和心室的收缩。”张大明解释着，“把那个瓶子递给我。”

“这是什么？”高雅妮没见过这种东西。

“这是神经起复器，它能刺激人体神经元。心脏跳动后，需要靠它刺激心脏里的神经元，把信息传递给身体的各个器官，同时它里面的修复因子还可以通过神经元信息修复人体损坏的器官。关凯就是依靠这个复活的。”

高雅妮没有想到关凯的死亡竟然是真的，她突然对张大明对李古力进行的手术开始抱有希望。

半个小时后，张大明缝合好李古力胸部的创口。高雅妮疑惑地问：“张教授？队长他……”

“他的生理机能已经恢复，现在就要看他的心脏能否被启动。我已经为古力用上了我们最先进的技术。”张大明注视着李古力。

高雅妮按住李古力的右手腕：“不行啊，怎么还是没有脉搏？”

关凯急了：“张教授，快想想办法！你是怎么救我的？你拿我的命换他的也行。”

张大明摇摇头，他俯身摸了摸李古力颈脖的脉搏，叹口气道：“我已经尽力了。”

喇嘛看到这样的场景，心中惋惜。他朝黑脸人祈祷着：“我佛慈悲，救救这个凡人吧。”然后喃喃念起了《大涅槃经》。

喇嘛正念着，忽然脑海中感受到一股强烈的信号：“让我来看看。”喇嘛猛地惊醒，睁开眼睛向智觉佛看去，只见智觉佛已经迈步向长桌上的李古力移动。

喇嘛大惊，这竟是真的，智觉佛真的要显灵了，他激动地喊道：“你们快看！智觉佛显灵了，他要救你们的朋友！”

章四

笛陀离开后，黑脸人一直关注着面前几个人类的种种举动。他注意到了关凯抓他的肩膀，以及喇嘛起身劝阻，他迅速分析着这些反应代表的意义。听到喇嘛的默默祈祷，他感受到喇嘛的祈求，于是传递出信息“让我来看看”。

关凯感知到了这个声音。他猜测应该是黑脸人在装神弄鬼。他看向黑脸人：“不行。”

张大明理解关凯的心情，但现在他已经无能为力：“让他试试。”

“不行。”关凯还是否定。

“我先问问他，然后再做决定。”张大明说完，扭头问黑脸人，“你是什么人？怎么施救？”

“我是黑智，来自暗太宇宙的朴陀星。我经历过死亡。”自称黑智的黑脸人嘴唇未动，但大家脑海里却响着他的声音。

“朴陀星？暗太宇宙？”张大明疑惑道，“你是暗太宇宙的生物？”

“是的，暗太宇宙是相对于光太宇宙的另外一个暗物质暗能量的宇宙空间。”

“什么是暗能量？”关凯疑惑道。

“暗能量是一种我们现在还没有能力看到的、能推动宇宙运动的能量。”张大明替黑智解释道。

“非常正确。”黑智同意道。

“你是从你所说的暗太宇宙而来？”张大明想再次得到确认。

“是的。”黑智给张大明确认的同时，把他的信息用意识传递给在场的每一个人：

“你们所说的物质是那些在一般情况下能用你们的眼睛或借助工具看得见、摸得着、能感知的东西，小到原子、大到宇宙星体，近到身边的各种物体，远到宇宙深处的各种星系。

“你们所知的物质总是能与光或者部分波发生相互作用，或者在一定条件下自身就能发光，或折射光线，从而被你们感知、看见、摸到或者借助仪器测量到。但是暗物质恰恰相反，它不与光发生作用更不会发光，因为不发光又与光不发生任何作用，所以不会反射、折射或散射，即对各种波和光，它们都是百分之百的透明体。

“因为你们需要靠光感知物质，所以你们的感官，或者是你们的电磁波、无线电，或者是红外射线、伽马射线、X射线都不能测量到的物质，便是我们的暗物质。”

“你是怎么来的？”张大明已经明确感受到黑智不是在说话，而是在用意识和他们交流，而且，黑智的意识交流能力明显强于南极人。但是他现在没有考虑其他，张大明更关心的是这个人来地球的目的，“你来地球干什么？”

“我乘坐我们的飞船而来，墨架是我们针对光太宇宙所造的传输装置。我们一直关注着光太宇宙和暗太宇宙的变化。暗太宇宙正逐渐缩减，而光太宇宙在逐步扩大，如果依照目前的速度进展下去，终将有一天，我们的世界会被湮灭。来光太宇宙，我们有两个目的，一是为了寻找阻止暗太宇宙湮灭的方法，或者说，寻求阻止光、暗宇宙相互转换的方法；二是我们知道在光太宇宙中，人类是一种具有智慧的生物，我们过来向你们学习。”

关凯听着张大明和黑智讨论光太宇宙与暗太宇宙，听了半天还是不太明白。不过这些理论无所谓，他关心的只是黑智是否真的有能力救李古力。他看向黑智道：“别说什么暗太宇宙、光太宇宙了。你，你有没有方法救人？”

张大明听到光暗转换这个词，心中一震。暗太宇宙对他来说是一个并不陌生的概念。因为西罗沽有过研究，所以南极人知道它的存在，但光太宇宙和暗太宇宙之间会转换，他却从未听说过。不过关凯的话提醒了张大明，想到李古力还躺在长桌上，他急忙说道：“对，你还是先救人吧。”

黑智缓步走到长桌旁，盯着李古力的身体。他的胸口受到重击，张大明的修复并未起作用，因此他在李古力身上感受不到人类的气息。

黑智用手摸自己的头顶，头顶上一个肉球便打开了一个小孔。大家能看到他头顶上的小孔里向外射出一股黑色的烟雾。他用两根修长的手指伸到孔里，从里面捏出一团纯黑的球状体。

喇嘛看到，立即匍匐在地，口中默念佛经，不敢抬头。

张大明看到黑智的举动，心中惊讶，他怎么是个机器人？他问：“这是什么东西？”

“这是我们暗太宇宙的暗物质，叫生能。”黑智一边解释一边把它放到李古力的心脏处，然后用双手慢慢抚摸，直到暗物质慢慢消失。

关凯看到，疑问又起：“不是说暗物质我们看不到么？”

黑智没有迟疑地回应道：“是我的意识有意让它被你们感知。”

关凯无语。他看到黑色光球在李古力胸口逐渐消失，又问：“怎么又没有了？”

“生能已经进入他的身体，能让他的心脏再次跳动。”

“你肯定？”张大明看黑智非常自信的神态，有些疑惑。

“是的。”

屋子里出奇的静，甚至连大家的呼吸声都清晰可闻。最后的阳光透过窗棂，落在李古力苍白如纸的脸上。

突然，李古力的眼皮动了一下，关凯惊喜地看着李古力，哑着嗓子急忙唤了几声“队长”，却没见李古力有任何反应。

关凯转头问围在李古力身边的人：“你们看到没有？队长刚刚动了一下。”

没人回答他，所有人继续盯着李古力的脸，房间里再次安静下来。

不久，李古力眼皮开始快速抖动。看到这一幕，所有人的心也随之紧紧悬了起来。

章五

一间灰色的房间，空荡荡的，除了一个人形架子，再没有其他东西。架子下面有一个莲花状的底座。

一个灰影靠在架子上，八个黑色的机械触手一节节将他的四肢，以及整个躯干牢牢缠住。

灰影一动不动。突然间，他似乎意识到一股凉意从架子透过皮肤，转眼间传遍全身。灰影想要移动身体，却发现无法挪动半分。

一种奇怪的机械声音传过，灰影的身体也随之绷紧。他不自觉地颤抖起来。机械触手继续在他身上缓缓爬过，猛然，触手前端破裂，无数细丝从中伸出并猛地刺进他的身体。他感觉到了疼痛。

不久，灰影身体表层开始干裂隆起，同时他全身的皮肤越来越黑，不久一道道裂痕便遍布全身，显得恐怖而狰狞。

李古力双眉猛地拧作一团，细密的汗珠从额头渗出。他发白的嘴唇间似乎在发出疼痛的哼声。关凯红着眼，把头扭向一边，不忍再看。

高雅妮紧紧握着李古力冰冷的手，关切地看着李古力脸上的每一丝变化。

黑智也在端详着李古力的身体变化，似乎在想着什么。

同样是一间灰色的屋子，很大。放眼望去，各式各样的机器堆在各处，让人觉得杂乱而拥挤。

一个黑影正坐在屋子中央的一把椅子上。他左手拿着一个喇叭状、有着四条细腿的机器。黑影仔细观察着，右手不时在面前的全息影像屏幕上点击滑动。

他从图像里拿出一件件不规则的材料，边思索边将材料融入喇叭状机器内部。突然，喇叭状机器的一条细腿突然动了一下，紧接着其余三条也动了起来。

三个看起来只有两三岁的孩子围着黑影，满脸兴奋地说："谢谢你帮忙修好他，他可是我造的第一个东西呢！"

那人微微一笑，把"小喇叭"放在地面上。只见"小喇叭"哼了一声，那声音像极了孩童刚睡醒时发出的哼声，然后他用四条细腿撑住地面，喇叭嘴转了一圈，似在熟悉眼前的这个世界。

黑影拍了拍手，小喇叭立即收起细腿，乖巧地趴在地上，一动不动。

几个孩子高兴得欢呼起来。

李古力的痛哼声渐渐消失，苍白的脸慢慢有了血色。屋子里所有人的眼里都露出希望的光。这时，李古力的眼皮再次快速颤动起来。

“我这是在哪儿？”李古力单手捂着额头，摇晃着挪了几步。他努力想止住脑袋中传来的眩晕感。

这是一个“L”型的房间，窄小、空荡而阴暗。不远处的供桌上亮着一盏酥油灯，一个熟悉的背影正站在那里。李古力向前走了几步，视线停在供桌前的一个窄长架子上。那人手持书本状的黑块，正轻轻往架子上放去。

李古力猛打了个激灵，他认出这个人正是笛陀，同时也想起了以前的一切。

“不！”李古力大吼一声。右腿猛一蹬地，弓起身子像豹子一样出拳袭向笛陀脑后。

不料笛陀连身都没转，左手朝后一挡，一个侧踢就将李古力踢了个趔趄。李古力心中大急，不顾身上的痛楚，助跑起跳飞踢一气呵成，直袭对方腰间。

笛陀没有惊慌，他停下手中的动作，转身抬脚再次迎向李古力。

“砰”的一声闷响，双方的脚掌撞在一起，笛陀全身一震，向后退了两步，而李古力已被重重地反弹回去，撞在墙上跌落在地，激起满地尘土。

笛陀将墨砣放在一边，朝李古力逼近。此时，尘土还未散去，李古力双手撑地，背倚着墙，颤巍巍地站起。他再次蓄力，收起胳膊向笛陀冲去。笛陀略微一愣，但脚步不停，眼看两人就要撞在一起，李古力一个侧身，贴着笛陀的身体蹿了过去。

笛陀显然没有料到李古力会用假动作，他猛一转身，伸手就去抓李古力的衣服。“刺啦”一声，李古力只觉背上一凉，随即传来火辣辣的感觉。但他的动作仍然没有一丝停滞。此刻，李古力的全部身心都在墨砣之上。

李古力伸手把墨砣抄在手的时候，只觉脖颈后一凉，他猛地将身子一矮，就地一滚，险险躲过笛陀的攻击，但身后的供桌却被劈成两截，酥油灯落地，火苗把周围的五彩挂帘点燃，橘红的火焰照亮了整个房间。

李古力转过身，他看到笛陀那张冰冷的脸带着狰狞，再次逼近。

李古力低喝了一声，鼓足力气，带着墨砣拼命向屋外跑去。

但笛陀的手如巨石一般砸到了李古力的脊柱上。顿时，无力感瞬间弥漫了他的全身。

“噗！”一口鲜血从他口中涌出，紧接着，他“砰”的一声趴倒在陈旧的木地板上。

笛陀冷笑起来，冷笑中夹带着不屑。

李古力的视线开始变得模糊，他感到头越来越沉。接着，他胸口莫名一痛，又一口鲜血从嘴里喷涌出来。

他努力睁开眼睛，暖洋洋的阳光照在他身上，一个模糊的身影出现在光晕中间。

李古力心中先是一喜，转瞬间就变成了惊恐。他的眼睛睁大。他用尽全身力气喊道：“雅妮，快跑！”

章六

同样的场景，还是那间屋子，李古力除了有一丝熟悉之外，对刚刚发生的被笛陀击中的一幕没有任何印象。他继续争抢着墨砣；一样的动作，一样的结局，只是在不知不觉中，他的速度竟比起初快了很多。

一次又一次地和笛陀的搏斗。终于，李古力带着墨砣逃出了那间屋子。

面前是一个陌生的环境，阴霾的天空飘着白色的雪花。方石铺成的街道上，一盏盏顶着圆形玻璃罩的街灯矗立两旁。带着浓郁异域风情的建筑，高高耸立。不同肤色、不同语言的人们裹在厚厚的大衣里在雪花中穿行。各式各样的店铺门口，霓虹灯下是不同的人物画像和语言符号。

李古力漫无目的地走在这陌生的街道上，不时看到拿着纸稿，在寒风中高声朗读的人，还有人行道上兜售套娃的小贩，李古力很惊愕，不知道这条满是文化气息的街道到底是在哪里。

满是诧异的李古力皱着眉头，转身刚要离去，忽然，他来时的方向涌来一阵密集的脚步声。仔细一看，只见黑压压的一群人出现在不远处。他们中有老有少，有穿着白大褂的，有西装革履的，也有穿着保安服的光头，还有穿着破烂衣服的乞丐。他们挥舞着手臂，手中拿着棍棒、钻头等各式各样的工具，怒吼着朝李古力跑过来。

李古力不知是怎么回事。他迅速转身，想离开这里，可眼前竟出现了两条路，一条向北，一条向东，来不及犹豫，他选择了向北的一条路跑去。跑着跑着，路越来越狭窄，竟钻进了一条窄巷里。巷子越往前越黑，直到一面黑色的砖墙挡住了去路。李古力伸手放在墙壁上，只觉冰凉腻滑，他用力推了推，砖墙纹丝不动。

死胡同！李古力转身背对墙壁，看着那些追赶的人们慢慢逼近。

他们阴沉着脸，慢慢地、小心翼翼地向他靠近，而他的身体却一时僵住了。他凝神屏息，突然，他感觉到能动了，他双手抱起头冲到人群里，努力向巷子外挤去。

李古力费力地推开眼前的每一个人，人潮却像是海水一样不断地涌来。他拼命挥动着手臂努力冲出一条路，可是，人越来越多，他渐渐没了力气。拥挤的人群挤压着他，他嘴里充满血腥味。他双腿开始颤抖，无力感占据了他的全身。他只觉眼前一黑，仿佛落入一个巨大的旋涡。

他要看清周围都发生着什么。他努力睁开眼睛。

章七

“队长！队长！”高雅妮第一个注意到李古力睁开眼睛。她欣喜地大声叫了起来，声音因激动而颤抖。

酥油灯昏黄的光。模糊在光晕里的人影。李古力看到了高雅妮在自己的身边。

“雅妮？”李古力挣扎着要坐起来，可话还没说完就猛地咳嗽起来。

高雅妮拍着李古力的脊背，有些语无伦次：“是我，队长！你醒了！你感觉怎么样？”

李古力有些疑惑地看她：“你这是怎么了？”

“我？”高雅妮突然意识到了自己的失态，“我没事，你感觉怎么样？”

“我挺好呀。”李古力仍然不明白高雅妮为什么会显得那样的激动，因为她并不是一个情感外露的人。他突然感到一阵晕眩，他又闭上了眼睛。

黑智的确让李古力死而复生了。但李古力的肌体还在从刚才所感受到的幻境中复苏，而他这时的记忆中却完全没有最后和笛陀争斗的内容。

他知道他忘记了些什么，或许雅妮的反应和他失去的记忆有关。晕眩过后，他又睁开眼睛。他要问雅妮这到底是怎么回事，刚才又都发生了什么。

他还没有开口，一个壮硕的身影冲到他的面前：“队长！”

李古力看清了来人是谁。他难以相信自己的眼睛。他激动地要站起来。他伸出双手去抓对方的肩头，仍然不敢置信：“关凯，是你？”

关凯一把抓住李古力的胳膊。他红着眼，干裂的双唇颤抖着：“是我！队长。”

“你不是在南美……”

“我没死！是张教授救了我！”关凯兴奋地扭头看身后的张大明。

李古力太高兴了。他收回右手，然后一记空拳砸向关凯：“你把我们急坏了！”

李古力没有想要砸中关凯，因为关凯的身子只要稍稍后仰便能躲开他的拳头，但没有料到未等关凯后仰，他的拳头已经砸到关凯的胸口，幸亏他并没有用力。

关凯被李古力的拳头砸到，后退半步，苦着脸故意揉着胸口道：“队长，你就不能少使点儿劲？子弹打不死我，却要被你的拳头砸死了！”

李古力收起笑容，看张大明，正要说什么，这时走道里突然传来声音。人还没有到，王贵华特有的嗓音就已传了进来：“队长，高姐，我可想死你们了！”

话音未落，王贵华一下子冲了进来。他甚至没有注意到李古力还坐在低矮的长条桌上，屋子里的人们还都是一脸凝重。他跑到李古力面前：“队长，王贵华前来报到！”

李古力觉得身体里有一股强大的力量在涌动。他意识到失去的记忆应该和自己小队聚集在一起有关，可是他怎么也想不起来之前都发生了什么，但他知道眼前的一切是完全真实的。他有些诧异地问站在自己面前的王贵华：“怎么你也到了？”说着，他站了起来。

这时又有人从门口走进来。为首的是一位戴着眼镜、白净书生模样的人。他的相貌和他身上挎着的类似冲锋枪的武器配在一起，很是帅气。

王贵华忙道：“我来介绍，这位是大勇，我们七小队的队长。这次来是专门负责保护墨架的。”

说着，王贵华注意到了站在一边没有说话的关凯。他纳闷今天关凯怎么不说话：“咦？关哥，你先到了呀？”

说着，他开始向李古力倒起苦水：“我说队长，你是不知道啊，这几天我可背到家了。我们刚下飞机就赶上这边难得的阴雨天，这还不算什么，你也知道我们的吉普车是早该淘汰的货，一路上到处是坑，颠得我都快散架了，等路不颠了，车又坏了。这边那么大的地方，到处只有草，好不容易找了个牧民帮忙修车，却怎么也修不好！最后啊……”

“最后你发现汽车发动机进气管脱落，你找了根铁丝拧紧管子，车就修好了，是吧？”李古力看着他，打断了他的话。

“你怎么知道的？真是神了！”王贵华挠了挠头，一副不解的样子。

高雅妮走过去把王贵华拽到自己身边：“别说了，让队长休息一会儿！”

“休息？”王贵华疑惑起来。队长的体格需要休息？

王贵华正疑惑间，李古力忽然想起了什么。他来到墨架旁，一下拿出凹槽里的墨砣。就在他转身想离开墨架的时候，一个黑影挡住了他的去路，同时脑中传来一个声音："你不能拿走它！"

李古力打量了下拦住他的黑脸人。这么奇怪的人他还是第一次见到。可他身上有一种特别熟悉的感觉。

"你是谁？"

"我是黑智。"黑脸人指了指墨架，"请把传送装置放回去。"

"黑智？"李古力想不出黑智是谁。他看了看手中的墨砣："不行。"

"你必须把传送装置放回去。"说完，黑智向前迈了一步，此时两人之间只剩下一拳之隔。几乎同时，七小队四个队员的枪口直指黑智。

李古力没有打算发生正面冲突。他一个虚晃试图从矮小的黑智身侧闪过，不料对方一闪身，再次牢牢挡在李古力的身前。他们的动作在关凯等人眼中，就像两道影子一晃。

队长什么时候变得这么快了！关凯张大了嘴，一脸的惊愕。等关凯缓过神，大喝一声要去帮忙，不料被张大明拦了下来。高雅妮一时不知如何是好，十分紧张。

"都不要动！"张大明一声喝道，声音不大，但李古力和黑智同时都不再有所动作。张大明快步来到两人中间，对李古力说道："古力，是他救了你的命，你先别急，到底发生了什么事让你不肯放回墨砣？"

"笛陀！他会利用墨砣回他的星球。我们必须阻止他！"李古力打量着黑智，他不知道张大明为什么说这个黑脸人救了他的命。

"你先把墨砣放回去，这里有我们大家看着。"张大明看着李古力的眼睛，继续说，"笛陀不在这里。"

他的话音未落，所有人的大脑中突然感觉到了一个有些空旷而沉稳的声音："笛陀已经走了。"大家面面相觑，不知声音从哪里来。

大家正恍惚的时候，喇嘛悄悄地跑出了房间。

章八

茫茫暗太宇宙空间中有无数个各种形状的物质体在漂浮。在有些这种不同的几何形状的物质体上，有着类似光太宇宙中的生物。朴陀星，一颗碟状星，是黑智的家乡。

朴陀星上生存着朴陀人以及由他们制造的含有他们智慧的机器——智太。当一些朴陀人死去的时候，其中一部分人的身体会用来和智太结合，这样他们就能在生物意义上复活，并保留着生前的记忆。朴陀人管这种再生的一半人一半智太的生命叫黑陀。

有些黑陀的智太部分在他们的大脑，这些黑陀智慧过人。他们往往个子短小，他们是黑智。黑陀中个子高大，比黑智高出一个头的，是黑威。他们的智太部分在他们不同的身体部位，他们孔武有力。

朴陀星基本是由黑陀们管理，事实上因为朴陀人与世无争，黑陀们有相当的时间是在研究更新的让朴陀人生活得更好的技术。

朴陀人零零散散地居住在并不转动的碟星各处，他们的居住区是大大小小的克。黑智便来自于其中的罗亚克。这里的建筑虽然大小不同，但外形却是清一色的朴陀人称为统楼的圆柱状建筑。

罗亚克的中央坐落着一栋高大的统楼，这便是罗亚克的光太中心。

光太中心是朴陀人专门研究光太世界的机构，这座高耸的建筑里有着成千上万、大小形状不一、功能不一的智太，他们各司其职，保持着这里的井然秩序。

光太中心一楼的一个房间内，一位穿着宽大灰色袍子的朴陀人坐在中央。他一米七五左右的个头，按照地球人的身体比例来看，他的四肢显得过于修长，但总的来说，他的长相和人类差不多，只是他的鼻子太小了，眼睛却很大，灰色的皮肤，整个头顶布满细小的肉球。他的两只耳朵很大，几乎要垂到肩膀。而且，他的左右手都有六个手指。

朴陀人身旁站着一个高大的全身黑色的人，也穿着长袍。他在用长着六根手指的大手指着面前的全息图像和朴陀人沟通："朴汩，笛陀回来了。"

黑色皮肤的人是黑陀，他的名字是黑威。黑威的外形特征和朴陀人几乎完全一样，只是他的皮肤为黑色，除了脸上光滑，他身上其他地方都有裂纹，看上去像粗糙的老杨树皮。这是朴陀人和智太混合转变为黑陀时留下的痕迹。

"让他去观察室。"被称作朴汩的人看了一眼全息图像，站起身，"黑威，我们去三楼。"

"是。"黑威看着屏幕，发出一道意识传达朴汩的指令，随后他跟随朴汩一起离开了房间。

笛陀在坎布尔寺和黑智道别后，通过墨架传送，由光太世界的传送中心回到了朴陀星。这种传送是光太中心发明的技术，而且是一个简单的过程。墨架上的墨砣接收到传送的感应之后，便将生物体的光物质暗化或者亮化，然后瞬时就会到达相应的终点，并通过终点的墨砣把传输中的能量转回生物体。

笛陀一出现在光太中心统楼隔壁的只有单层的传送中心小统楼里，就有黑陀走过来，对他传递意识："跟我来。"

笛陀跟在黑陀后面走出传送中心："你这是带我去哪儿？"

"光太中心。"黑陀快步走在前面，没有解释。

笛陀看了一眼黑陀，不再发送意识。在去观察室的路上，笛陀看到一个貌似朴陀人、细高的智太从前方走来。

"是笛陀！你回来了。怎么一直没有你的消息？"细高智太看向笛陀。

"是的。墨砣丢了，所以没法联系。"笛陀不认识这个智太，没有多说。

"回来就好。"细高智太还要说什么，前面黑陀转过头来："笛陀，跟上！"

笛陀应了声，快步跟上黑陀。

黑陀带着笛陀来到光太中心一楼尽头一个圆形的柱子前，随着黑陀发出的一道意识指令，一个扁体方形的智太从上空飞了下来，他的边长约有一米五。他霍霍地在原地转了一圈，最后在笛陀面前停下。

"飞安，带他去六楼的观察室！"黑陀对飞安发出指令后，回头看了一眼笛陀，便径自离开了。

笛陀是朴陀人为了研究亮星地球而仿照地球人制造的智太，造出不久就被送往地球，他对朴陀星的了解不多，也没见过飞安。

这时，他看着正方形的飞安停在他脚下，不知道该做什么。

正在笛陀困扰之时，他感觉到了飞安的意识传达：“上来，我带你去楼上！”

笛陀又低头看了一眼脚边的飞安，轻轻将一只脚踏上。虽然这飞安看上去是一个硬邦邦的扁扁的正方形，但支撑住自己的体重似乎没有问题。笛陀想到这里，又踏上另一只脚。他的身子稳稳地站到飞安上。

飞安快速上移，等笛陀的头顶快接触到一楼的天花板时，天花板上出现了一个方形的洞口，飞安丝毫没有减速，带着笛陀穿过洞口飞到二楼。

笛陀暗自吃惊，一楼到二楼大约二十米的高度他只用了不到两秒钟，这比在地球上他所知道的电梯可要快多了。而且，每人一个，省得和很多人一起挤电梯。

这里和地球显然不同，高大的建筑里既没有电梯，也没有楼梯，上下全靠这些飞安。飞安继续升高，同时告诉笛陀，这里还有飞锐。飞锐和飞安形状相同，但个子比飞安要大得多。他们是专门运送大型智太和统楼的。

飞安带着笛陀很快来到了六楼。

“可以了！”飞安降落在楼面上，以便笛陀从他身上下来。

笛陀看着面前的房门上方标着“观察室”的字符，突然有种强烈的感觉，那就是离开，赶紧离开这个地方！然而，就在他要跑开的那一瞬间，门开了，里面传来一个声音：“请进！”

章九

听到声音，笛陀只能硬着头皮往里走。当他双脚迈进房内的一刻，身后的门便“嗖”的一声自动关闭了。他回头看了看已经紧闭的门，再环顾这陌生的房间，危险感愈加强烈。

三楼的一个房间内，朴汨和黑威正通过为拦丁智太分析系统配置的全息图像把笛陀的一举一动看得清清楚楚。

拦丁智太分析系统是一副手套状的仪器。通过远距离指定目标的全息图像信息，佩戴拦丁系统的使用者可以对目标进行各种实时操作，而目标的任何动作均不会影响使用者。比如，黑威就可以在他所处的三楼将身在六楼的笛陀拆卸成一堆部件。

当笛陀还在他所处的房间里彷徨的时候，黑威已经准备按照朴汨的指示从笛陀的意识体内提取信息。

“他的身体有无异常？”

“我看看。”说着，黑威用戴着拦丁手套的手去解笛陀的长袍。

身在六楼的笛陀感觉有人要解开自己的衣服，他试图推开那只手护住自己，然而，在强大的拦丁智太分析系统面前，这样的抗拒是徒劳的。

笛陀的衣服最终还是被黑威从身上拉了下来，就在袍子落地的一瞬间，笛陀感觉到前所未有的羞耻感。他曾在开阳机场遇到过同样的情况，只是脱掉外套已经让他感到难堪，而这次，他竟然要赤身裸体，而且不知道有多少眼睛正盯着自己。

三楼房间内，黑威检查完笛陀的身体，他向朴汨汇报：“朴汨，笛陀除了能量减弱外，无其他变化。只是，他的腰部受到过撞击，这个撞击在他信息储存里没有记录。”

“嗯，你把他的信息整体提取后再做分析，看有没有异常。”朴汨传达着他的想法，眼睛被笛陀的反应吸引过去。

只见笛陀满脸愤怒，并从地面捡起他的衣服。他那恼羞成怒的样子，不是一个智太该有的。即便过了奇点的智太，也不会有这样强烈的反应，何况这个笛陀的规格是：还没有独立智慧，还没有跨越智慧奇点。换句话说，他还不是一个完全独立的智太，他怎么会有这种情绪？看来事情并不简单，朴汨绕着笛陀的影像踱着步子，思索着。

黑威走了过来："笛陀身上有三类信息，一是去亮星之前携带的信息，那些信息完整；二是笛陀从地球上传回来的信息，没有新内容。"

"还有一类？"朴汨停住脚步。

"是的，最后一类在他的后腰处，但不知道是怎么回事，我不能下载，可能是一些不明的生物信息。朴汨，我们该怎么办？"黑威说完，看着朴汨，等他下决定。

朴汨把目光锁定在笛陀的后腰部位，他吩咐黑威硬性提取那里的信息。

黑威应了一声，从工具台上拿起一个小智太。

那个智太的形状像一把钳子，黑威将他放在笛陀全息图像的腰部，钳子亮了一下，逐渐进入笛陀的体内。过了一会儿，黑威拿出钳子，钳子头上的夹子中多了一个黑色的小颗粒。黑威从夹子上取下小颗粒，放到一边的仪器里仔细观察起来。

朴汨见黑威面色凝重，察觉有些不对，便走过去问："怎么了，有什么不对劲吗？"

"这部分信息看上去并没有危险，我怀疑这不明生物信息和智太部件的损坏有关，应该不会有什么大碍。"黑威摇摇头。但他生怕遗漏了什么，于是又在仪器上进行核对。

"哦。正常就好。"

黑威确定小颗粒没有问题后，用钳子把它放回了笛陀的腰间。他有些疑惑，怎么刚才取出颗粒后笛陀像是进入了休眠状态，而他把颗粒放回的一刻，笛陀又似乎醒了？

在六楼的房间内，随着黑陀把颗粒推入他的腰间，像是呆了一样的笛陀忽然清醒过来。

他们把我怎么了？他突然感到一种巨大的恐惧。他意识到他的存在，他的意识全靠那个颗粒！

我该怎么办？

三楼的控制室里，黑威在问朴汨："我们把它放到信息临时存储室待进一步研究？"

"既然笛陀没有任何危险因素，等黑智回来，就把他处理了吧。"朴汨回道。

笛陀站在六楼的房间里，正想着下面做什么，忽然，门开了。

笛陀犹豫了一下，做出了决定。他刚迈动步子，门口就传来飞安的声音："上来吧！"

"你要带我去哪儿？"笛陀慢慢走向门口。

飞安道："七楼的信息临时存储室，黑威让我带你去那里。"

信息临时存储室？笛陀默念了一句，问飞安："那里是做什么的？"

"我也不知道！不过我以前带其他智太进去过，进去的就没见他们出来过。"飞安道。

进去的就没出来过？难道是要被淘汰？笛陀不由得想起在地球上的经历。

当初陈总把笛陀带到宾馆，让他代替一个人去参加相亲节目。等所有的事情完成后，陈总竟然把他赶了出来。当时笛陀觉得地球人卑鄙，看来，朴陀人也是这样。

"上来吧，请配合我的工作！"飞安在门外摇晃着平扁的身体。

这不公平！我绝不可以再这样受人摆布，我要争取我该有的权利！笛陀看着飞安，忽然有了办法，他大步走出房间，站在飞安身上说："好，我配合你的工作。"

笛陀知道从六楼到七楼只需要几秒钟的时间，必须在这段时间之内将自己的意识体转移到飞安的身上去。他低头看着飞安，故意转移他的注意力："飞安，你慢点，我们又不赶时间，别累着。"

飞安有些疑惑："你说什么？什么是赶时间？"

"赶时间就是……"笛陀一时不知该如何回答这个问题。他意识到朴陀星这边时间显然不是一个明确的概念。要想解释清楚时间这个概念，还不知道要用多长时间。

"笛陀，什么是赶时间？我真羡慕你，你知道的东西太多了！"飞安已经从六楼的地面飞到天花板附近。这时，墙顶上出现了一个让他们通过的洞口。

不好，再不转移自己的意识体就来不及了。笛陀见飞安从洞口往上飞，注意力不在他这里，正想将意识体转移，忽然，一个声音在他脑中响起："笛陀，你回来了，做检查了吗？"

笛陀抬头一看，是大甲脚。他认识大甲脚，笛陀心里打了个激灵，问道："大甲脚，是你？"

"你做检查了没有？"大甲脚没有理睬他，又问。

"做过了，我要带他去信息临时存储室。"飞安回答。

"那你们去吧。"说完，大甲脚让飞安飞上了七楼。

笛陀见状来不及多想，在飞安身上猛地一跺脚，将意识体转移了出去。随着意识体的转移，飞安剧烈地抖动了一下。

“我，这是怎么了？”飞安上的笛陀已经是飞安的意识。他发现自己站在自己身上，一时没有明白是怎么回事。

“站稳了。”控制了飞安身体的笛陀迅速朝前飞去，经过一个个房间后，他把笛陀形状的飞安送到了信息临时存储室门外。

“到了，进去吧。”

飞安走进房间，一个黑陀正在里边等着他给他做最后的检测：“跟我来。”

飞安努力向黑陀传达自己的意识，但显然不起作用。他只能跟在黑陀身后，来到一个大型智太面前。

智太对飞安进行扫描后把信息传递给了黑陀。黑陀诧异地发现，对比黑威给他的信息，笛陀现在所含的信息少了一部分。这是怎么回事？

黑陀不敢怠慢，再次让智太检查笛陀的身体，结果跟上次一样，笛陀身上只有两部分信息，难道黑威的信息不对？这不可能！黑陀马上否定了这个想法。他再一次让智太检查笛陀的身体，他发现不明生物信息部分确实消失了。

黑陀急忙发出意识，把这边的情况通知给黑威。

黑威接到信息后，立即紧张起来，与此同时朴汨也得知了事情的缘由，他马上下达指令：“黑威，让统楼封锁各处配合查找！”

统楼指的是光太中心这整栋建筑，学名是可移动室内生存系统。和朴陀星的其他智太一样，名为统楼的圆柱形建筑也是朴陀人创造的大型智太。统楼接到黑威发来的指令后，迅速封闭各个出口并开始寻找不明生物信息。最后，信息定格。

“不明生物信息在二楼的飞安那里，报告完毕！”统楼告知黑威。

章十

黑威在信息系统上看着四处乱窜的飞安，给统楼发去指令："启动护卫型智太大甲脚，抓住二楼携带不明生物信息的飞安！"

"明白！启动护卫型机器大甲脚，指令：抓捕携带不明生物信息的飞安。"统楼给黑威确认后，一阵轻微的滴滴声回响在整个光太中心统楼内部。

二楼左侧一扇黑色的大门缓缓上升，伴随着一阵刺耳的咣当声，一双坚实有力的机械腿从门内迈了出来。

"接到指令，抓捕携带不明生物信息的智太飞安。重复，抓捕携带不明生物信息的机器飞安。"

大甲脚是专门负责统楼内防卫工作的智太。与其他智太相比，他的名字十分符合形象，他没有胳膊和头，甚至连身子都没有，只有一双粗壮而流畅的机械腿。他的造型像极了一条放大了的裤子，漆黑的机身上到处都散发着一股彪悍凌厉的气息。

而飞安是一个扁平的飞行智太，行动灵活多变。大甲脚明显是一个地面行动的智太，即便他动作十分灵活，可是造型上的缺陷却无法与精巧的飞安相比。或者说大甲脚足以打败已经被笛陀控制了的飞安，但是要抓住他，真的很难让人想象。

安装在大甲脚顶端的识别仪器迅速捕捉到了飞安飞窜的痕迹，他迈起沉重的脚步，动作却极为灵活地朝飞安冲了过去。

笛陀把意识体转移到飞安身上后，便控制了飞安的身体。他对腾空冲过来的大甲脚十分恐惧，以至于飞行轨迹都不能保持直线。他知道大甲脚的利害。大甲脚的存在就是为了控制所有失去控制的机器。

朴汨看了看神色严峻的黑威，还在猜测发生了什么："不明生物信息怎么到了飞安身上？"

黑威摇了摇头："不知道，只能等大甲脚抓住飞安才能得到确切的信息。不过，我们可以肯定，笛陀从亮星带回了这种有害的不明信息。对于亮星的一切，我们资料太少了。"

朴汨点点头。他把眼光转向正在追逐中的大甲脚和飞安，等待着大甲脚把飞安制伏。

由于统楼已经完全封闭，笛陀所控制的飞安只能在统楼内有限的空间里四处逃窜。他掠过统楼里人们的头顶，带起的呼呼风声让人们四处躲避。大甲脚紧紧追在他的身后，沉重的脚步声回荡在统楼之内。

忽然，飞安一下飞起，直扑二楼楼顶，而楼顶的洞口迅速敞开，他于是上去了三楼。

看到飞安飞去了三楼，大甲脚没有迟疑。只听“咔”的一声轻响，大甲脚激活了脚上的暗动力喷射装置。

一道淡淡的黑色气流从大甲脚的脚下喷射而出，借着这股冲力，大甲脚犹如一道黑色的火箭一跃而上，直直地朝已经身处三楼的笛陀冲了过去。

大甲脚这一跳比笛陀飞得还高，笛陀吓了一跳。他的速度陡然增加，平板的身躯微微卷起，形成一个微妙的弧度，将气流的阻力降到了最小。笛陀灵活地转换飞行角度，险险地躲过了大甲脚的阻拦。

黑威和朴汨都暗自惋惜。大甲脚的脚下装有强力吸附器，一旦被大甲脚踩中，笛陀，或者说这个飞安，就算是再灵活，也不可能逃得过大甲脚的踩踏。

大甲脚沉重的身躯轰然降落到地面。他再次启动喷射气流，让自己高高跃起，粗壮的双腿追逐着朝笛陀控制的飞安踩去。

这一次大甲脚已经将笛陀的飞行速度、爆发加速能力，以及气流对笛陀的影响度全部计算进去。有了这些数据作为支持，大甲脚的攻击极为准确。笛陀避无可避，只能眼睁睁地看着大甲脚的双腿在空中划过一道弧线，重重地踩到自己所控制的飞安的表面。

巨大的压力从笛陀背上传来，他灵活的动作顿时一窒，速度陡然停止。好在他没有被当场踩成碎片。

“完成指令，成功捕获携带不明生物信息的飞安。”大甲脚把飞安踩在脚下向黑威汇报的同时，将暗动力喷射装置关闭。

黑威舒了口气，脸上露出了一丝笑容：“把他带去观察室。”

笛陀狼狈地被大甲脚踩在地面，他的机身微微颤抖，他对黑威下达的指令十分恐惧。他试图与大甲脚沟通，一段段信息准确地传达给大甲脚。

“大甲脚，你不能这样！看在我们都是机器的份上，你能不能放过我？”

大甲脚不为所动：“根据黑威的指令，我要把你带去六楼的观察室扫描，我必须执行指令。”

笛陀传来的信息中透露着一丝焦急：“大甲脚，我们都在统楼工作，好歹也是同事一场，你能不能放过我？如果我被带到观察室，一定会被销毁的。大甲脚，大甲脚你听我说！”

大甲脚不再答理笛陀，发出一道指令：“请马上跟我去观察室。”

大甲脚踩在笛陀机身上，强行启动了笛陀的飞行功能，向六楼慢慢移动。

“你这个笨蛋！你会害死我！快停下！”笛陀的信息中充满了惊恐的情绪，可是大甲脚却丝毫感受不到，在他那简单的智慧中，服从黑陀和朴陀的指令，就是智太存在的意义。

“该死的！浑蛋！”笛陀气急败坏，“你会后悔的！”

与大甲脚的沟通失败，让笛陀非常沮丧。他仰视着踩在身上的大甲脚，忽然哼了一声，将他从地球上带来的意识体通过大甲脚的脚掌转移到了大甲脚身上。

不明生物信息迅速侵入大甲脚的意识，大甲脚根本没有抵抗的机会。他脑海中忽然多出了许多信息。笛陀将思维完全转移到大甲脚的意识体后，满意地活动了一下自己的新身体。

“继续朝观察室前进。”笛陀对脚下的飞安下达了指令。他隐隐有些焦急，不知道该如何逃脱。

“我得出去！”笛陀，也就是现在的大甲脚，内心中暗暗地思索着。

等笛陀带着飞安来到观察室的时候，他感知到了三楼的朴汩和黑威发来的指令：“把飞安的能源系统关闭。你在一边待命。”

笛陀努力让自己表现得机械一点，他知道现在绝对不能引起黑威的怀疑。他顺从地关掉飞安的能源系统，然后退在一边站立不动。

黑威和朴汩没注意到站在一边的大甲脚有什么不对。他们走到拦丁智太分析系统前，对统楼发出一道意识：“对飞安进行全方位扫描，找出不明生物信息在他哪个部位。”

笛陀看到被关闭能源的飞安静静地躺在地面，犹如一只待宰的羔羊，他心中一阵后怕，如果没有及时将意识体转移到大甲脚身上，那么现在躺在那里的就是自己了。

章十一

统楼的检查很快就有了结果，他向黑威回复："检查完毕，没有发现不明生物信息。"

黑威非常惊讶："怎么可能？重新检查！"他心中有些奇怪，飞安被抓住的时候，还是不听指令的失控智太，怎么却查不出不明生物信息？

统楼的再次报告没有不同："检查完毕，没有发现不明生物信息。"

黑威不明白到底发生了什么，却发现朴汨对他摇头："他一定还在统楼内。让统楼进行全方位扫描。"

黑威把指令传达出去，心中却在思索，这个不明生物信息到底是如何摆脱大甲脚的，难道……他忽然转过头去，盯着安静地站在一旁的大甲脚。

与此同时，统楼的警报声也响了起来："检测到不明生物信息，观察室大甲脚携带该信息。"

笛陀暗骂：该死的统楼！又被发现了！

接到统楼的警报，黑威的指令立刻发给大甲脚："大甲脚！停在那里不要动！"他随即向统楼内其他大甲脚发布指令让他们靠拢观察室。他心中暗暗骇异，这个不明生物信息果然可以随意转换机体，如果被他逃出去，再找恐怕就难了。

笛陀知道他不能在观察室里等死。他一脚踩破观察室的大门，破碎的金属溅得满地都是。

朴汨对大甲脚的暴力行为极为震惊，他对黑威发出呼喊："黑威，你制止大甲脚！我来启动紧急控制系统！快！"

黑威一边和向观察室移动的大甲脚们沟通，一边心中后悔：检查笛陀时就发现那个信息体古怪，当时如果立即封存，就不会有现在这样的混乱了。

朴汨在控制台上飞快地操作着大甲脚的紧急关闭装置，一面用意识提醒黑威："不明生物信息会感染智太，你也是半智太生命，小心防范不明生物信息侵入你的意识。"

黑威回复道："我会注意！"说着，他发现笛陀正朝下一层楼跳下去，看样子他是想跳到地面，离开统楼。

"拦住他！"黑威对赶过来的一个大甲脚发出指令。

面对奔跑过来的和他几乎同样大小的大甲脚，笛陀迅速启动暗动力喷射装置。伴随着呼呼的声音，他借着强大的动力猛地跃起，在拦截的大甲脚头上一跃而过。

“该死的！”看着笛陀继续奔跑，黑威忽然感觉到有些恐惧，如果所有智太都不再服从黑陀和朴陀的指令，那将会是什么后果？

“黑威，紧急关闭系统失效，我无法控制大甲脚的行动！”朴汨的意识中带有一丝慌张。一个抗命的智太，他从来没有遇到过这种情况。

“朴汨，我来制伏他！”黑威回应着，跳上房间里的一架飞安，并同时给他发出指令：“追上携带不明生物信息的大甲脚。”

飞安载着黑威绕了一个圈子，很快便追到笛陀所在的二楼，看到黑威气势汹汹地追过来，笛陀顿时慌了手脚。他侵入大甲脚的数据库时，就发现黑威另有一套控制大甲脚的方法，如果让他靠近，他极可能启动控制系统，那自己的死期也就到了。

笛陀拼命朝前面跑去，但是黑威却不再给他机会。他控制着飞安盘旋在笛陀头顶。在追逐中，趁着笛陀疏忽的一刹那，黑威陡然一跃，朝笛陀的头顶落下去。

黑威在接触到笛陀顶部的刹那，他犹如树皮一般粗糙的左手忽然变成了一个可吸附装置。他左手紧紧吸附在大甲脚上，右手同时打开了位于大甲脚顶端的控制盒。他把手指探了进去。

笛陀拼命地摆动身子，想将黑威甩下来，但任凭他再怎么努力，却不能把黑威甩脱。

“让你再蹦！”黑威暗暗发狠，他从笛陀顶部的控制盒中扯出几根手指粗细的线路，用力一拽。

随着线路的断裂，大甲脚立刻停止了奔跑，身子像被固定住了。

黑威舒了口气。这些线路是控制大甲脚行动的智太连接，相当于人类身体躯干和神经中枢相连的神经。失去动作能力的大甲脚即便意识还属于笛陀，但他已经失去了对身体的控制权。

黑威仔细检查之下，终于在大甲脚的脚部发现了那个不明生物信息颗粒。

“朴汨，我已经控制住大甲脚，找到了不明生物信息。”黑威向朴汨报告。

“好。你把他带去观察室。我们得取出他的意识体。”

取出大甲脚脚底的意识体需要用拦丁系统，黑威刚把大甲脚的神经线路接到自己手上，这样可以驱动大甲脚去三楼，他突然感到统楼忽然轻微地震动了一下。

这个震动十分轻微，如果黑威不是半智太，他根本就不会察觉到。因为刚刚经历了抗命的飞安和大甲脚事件，黑威对智太的异常变得十分敏感。

“统楼，请解释震动的原因，并进行自身检测。”黑威一边驱动大甲脚升空去三楼，一边对统楼下达指令。

“震动原因不明，自身检测完成，没有发现任何异常。”统楼很快就给了黑威答复。

黑威有些担心地眯起了眼睛。统楼是这里最重要的智太，是万万不能出现问题的。他有些不放心，他将自己的意识连接到统楼系统进行检查。

黑威带着大脚甲到了三楼观察室的时候，统楼检测信息回来了：没有任何问题。

黑威并不知道，刚才统楼的震动正是笛陀的意识体侵占统楼系统引起，只是笛陀这次多了个心眼，他成功侵占统楼之后选择了暂时性关闭自己。因为这个原因，统楼在黑威检测时并没有显示异常。黑威检查过后，笛陀再次开启意识，暗中控制住统楼的智太系统。

毫不知情的黑威到达观察室的时候，朴汨已经在那里等着他。看到被大甲脚踹碎的大门，黑威心想，不管如何，大甲脚总算被制服了，现在得赶快处理笛陀带来的不明生物信息。

朴汨迫不及待地把拦丁手套对准大甲脚，但他没有找到笛陀的意识体。黑威看到，也大惊失色：怎么又没有了？

黑威迅速发出指令：“启动统楼扫描系统，检测所有非正常智太数据。”

扫描很快就完成了，可是这一次统楼给出的确认却大大出乎两人预料。

章十二

统楼竟然没有找到笛陀的信息。

朴汨和黑威对统楼扫描的结果难以置信。

朴汨和黑威正欲再次让统楼扫描统楼里所有的智太，黑威的意识里出现了一阵轻微的波动，他觉得出有些不对。他没有马上让统楼继续扫描，而是把手搭到房间墙上的智太系统终端，把自己的意识和统楼连接到一起。

让他大吃一惊的是，他一下就感到了有异常信息向他的身体内侵袭。黑威赶快松手，立刻启动几乎从来没有用过的黑陀智太保护程序，然后再次将自己的意识和统楼连接。

这次，他一下便找到了笛陀所携带的不明信息，但问题是，他的信息不再是在某一个智太系统上，而是开始充斥统楼的每一个角落，而且，统楼自身正在以飞快的速度将这个信息复制并且传播给统楼里的所有智太。

黑威马上启动应急装置应对，可万万没想到，统楼突然中断了和他意识的连接。他立刻再次连接，却不料统楼毫无反应。

“发生了什么事？”朴汨看到黑威的异常，但还没等黑威回复，他就发现六楼观察室里的大甲脚开始活动起来，他正纳闷，黑威的回答到了：“笛陀的意识传播开了，它在侵占整个统楼！”

朴汨大吃一惊，不由自主看向黑威。他正要再问，却见黑威把头转向门口。他也跟着看向门口。

一个细高智太正站在他们的身后。

“你为什么进来？”黑威问。

“我在执行指令，拆掉中心，然后重建！”

“你接到的指令无效。你……”黑威意识到智太接到了笛陀控制的统楼发出的指令。他正想给智太发出新的指令，却发现细高智太开始一步步逼近，并同时挥手向他劈来。

黑威一闪身，细高智太的手臂落空。他一击不成，马上转身袭向朴汨。

黑威伸出左手去抓这个失控的智太，试图连接上他的神经线路，却发现对方一点反应也没有。黑威无奈，只能反手抓住细高智太的胳膊样的部件，让朴汨有机会闪避。

朴汨开始还没有意识到事态的严重性，看到智太攻击黑陀，而黑陀完全处于被动，他赶忙把还套着能隔空取物的拦丁手套的手，指向扑过来的细高智太的脖子。

朴汨的手一个拧动，智太还未靠到朴汨的身体，脑袋一歪，便扑倒在地。

门口一阵响动，又一个智太冲了进来。他底部装有两个轮子，轮子之上是圆锥形的躯干，从躯干中伸出十几条触手像个八爪鱼一样，他挥舞着这些触手飞快地向朴汨和黑威冲来。

他本来只是个负责信息采集的低等智太，谁都不会料到他会变得如此危险。只会直行的他冲到面前，黑威一个侧身闪开，智太没能及时停住，冲着墙撞了过去。

他撞到墙上后被墙反弹回来，一下失去了平衡，他翻仰地上，十几条触手兀自在地上抽来抽去，发出“啪啪”的声响。

朴汨上前用戴着拦丁手套的手指向他的圆锥形躯干的底部一抽，顿时，一些线路从他的躯干中抽了出来，他的那些触手随着耷拉到地上。

顾不上沟通，朴汨和黑威马上冲向门外。门一推开，眼前的景象令人大吃一惊。所有楼面上触目所及的各种智太像是发了疯一样，能动的漫无目的地横冲直撞，不能动的开足马力发出最大的声音。

黑威试着叫了一下飞安，但没有一架飞安出现。完了，飞安也失控了。

他们现在在三层楼上，需要下到底楼才能离开这个被笛陀占据的统楼。没有飞安，下楼便是一个问题。黑威正思索着，突然从隔壁的房间里冲出一只大甲脚。大甲脚发现了朴汨和黑威，马上朝他们冲了过来，沉重的机体踏得地面“腾腾”直响。

朴汨把戴着拦丁手套的手，指向大甲脚的顶部，但他们间的距离太近了，还没等朴汨动作，大甲脚已经冲到跟前。黑威一把把朴汨从大甲脚踢出的大脚前拉开，自己也不敢和大甲脚纠缠。他们只能朝着反方向拼命逃离，大甲脚在身后紧追不舍。

朴汨和黑威跑进一间分析室，但却无法将门关闭，显然笛陀已经打开了统楼里所有的通道。黑威想到这里，马上要和朴汨转身离开，但身后的大甲脚已经追了进来。

一个半球形机器飞着跟在大甲脚的身后，那机器身上有七八个小孔，有声音从那些孔中一遍遍传出：“请将待分析信息输入……”

笛陀用自己的意识感染了统楼后，便把意识体移回到七楼存储室他原先的身体中。他活动了下胳膊，那种熟悉的感觉非常好。

当他从存储室里出来时，一个飞安飞了过来，停在他脚下。

笛陀跳上飞安，一层层下降，直到底楼。

这里，已经有数百个飞安、飞锐和大甲脚还有其他智太聚集在一起。随着统楼大门的打开，下了飞安的笛陀领头向外走去，智太们紧跟其后缓缓向外涌出。

他们走出光太中心的大门，开始冲向罗亚克的各个方向。

他们心中只有一个目的——重建！

笛陀看着整齐的智太大军冲向四周的统楼，他听着四处传来的隆隆的声音，似乎一切都是那么熟悉，他在开阳醒来的第一个夜晚，听到的就是这样的声音。他来自于一种高大的机械，地球人叫它为挖掘机。

这些声音让笛陀心中忍不住兴奋起来。

章十三

被大甲脚堵在室内的朴汩和黑威正不知如何是好的时候，追进来的大甲脚突然停下了脚步。朴汩乘机刚要用拦丁系统对付大甲脚，却发现他一个转身便走出了房门。

朴汩和黑威不知道发生了什么，他们在房间的一角等待着。

外面安静了下来。

但那个半球形机器还悬空在房间里，机械地重复着“请将待分析信息输入”的指令。黑威这时已经意识到这个半球形机器和其他智太不同，他用意识发出指令：“别出声！”

悬浮在空中的机器马上安静了下来，

黑威认出了这个没有名字的机器。他是分析光太宇宙物质的仪器。因为分析光太宇宙物质时有很多的数据需要朴陀人参与控制，因此这个仪器没有被设计成全智太——也就是能够独立运行的智太。这种机器需要依赖朴陀或者黑陀的参与才能进行他的工作。这显然是笛陀没有能控制他的原因。

看到朴汩注视着这个悬空的机器，黑威正要和他解释他的想法，却看到朴汩绕过机器向门外走去。

黑威赶紧跟了上去。那悬浮的机器也随着他们飘出房门。

外面，没有一丝喧嚣。

“能移动的智太都离开了？”朴汩似乎在问自己。

黑威赶到朴汩身边：“看来是的。”

“他们会是去了哪里？”

“难道他们要把光太中心拆了？”黑陀突然想起了细高智太的话，“我们得马上离开这里。”

“怎么离开？”朴汩看了一眼四周，目光之内没有任何飞安的影子。

黑威扭头把眼睛看向悬浮在身后的那个半球状机器：“他应该能承受我们的重量。他可以把我们带去楼下。”

罗亚克正陷入一场前所未有的混乱，无数的智太在统楼间穿梭，他们形态各异，移动方式也千奇百怪。他们在协调着笛陀指令的拆迁。

笛陀也正忙着和罗亚克各个统楼连线。他在用他的意识侵入那些统楼，继而控制里边的智太。被控制的智太们都冲出统楼，加入到统楼外的混乱之中。

有些统楼笛陀没能控制。他们是那些型号较老的非智太统楼。笛陀无法让自己的意识侵入他们的系统。一旦笛陀遇到这种情景，他便让他所控制的智太们一拥而上，一会儿时间，这种统楼就被推到，并被拆卸得七零八落。

智太们把所有统楼里的朴陀和黑陀们都赶到一个空地。很多朴陀人不知道发生了什么。他们，以及他们遗传的记忆中都没有这种经历。他们呆呆地看着不再听他们指令的智太们，以为自己的感知出了问题。

朴陀人在建造统楼之初，就把他整体设计成一个巨大的机器。然而现在这些大型智太已经失去了朴陀人的理智。他们被无数的飞安和飞锐托着飞离地面，众多机器发出的巨大的轰鸣声伴随着地面的颤动传出很远很远，黑色的土壤被连带着飞离地面，又因为重力纷纷落回地面。

飞安和飞锐们发出嘈杂的呼啸声，他们托着统楼，飞向远处的新区。当统楼被搬运到新区上方，随着飞行中的智太们向四面散开，统楼便“轰隆”一声落到地上，砸得地面一阵颤动。接着，飞安和飞锐们又一起飞向下一座统楼，用同样的方法把这些庞大的统楼搬去新区。

终于，从光太中心出来的朴陀和黑威吃惊地看着眼前的一切，他们难以想象笛陀怎么会带来如此巨大的破坏力，一场前所未有的灾难降临到了他们的世界，当务之急，他们需要保护朴陀人的安全。

黑威让半球状机器把他们放到地面后，朴汩开始把意识传达给所有的朴陀和黑陀：“所有人都去嘟咿突戈森林。”

除了身边的黑威，没有人做出反应，他们都还在茫然地看着一座座统楼从一个地方飞到另一个地方，好像一切都是幻影。

“所有人都去嘟咿突戈森林！”朴汩和黑威一起把自己的意识放大到最高能量。

罗亚克空地上的朴陀和黑陀们首先回过神来，顿时，他们乱成了一片。有几个黑陀开始带人往克外跑去。

“朴汩，暗娃他们还在儿童统楼里。”黑威指向远处。

“什么？”朴汩的意识剧烈波动起来。他顺着黑陀手指的方向看去，儿童统楼已经被迁移去了新区，而他似乎听到了里边有孩子传出的哭喊。

章十四

在笛陀规划的新区内，被飞安和飞锐迁移到这里的儿童统楼和其他统楼看上去并没有什么不同，但儿童统楼却是专门为朴陀人的儿童所设计。

统楼内大部分的孩子在搬迁前就被智太们赶出了统楼，但还有一个年轻的女性朴陀和六个比她矮了一半的朴陀孩子却被遗忘在里边，她就是暗娃，她所负责的工作相当于亮星的幼儿园教师。此时，他们正小心翼翼地寻找着出统楼的方法。

“暗娃，智太都怎么了？”一个孩子问暗娃。

“我也不清楚，我从来没遇到过这样的事情。”暗娃一边警惕地看着四周一边回复。

刚刚不久前，儿童中心的智太突然发生骚乱，所有原本和善友好的智太把无助的孩子们扔上飞安，并把他们驱赶出统楼。暗娃和这六个孩子当时在统楼的顶层游戏，这使得智太们忽略了他们的存在。

暗娃尝试着继续呼叫飞安，但还是没有任何飞安出现。

“飞安们都不听指令了。”又一个孩子试着呼叫飞安。统楼里仍然没有任何动静。

统楼顶层的一角，是“老旧智太陈列室”，里边陈列的都是淘汰的旧型机器。

暗娃觉得里边会比外面更安全些，于是招呼着把孩子们带了进去。

六个孩子跟着暗娃进到陈列室后，暗娃转过身想把门关上，但统楼的门已经失效。

为了纪念过去的科技，朴陀人把一些淘汰的机器放在这里展示给他们的孩子，用以证明科技的进步和他们生来俱有的记忆中是一模一样。

旧机器们经过刚才的迁移已经被摔得七零八落。暗娃带着孩子小心通过向屋里走去的时候，她的目光突然落在了一件很大的四方形的古老飞行器上。那是飞安的雏形。

“有办法出去了！”暗娃朝紧随其后，正在四处张望的孩子们发送信息。

“什么办法？”

“看！”暗娃指向那架老式飞安。

“我们坐这个出去？”一个孩子看清楚眼前的东西，愣了一下。

暗娃费了很大力气才跟他们表达清楚自己的计划，虽然有两个孩子表示硬闯出去危险，但眼下也没有其他办法。

暗娃试着让这个古董机器启动，她知道朴陀人和机器互动的方式变化不大，她应该能够启动这个大家伙。果然，古董飞安的四侧开始发出一阵“咯咯”的声响，它居然启动了。

“大家快站上来！”暗娃赶紧招呼孩子们。

六个孩子爬到了古董飞安上，等他们站稳，暗娃用意识下达了指令——把我们带出统楼!

古董飞安慢慢上浮到空中，但他晃动着，没有移动位置。

“怎么回事？是不是坏掉了？”一个孩子疑惑起来。

“不是，他在说指令无法识别。”暗娃也有些奇怪，她试着换了另一条指令——向前飞!

这次古董飞安接受了她的指令，他载着一行人摇摇晃晃一直向前飞去。暗娃意识到，这架飞安只能识别简单的指令，无法像智太一样做复杂的判断。于是她不停地用意识操控着这架古董飞安一层层往楼下飞去。

朴汨和黑威这时已经赶到新区儿童统楼的大门口。他们是徒步赶到的，因为带他们出光太中心的半圆机器在等待他们的过程中，被一只赶过来的飞锐撞得四分五裂。

途中，朴汨已经用意识和暗娃联系上了，知道她正想办法从统楼出来。他把暗娃给他的消息转给了黑威。

“但是他们没有飞安啊。”黑威想着，同时和朴汨一起跨进统楼的大门。

统楼里空无一人，也没有活动的智太。他们正寻思着如何上顶层接应暗娃，却看到有机器从上面飞下。

他们赶忙闪到一侧。让他们惊讶的是，那机器下到地面后，发现上面竟然是暗娃和孩子们。

“二代飞安！”黑威诧异暗娃怎么找到这种古董，但他没有问这个问题，“就这些孩子？”

“是的。”暗娃向他确认，“就他们了。”

朴汨打量了一下古董飞安，问黑威：“加上我们两个他还能载得了么？”

黑威熟悉这种飞安：“没有问题。”

“好。那我们带着孩子马上去嘟咿突戈森林。”

“黑威，你得把黑智找回来。”

“为什么？”站在古董飞安上的黑威依旧警戒地注视着四周。

“我们需要对付笛陀。是黑智把他送往地球的，黑智应该能有对付笛陀的办法。”

“那我们停下。我得去亮星，我得回光太中心。”

章十五

“笛陀已经走了？”

李古力的脑海里忽然出现这样一句话，那是个完全陌生的声音，不是他自己的。他下意识地打量周围，没有人讲话。他看到了黑脸人的眼睛，黑脸人竟盯着他，潜意识告诉李古力，脑海里出现的那个声音属于眼前的黑脸人。这算什么？难道这就是心理感应？“他去哪里？你知道他去了哪里？”

在大家身后的高雅妮快步走到李古力身边：“黑智来的时候，笛陀还跟他说了些什么，后来笛陀就消失了。”

“黑智？”

“对。”高雅妮看向黑智。她还完全不明白，黑智是如何让李古力死而复生的。

李古力两眼紧紧盯向黑智，这个黑智救了自己，他是从哪里来的？怎么如此眼熟？但眼下最急迫的是笛陀的去向。他追问黑智道：“告诉我，笛陀究竟去哪里了？”

黑智并不理解李古力的声音里所传达出来的紧张和担忧，他依旧很平静地看着李古力：“他已经回朴陀星了。你需要把传送装置放回去。”

“什么？笛陀回朴陀星了?你是从朴陀星来的？”李古力又紧张又惊讶。

“是，我是朴陀星来的黑智。”

见张大明、高雅妮都在点头，李古力还是有些迟疑地把墨砣放回到墨架上。他松开墨砣的那一刻，终于想起了他刚才一直在努力搜寻的记忆。

他转身看向黑智：“笛陀有一个非常邪恶的想法，我们必须赶快找到他，阻止他的计划，他会给你们朴陀星带去灾难的！”

听完李古力的回答，黑智并没有表现出任何强烈的反应：“请问你说的邪恶是什么意思？”

高雅妮觉得黑智有些不可思议。他刚才还救活了李古力，怎么现在却连“邪恶”的意思也不知道？她插嘴道：“邪恶就是不好的意思。队长说了，他会给你们朴陀星带去灾难的。”

听完高雅妮的解释，黑智依然平静：“笛陀只是一个智太，而且不是一个完整的智太，他只是一个意识受限制的机器，他不可能有自己的计划，更不可能给朴陀星带去灾难。”黑智讲到这里的时候，他想起了笛陀提出要回星球的请求——理论上笛陀是不应该会提出那种请求的——这让他又有了一些怀疑，不过他更相信自己的判断。

“他不是一个单纯的机器，因为他在杀死我之前曾说人类很无序，需要拯救。我不知道他说的人类是否包括你们朴陀人。”李古力开始平静下来。

“我们朴陀的生活一直都是有序的，不需要拯救。”黑智不理解，摇摇头回答道。

“他有没有说如何拯救人类？”张大明在一边问。

李古力摇摇头道：“不知道。但我知道他说要回地球来。”

李古力的说法立即被黑智否定了：“这不可能，笛陀回去之后将会被提取信息，那时他将只剩下一个躯壳，他不会再回地球的。”

黑智在说这话的时候，他们在场的人谁也没有想到，笛陀的拯救计划已经开始在朴陀星实施了：朴陀星上的罗亚克光太中心刚刚被笛陀侵入，笛陀控制了所有独立智太，他们正在搬迁统楼建立新区，而朴汨和他的罗亚克的朴陀人正在逃去克外的嘟咿突戈森林。

这个人是不是思维能力出现了故障？黑智看着李古力：“你是不是觉得你的思维和以前不同？难道你的身体不能接受我们的材料？”

到了这一步，急也没有意义了。李古力真正平静了下来。他明白了一件事，和这个黑智说话一定要有缜密的逻辑性。他回答道：“不，我的思维是正常的，我说的事情也都是真的，请你跟你们星球联系，让他们尽快销毁笛陀，不然恐怕会有一场灾难发生，请相信我！”

黑智点点头：“谢谢你的提醒，不过你尽管放心，笛陀绝对不会做出对朴陀星不利的事，因为他只是一个机器。”

李古力再无话可说了，他不知道黑智是固执还是自信，但他始终有一种不祥的预感，在这之前他还从来没有过这种感觉。直觉告诉他，可怕的事情已经开始发生了。

"你这家伙怎么就是不相信我们队长的话？到时候后悔，可别怪我们队长没提醒你！"关凯狠狠瞪了黑智一眼。他不知道之前李古力和笛陀在开阳所经历的一切，他也并不十分明白李古力和黑智间到底在说什么，但他一直确信队长的判断。

关凯刚说完，黑智忽然扭头看向了墨架，其他人不知道发生了什么事也紧跟着看过去。在所有人毫无知觉的状态下，墨架前无声无息地凭空多出一个和黑智看上去一样，但比黑智高出一个头的黑脸人。

"黑威，你怎么到亮星来了？"黑智向他走过去。

黑威看了一眼周围的地球人："罗亚克一片混乱，你得回去。"

"怎么回事？"

"笛陀回朴陀了，他把不明的亮星意识带去了朴陀，给罗亚克带去了灾难。朴汨要你马上回去。"

"怎么可能？他不就是一个还不完整的智太？"

"不知什么原因，他已经是一个具有独立意识的智太了。"

"即使是这样，你还是应该能对付他的，不是吗？"

"我没能对付得了他。他的意识体一下便控制了统楼，并控制了罗亚克所有的独立智太。一定是在亮星这边发生了什么。我不熟悉笛陀带回去的亮星的意识智慧，这也是朴汨要你回去的原因。你来过亮星两次，"黑威有扫视了一眼围绕在他和黑智周围的亮星人，"你应该知道得更多。"

黑智看向李古力，心里暗想：如果笛陀有我们朴陀人不熟悉的意识智慧，我也肯定不能制伏他。我们需要亮星人帮助才行。眼前这个人有我的一部分意识能力，他如果能去朴陀，一定能帮到我们。

想到这里，黑智走到李古力面前："看来笛陀的确如你所说出现了故障。我们判断他已经不再是一个单纯的智太，他已经有了你们人类的意识。我想邀请你和我们一起去朴陀星，帮助我们制伏笛陀。"

李古力有些犹豫，他从来没有想过有一天会去外星。他的任务是维护国家利益，而笛陀去了外星，和国家利益似乎已经没有了关系，但他又想到笛陀的变化和他的邪恶，如果笛陀有朝一日入侵地球，危及国家利益，等到那时再对付他，还不如先发制人。

想到这里，李古力对黑智说道："好，我跟你们去。"

高雅妮没想到李古力会这么轻易地答应，她吃了一惊，忙道："我跟你一起去。"

"我也去。"一直没有插上话的王贵华跃跃欲试，能去外星球一趟，这主意太有吸引力了。

关凯在一边也开腔了："队长，缺了谁也不能缺了我，你要是去，这一趟我也去定了。"

张大明看出李古力似乎有些犹豫，不过他也有自己的想法。他上前一步对李古力说："你是不是要请示上级？"

李古力点点头，他看了看张大明，从衣兜里掏出手机。

章十六

肖先生的回复是肯定的。

见李古力放下电话的神态，王贵华猜到了大概：“我们去？”

李古力的“是”还没有说完，王贵华便追问道：“我们就这样去吗？那边是什么样的环境？我们地球人能适应吗？”

“你们等一下，我去给你们把布谷苏取来，有布谷苏你们就能适应朴陀的环境了。”说着黑智走向墨架，他把手按在了墨砣上，瞬间他就消失不见。

黑智离开后，黑威有些傻愣愣地站在一旁看着大家，大家也不知道和他说什么好。大勇的七小队的四个队员对黑威仍然不放心，他们持枪警戒着。

张大明见没有其他事可做，便把身后的背包卸下，从里边拿出四只腕带式的装置，分发给李古力他们四个人。

“这是什么？”高雅妮好奇地问道。

“这是腕延，又叫恶劣环境人体延伸保护系统，戴在手腕上后可以自动生成适宜人类生存环境的一层光波，像穿了一件衣服。”张大明笑着解释道。

张大明还没说完，关凯手一抖，已经把腕延扣在了手腕上，随即身体上竟真的出现了一层不用心还看不出来的薄薄的光。他不禁叹道：“张教授，这太神奇了。呵呵。”

王贵华仔细看了看手中的腕延，再次惊叹于南极人的技术：一个如此小巧的装置竟然能支持这么一套复杂的环境系统。

大家还没从惊讶中缓过劲儿来，张大明又拿出了两样东西，一盒圆形、硬币大小的蓝色透明薄片，和一瓶橙色的胶囊。

“这又是什么？”王贵华拿起一片蓝色圆片好奇地问。

张大明介绍道：“这蓝色的是缓释水片，能够提供人体两百小时所需要的水分。而这个橙色的胶囊则是E能200，可以为大家提供能量，维持机体活动两百个小时。”

王贵华接过张大明手里的橙色胶囊，端详着道：“这小东西如此神奇，如果可以量产的话，相信可以为更多工作在恶劣环境下的人提供良好的机体生存保障。”

“也许哪一天，我们可以让它在市场上自由流通，但现在还不行。”张大明笑了笑，说道。

他们把张大明的东西收好时，黑智已经回到屋子里。他手里多了六个黑色的大框眼镜。

“这就是你所说的布谷苏？”关凯有些怀疑，那东西看上去就像是潜水镜。

“是的，这是布谷苏。布谷苏可以让你们在完全黑暗的暗太世界看到周围环境，也会调控你们的机体功能，并完全自由地用意识，或者语言，和朴陀人沟通。但戴上去的瞬间会有相当的刺痛感，你们试一下。”

高雅妮接过布谷苏分给大家。最后还剩下两只，张大明要了一副，她于是把最后的一副给了大勇。

关凯看到，好像想起了什么。他大步走到大勇面前，低声问：“你带什么大火力武器没有？”

大勇一眼就看出了关凯的心思，他对关凯微微一笑道：“没有大火力武器，不过有一把X15手枪，行不行？”

“行啊，总比什么没有强。”X15式手枪是墨龙小组的最新配备，它射程远、精度高、后坐力小但子弹的爆炸力相当于小型榴弹。

大勇的队员吴开喜麻利地把X15手枪从后面递了过来。关凯见了枪，接过来掂量一下，咧嘴嘿嘿笑起来。

“这是什么？”黑威走过来把枪接过去看了一遍。

关凯对他说：“想制服笛陀，或许就要靠这家伙呢！”

黑威似乎并不明白关凯的意思。他把X15还给关凯，没有搭腔。

“大家先把布谷苏戴上吧。我们分两批传送，你们谁跟我一起？”黑智说道。

李古力安排道：“关凯你和小高一起，我和王贵华先跟黑智过去。”

“你们小心。”关凯嘱咐道。

李古力打量了一眼手里的布谷苏，黑色的材质没有一点反光，看上去很像没有星光的夜空，深邃得看不到尽头。他吸了口气，把布谷苏戴到头上。布谷苏接触皮肤的瞬间，李古力忽然感觉到一股强大的吸力。布谷苏一下便吸附到他的脸上，接着针刺般的疼痛在接触面上蔓延开来，这股刺痛很快就消失了，但眼前的世界却只剩下了黑白两色。

和李古力一样，其他人在戴上布谷苏的刹那都感受到了那一股刺痛，不过他们心里已经有了准备，再加上刺痛很快消失，因此并没有感觉像黑智说得那么恐怖。

"啊？怎么是黑白的啊？"关凯戴着布谷苏四处看了看。他想把布谷苏拿下，却一时拿不下来。

王贵华笑道："也好，少了颜色带来的浮躁，这样多单纯！"

黑智见大家都适应布谷苏，便走到墨架前："我把手放在墨砣上的时候，你们把手放在墨架上即可。"看李古力和王贵华走过来，黑智把手放上了墨砣。李古力和王贵华上前一步，把手按在了墨架上。

黑智轻轻按下墨砣，李古力一时感觉身体像是被抽空了一般，他的身体似乎变成了一张白纸，飘荡起来。

三个人一下消失了，屋子里除了黑威，所有人又一次惊呆了，连张大明也暗暗称奇：这太难以解释了。

黑威看了一眼关凯，说："我们也该走了。"

先前悄悄离开了屋子的喇嘛带着活佛已经回到屋子里。他们一直不明白这里到底发生了什么事。现在看这个高个的智觉佛也要走，活佛慌忙匍匐在地恳求道："请智觉佛教给弟子佛法。"

黑威看了看五体投地的喇嘛，他不知道黑智曾经和这些亮星人说过什么。他只能答应道："我还会回来的，我的朋友。"

"我佛慈悲，弟子们都在外面等候，望我佛怜悯现身让众弟子亲睹。"

黑威看活佛诚恳，便随着他走到屋外。

原来，喇嘛离开屋子后，便把智觉佛到来的消息传到了整个寺院和寺院所在的村庄。这时看到智觉佛现身，所有等候在院子里的人们齐刷刷地一下都扑倒在地，不敢抬头。

高雅妮正准备去外面看黑威在干什么，忽然有个影子在屋里闪了一下，飞出门外，速度之快，似乎只是自己想象中的幻影。

"那是什么？你看到了吗？"高雅妮迅速转身问关凯。

"什么？"关凯不解地看向高雅妮。

"难道是我眼花了？"高雅妮摇摇头。她用手扶了扶布谷苏，心想一定是这个布谷苏的事。

这时黑威回到了屋里，他走到墨架前，把他硕大的手掌放在墨砣上道："大家准备好，我们要回去了。"

关凯和高雅妮学着李古力他们，把手放在墨架上，点了点头。

黑威按下了墨砣。

章十七

黑智、李古力和王贵华到达朴陀星的时候，罗亚克光太中心附属的传送中心小统楼正孤零零地站立在一片废墟之中。光太中心已经被智太们彻底摧毁，只剩下最底部的一层挤在被拆卸得凌乱不堪的建筑材料之中。

尽管布谷苏能帮助李古力和王贵华适应暗世界的环境，但突然的转换还是让他们产生了一种难以忍受的眩晕。他们睁开眼睛，眼前一片黑暗。他们只能用力闭起眼睛，然后再睁开，反复了好多次，他们才感觉正常起来。

他们扫视四周，发现黑智站在一边目瞪口呆地向墙外看。他们于是也看向外面。墙体是透明的，眼前的一切让他们怀疑自己还没从眩晕中清醒过来。

只见空中到处都是各式各样的机器，他们飞来飞去，好像都有目的但又似乎完全无序。这一切倒像是一部黑白科幻片里的场景。

王贵华突然意识到，他所看到的东西只有黑、白和灰三种颜色，所有机器的外表都像披了一件灰色的披风，只是灰度不一而已。王贵华想到这是布谷苏的作用，抬手就想把布谷苏摘下。

他没有想到布谷苏像是吸附在他的脸庞上。他抓住布谷苏的边框开始用力，却发现皮肤像是被无数的针刺一样疼痛难忍。

"不能摘，这是暗太宇宙，如果摘下布谷苏，你甚至都不能够呼吸。"

感知到黑智发给他的意识，王贵华吓了一跳，赶紧松开了手。

李古力看了下表，他们从地球来到这个世界五分钟了，他有些不确定这表是不是坏了，难道穿越时空没有消耗时间？他刚要问黑智这是什么地方，忽然看到一个四方而扁平的东西向他们飞了过来，悬浮在墙外的空中。

李古力感知到了黑智的问话："飞安，你们是怎么回事？为什么会如此混乱？"

飞安上下颠簸了两下，他回答黑智："笛陀说，混乱就是秩序，我们听笛陀的。"

"笛陀是一个机器，你不知道这是不允许的吗？"黑智的意识很强烈。

飞安顿了一顿，没有回话，飞走了。

王贵华不明白怎么回事，问黑智："是你把那个会飞的东西吓跑的？"

"那个会飞的东西叫飞安，是我们的智太的一种……"黑智的解释被刚到的高雅妮的喊声打断了。

“队长！队长，那些是什么？”显然高雅妮真正睁开眼睛之后的第一个场面便是透明墙外天空中的无数的飞行机器。

“那种方形的飞行器叫飞安。”李古力解释着，同时招呼大家：“小高，小王，关凯，我们跟着黑智，不要走散。”

黑智见黑威出现后，立即问：“朴汨在哪里？”

“他们都在嘟咿突戈森林，我们去那里会合。”

“好。大家跟我走。”说着，黑智便带着众人走出传送中心小统楼。

他们快速地走着，可步行的速度实在有限。忽然，一片巨大的阴影扑来，只见空中掠过五架飞安。黑威大喊：“不好！大家小心！”

飞安们迅速聚拢过来，把李古力四人和黑智、黑威包围在里面。黑威眼睛瞪得老大，不停地发出指令让飞安降到地面上。

飞安短暂地停了停，但片刻间，他们向黑威和黑智旋转着攻去。黑威和黑智显然不知道如何应付这种场面，他们胡乱挥舞着粗糙的手臂想把他们赶走。

李古力四人躲避着旋转中的飞安，但不久便发现飞安只对付黑威和黑智，好像他们四人并不存在。李古力要救黑智和黑威，手上却没有武器，而这时眼角瞥到地上有很多他应该能拿得起的东西。他迅速弯腰从地上捡起一块东西准备御敌，没想到那东西在手里竟然软乎乎的，还会动，李古力大惊，但不管三七二十一，他把那东西砸向一架飞安。那东西撞到飞安上，飞安一下就失去了动力，扭扭歪歪地掉落到地面。关凯和王贵华见状，也立即效仿。

飞安们正全力攻击黑威和黑智，没在意这四个外来者。对于李古力他们的攻击，猝不及防，攻势减弱。

李古力大声喊：“快跑！”

黑威和黑智见李古力出手帮忙，心下大喜，他们甩开飞安，向前直奔。

受到攻击的飞安整顿阵型，立即又追了上去。

待一个飞安靠近，关凯把手中一直提着的一支棍状的东西砸了过去。棍状的东西和飞安撞了个正着，那飞安一下便坠落到地上。

还剩下的三架飞安似乎“看”到刚发生的情景，他们升高了一些，但并没有放弃追逐。王贵华一边跑，一边也把路上捡着的一个不知名的机器部件不时做抛起状。这让飞安们飞得更高了一些。

“这些飞安有眼睛啊？”王贵华向领头的黑威喊道。

黑威正尽力朝前跑着，他没有回答王贵华的问题。几个人加快脚步，爬过一个山坡，一头钻进了蘑菇状的树林。这些植物体积十分庞大，看上去就像放大了几千倍、身上还长满枝叶的巨大蘑菇，蘑菇的枝杈上还挂满了密密麻麻的果实。

黑威见飞安没有追上来，这才放慢了脚步。

李古力看了看后面，确认飞安没有追过来：“他们为什么没有追过来？”

“嘟咿突戈森林会扰乱智太的意识，他们不会追进来的。”黑智解释道。

“那么，刚才那架被我们打下的飞安，是因为靠近这里，他们的巡航系统出故障了？”王贵华问。

黑智不知道巡航系统是什么，但是他知道故障的意思：“是的，普通情况下棍子是打不到飞安的。”

王贵华“哦”了一声：“你刚才说嘟咿突戈森林，那是什么？”他对这里充满了好奇，他伸手摸了摸身边的树干。

“你触摸的正是嘟咿突戈，我们有时管它叫突戈。它是我们的主食。”黑智边解释边朝四处看。

“这不就是蘑菇树嘛，”关凯仔细看了看嘟咿突戈，“对了，突戈挂这么高，你们怎么上去采摘啊？”

黑智又加快了脚步：“突戈猢会帮助采摘。突戈猢是专门采摘突戈的机器，也只有他这一种智太能够在这里边活动自如。我们的食物储存降到一定量的时候，突戈猢便会开始采摘嘟咿突戈。”

“你们这突戈怎么生长的？没有阳光也能长这么高？为什么这些突戈全是银灰色？它们没有别的颜色吗？”王贵华一口气问出好几个问题。

“我们这里没有你们亮星上所看到的太阳。这里是暗太世界，只有暗物质和暗能量，所有暗物质的生存都依靠暗能量，嘟咿突戈也不例外，暗能量吸收得越多，他们就长得越高，而且暗能量是无穷无尽的。而颜色，暗太世界和你们所处的光太世界不同，这里只有黑、灰、白三种颜色，就是你们通过布谷苏看到的颜色。”

李古力听着黑智的介绍，一边走一边抬头透过树林看灰色的天空：“我们这是去哪儿？”

“我们去见我们的首领朴汨。”

章十八

在茂密的嘟咿突戈森林中走了不久，黑智和黑威带领李古力他们来到一块空地。这里是朴陀人聚集的地方。他们的脸上大多是不知所措，他们不明白智太们怎么会突然疯狂，他们在为失去家园痛心，只有一些朴陀孩子，他们仍然在无忧无虑地奔逐玩耍。

黑智把李古力四人带到朴汩面前："这是我们罗亚克的首领——朴汩，这四位是从亮星来的人类，这位叫李古力。"

李古力观察着眼前的朴陀人，他的个头和自己差不多，只是他的长相十分独特，巨大的眼睛几乎占据了脸颊的四分之三，小小的嘴巴像是一颗脱水的樱桃嵌在脸上。他的脑袋上长满了疙瘩，像是印度的佛陀一般。四肢修长而身躯短小。李古力伸过手去，准备和朴汩握手，但朴汩看着他伸出的手，有些迷茫地看了看黑智，又看看李古力。李古力看他费解的模样，心想大概这边没有握手的习惯，于是他收回手道："你好，我是李古力，请多指教。"

"你好，欢迎来到朴陀星。"朴汩十分友好地招呼后，便走向一边。黑智和黑威跟了过去。

朴汩在向黑智、黑威询问。

"你们怎么把亮星人带回来了？"

"李古力知道关于笛陀的事，我带他们来，是希望能对我们了解笛陀的异常有所帮助。"黑智回应道。

"先别说亮星人了，我们还有三个孩子在儿童统楼，我们得赶快去救他们。"暗娃气喘嘘嘘地跑了过来。

黑威听见，刚要反应，黑智提醒他："可以让李古力他们帮忙。"

"他们能帮忙？"朴汩和暗娃都问。

李古力他们没有被晾在一边很久。

朴汩显然接受了他们到来的事实，他带着黑智、黑威和暗娃很快回到他们身边。没有寒暄，朴汩就把笛陀回来后，朴陀星发生的事情介绍了一遍。有些内容李古力听得很明白，但有很多细节他没有理解，但他还没有来得及细问，朴汩又补充道："还有三个孩子在儿童统楼里，我们需要营救他们，你们能提供帮助吗？”

“没问题，儿童统楼在哪里？”李古力问道。

“在笛陀新开出的区域。黑威，你和暗娃熟悉那里，带他们去救孩子。”

在穿过嘟咿突戈森林去儿童统楼的途中，黑威向李古力介绍这边的情况：他们所处的地方叫罗亚克，这里从来没有过他们刚刚经历的混乱和冲突。这都是笛陀从亮星回来之后开始的。

他问李古力：“笛陀是我们制造的智太，不，他去地球的时候还不是独立的智太。他是不可能存有暴力意识的。他在你们亮星都经历了些什么？”

李古力并不知道笛陀在地球的全部经历。他只能把他和笛陀的交往简单叙述了一遍。他分析说：“笛陀的所有举动都相对合理，只是最后在坎布尔寺的时候，我不明白他为什么会突然袭击我。”

“原来他在亮星就已经袭击别人了？”走在中间的暗娃听到他们的对话，惊讶地问。

李古力肯定道：“是的。”

“理论上这是不可能的，”黑威说完，又切换到意识沟通，“第一，笛陀只能接受信息，学习智慧。如果他要把知识和智慧转化为行为，这必须经过我们的过滤和反馈。他显然绕过了我们的过滤过程；第二，我们所知的亮星，并没有极端的暴力，那么笛陀又是怎么获得暴力意识的呢？”

李古力没有接话。他不知道黑威所说的极端的暴力的具体概念是什么，但他清楚暴力这个概念在地球上并不鲜见。

黑威还在分析：“而且，如果笛陀需要获得罗亚克的控制权，只要控制所有统楼即可，事实上他已经获得了这种控制权，但为什么他要拆除旧的统楼，而又把所有其余的统楼拆迁去一个新的区域呢？”

李古力心里冒出了一个古怪的念头。他不愿相信这可能是事实：“小高，战鹰说的拆迁的事，笛陀是否知道？”

“应该吧，当时拆迁闹得沸沸扬扬的，在开阳的人应该都知道的。”

李古力突然想了起来，笛陀不但知道，而且就在现场，因为是他提供的视频让战鹰得以洗刷冤情。

“队长，你为什么问这个？”

李古力摇了摇头，没有说话，他仍然怀疑自己的判断。但如果自己的判断正确的话，笛陀无疑是在模仿人类的方式在进行拆迁，并按照自己的规划来建造一个新城。

正想着，他们已经走出了森林的边缘。一个飞安发现了他们，直奔黑威而来。黑威体格健壮，他依旧是双臂乱扑，飞安不能近身。

飞安没有气馁，迅速计算着黑威和暗娃的身体素质，并很快得出结论：暗娃更容易对付，于是他便朝暗娃袭击过去。

李古力看到，冲了过去，关凯紧跟其后。

飞安旋转极快，李古力和关凯无法靠近，而附近地上又没有任何工具可以捡起对付飞安。

飞安一下飞到暗娃头顶，旋转着下压。李古力躬着身子飞奔到暗娃身边，一把拽住暗娃长长的手臂，把她从飞安身下拉了出来。

这时关凯举起手中的X15手枪，他准备掩护退回的李古力和暗娃。他对准飞安扣动扳机，但子弹射出之后，奇怪的事情发生了，枪膛没有冒出火焰和烟雾，子弹也像进入了电影慢镜头，以至于用肉眼都可以看到它飞行的轨迹。

关凯大惊失色，一时间竟然没能做出反应。他知道X15子弹的威力，也有过用杂物砸下飞安的经历，因而开枪的时候并没有把飞安放在眼里，但现在这种状况，到底是怎么回事?

没等关凯多想，飞安已经旋转着冲了过来。关凯拿着手枪迎面冲上去，等飞安快要攻击到他时，突然卧倒，拿着枪向上砸了过去。这一击正中飞安下面的制动位置，只见整个机体猛的一震，随即失去了动力，而关凯也一个侧翻躲过掉落下来的飞安。

黑威赶了过来。他看了看飞安："他不工作了。"

李古力注意到暗娃长长地盯视了关凯一遍，眼里不知道是什么神情，但不管如何，他为关凯感到骄傲，好样的。他问关凯："怎么回事？"

关凯呵呵一笑，说："看那子弹的速度，我突然想到了在金乌飞船上和那些金属鸟打斗的情景。"

李古力恍然大悟，当时快速的子弹对金乌人的金属鸟也是不起作用，反而是慢速度的力量起了作用："但这也真是奇怪。"

王贵华和高雅妮这时也已经跟了过来，王贵华伸手小心地触碰了一下地上的飞安，没有反应。他又抚摸飞安的表面，想知道这是什么材料做成的，但没有看出来。

“队长，你的胳膊！”高雅妮注意到李古力的右胳膊有一道差不多十厘米长的伤口。

李古力经她提醒才隐约感到有些疼痛。他抬起右胳膊，伤口上并没有血流出。李古力摸了摸伤口，说：“只是擦了一下，没有问题，我们快去救人。”

高雅妮看他这么说，也不好说什么，心想，这应该是张教授的腕延起的保护作用，不然那么大的创口，不可能不流血的。

章十九

进入罗亚克城区后，他们更加小心翼翼，暗娃带着大家几番辗转后来到儿童统楼前。这是李古力他们第一次真正靠近一个标准的统楼。在敞开的统楼大门前，他们相互看了一眼，然后跟着暗娃和黑威进到了里边。

统楼里空荡荡的，墙壁上是朴陀孩子画的墙画。李古力迟疑了一下，不知道暗娃带他们去哪儿，因为他看不出电梯在什么位置。

暗娃似乎知道了他的想法。她在一个房间门口停住了脚步。李古力能感觉到她在向谁发出询问。

不一会儿，一个看上去和外面遭遇几次的飞安类似但又显得笨重的飞行器，从头顶上豁然敞开的一个空洞里飞了下来。

李古力和关凯刚要反应，却感觉到暗娃在说："没事，他是正常的飞安。"

这是早先带着暗娃、黑威和孩子们逃离罗亚克的古董飞安。黑威去亮星后，暗娃带着飞安回到儿童统楼。她要确认统楼里所有的孩子是否都离开了。

统楼很大。她驾着古董飞安在统楼各层找了许久，没有任何孩子的踪影。她于是留下古董飞安继续搜找，而自己在混乱中回到了嘟咿突戈森林去照顾其他的孩子。

后来她就收到了古董飞安发出的信息，说找到了三个孩子。

暗娃看到古董飞安来到他们的脚下，便招呼所有人站到飞安的平台上，同时询问："孩子们在哪儿？"

"我已经把他们送去了顶层的老旧智太陈列室。"

"好。我们去陈列室。"

这是李古力他们第一次踏上这个被叫做飞安的扁平的飞行器。他们都觉得不可思议。不久前他们还打下了两三架这种机器，现在却要站到它的上面。

他们逐个跨上飞安的表面之后，很是担心他飞不稳，或是速度太快把他们摔下去。

黑威感知到他们的想法，安慰道："没事，飞安表面有平衡系统，即使他在运动，你们站在这里和站在地面上是一样的感觉。"

飞安按照暗娃的指令，慢慢地朝顶楼飞去，他不能太快，因为那样的话会引起各个楼层不知在哪儿出没的智太们的注意。

王贵华站在飞安的平台上四处张望。他看到统楼里边像迷宫一般。这里有很多比脚下的飞安更漂亮的飞安，还有看上去只有两条粗腿的、后来他才知道名字叫大甲脚的机器，还有许多其他种类的智太在这里上下穿梭。

一路上暗娃提心吊胆，完全没有王贵华的那种好奇。她一方面希望能快点到达老旧智太陈列室，一方面又担心被其他智太注意。

幸运的是，飞安到达顶楼的时候，这里竟然是空空的，没有任何移动的智太。他们顺利地来到陈列室门口。

暗娃和黑威一跳下飞安，便朝陈列室里跑去。李古力等人见状，也跳下跟了进去。

王贵华不知道暗娃要去哪里寻找孩子，他想自己可能也一时帮不上忙，所以跑着跑着便被那些朴陀人淘汰的各种机器吸引住了。

尽管这些是已经被淘汰的机器，但在王贵华的眼中，他们看上去都和地球上的机器非常不同。他放缓脚步四处打量，看有什么自己熟悉的东西。忽然他注意到一件类似于小飞碟的东西。这个飞碟机体宽厚，直径不到四十厘米，一面有些往外微凸，这让它有些像人们所说的UFO；另一面有两个把手，这又让它像一个带把手的炒菜锅。

王贵华已经知道在这里可以和机器用意识交流，于是他停下脚步，走到这个像炒菜锅的机器前向它发出意识问好。但等了一会儿，他没有得到回应，于是他顺手把这个锅拿起来打量，心想，这设计真精巧。既然已经淘汰，我带着研究研究吧。王贵华随手把这个小“炒菜锅”塞进自己的背包里。

王贵华正要继续翻找，李古力来到他的身边：“暗娃已经找到孩子了，小王我们走。”

王贵华听到，只得收回目光，跟着李古力来到门口。

门口的三个孩子看到李古力等人，吓得一下子躲到暗娃身后。一个胆大些的孩子探出头问：“暗娃，他们是什么人？”

“孩子们不怕。他们是亮星来的。”

“亮星人怎么那么丑？他们的手臂和腿都那么短。”

“孩子们，他们和我们属于不同的世界，我们要接受他们的样子。”说着，暗娃看向黑威：“人都齐了，我们走吧？”

黑威让等候的飞安飞到他们脚边，大家一起跨了上去。飞安正要飞向楼层间的洞口，统楼里突然响起了时断时续的“砰砰砰”的声音。

黑威接收到了统楼发出的指令：“统楼发现我们了，他关闭了所有楼层之间上下通行的洞口了。”

“还有其他出口吗？电梯呢？或者我们从楼道跑下去？”关凯急急地问。

“统楼只有楼层间的洞口，没有其他通道。”暗娃解释道。

其他人还没有来得及说话，一个大甲脚不知从哪儿出现在他们不远处，并“噔噔”地跨着大步向他们靠近。

他已经率先扫描到黑威、暗娃和三个朴陀人，他也发现了四个不明生物体。这四个不明生物体很快和他信息库里飞安早先上传的袭击他们的攻击物匹配，因此也属于可攻击目标。

“我们回去陈列室。”

随着黑威的指令，飞安一个旋转，飞进了陈列室内。

“你们等着，不要下来！”李古力喊了一句，便跳下了离地不远的飞安。他从地上抄起一件手能牢牢抓住的不知名的机器或是部件，面冲着大门，准备堵住那只有两条黑腿的机器。

黑威猜到了李古力的想法，他赶紧向李古力发出意识：“不行的。这是大甲脚，不是飞安，你不可能挡住他的。”

李古力听到，扭头看向黑威，一时也没了主意。

他环顾四周，整个房间没有一个窗户。他突然有了主意：如果能出去，那飞安就能带他们飞出这个大楼。

他跑到靠墙处，举起手中的机器猛地朝墙砸去，他希望能把墙壁砸开一个洞。

“这样不行的，墙是砸不开的，除非有大甲脚的力量。”黑威又传来了新的否定。

这时，大甲脚已经赶到。他直向挡在飞安前的李古力扑来，一路把所经之处的老旧机器踢飞。

李古力看到，心里有了主意。他冲到右侧墙边，挥舞起双手对着大甲脚喊：“我在这里！”

大甲脚果然被他吸引过去。他赶上一步，一抬脚就向李古力踹去。李古力能感受到巨大的压迫力向他袭来。

最后的千钧一发之际，李古力腾地一下从大甲脚的脚掌和墙壁之间跳了出去。大甲脚脚掌的巨大冲力落在墙壁上，轻而易举地把墙壁踹出一个窟窿。

大甲脚显然完全没有料到这个墙壁是如此的不堪一踢。在他的意识中从来没有过踢墙的计算，在他把墙踹出一个窟窿的时候，他意识到自己向前冲击的力度太猛，他努力地让自己收身，但他的计算告诉他已经晚了。

他没有能收得回踢出墙去的左脚，而右脚支撑不住，整个身体便缓慢地向墙外栽去。

众人看到，差点就要欢呼出声来。飞安一下飞到李古力身边，载上李古力，便从墙上被大甲脚踢出的窟窿中飞了出去。

章二十

笛陀控制的新区里，新移来的统楼林立。

突然，“咔嚓”一声巨响，一座高耸的统楼顶层的墙上裂开了一个窟窿，随即，一只大甲脚的脚伸出了窟窿，紧接着，大甲脚的上半部分整个地冲出了墙洞，他的身躯倒着向地面栽了下去。大甲脚猝不及防，还没来得及利用喷射系统调整好自己的姿势，便“砰”的一声横着身子砸到地面。他的系统没能再启，一切安静了好多。

几乎同时，一架老式飞安从墙洞里飞了出来，他摇摇晃晃地在数十米的高空顿了一顿，然后向克外的嘟咿突戈森林飞去。

脚下的景物飞快向后移动，正当他们快要赶到森林边缘的时候，十几架飞安不知从什么地方冒了出来，出现在他们的身后。黑威的脸色陡变，因为他知道，脚下的老式飞安绝不是身后那些智太飞安的对手。

老式飞安没有智太飞安的灵活度，也没有智太飞安的速度，黑威正不知如何是好，他脚下的景物向后移动的速度突然加快。黑威还没有来得及反应，他们已经到了嘟咿突戈森林边并停在空中，黑威意识到他忘了给飞安允许进入嘟咿突戈森林的指令。

“开启突戈猢模式。”黑威的意识传出。

得到朴陀人特定的让普通智太进入森林的指令，黑威脚下的飞安立刻再次移动，一下便隐入嘟咿突戈森林之中。

那些智太飞安在林外盘旋了一圈，走了。

朴汨看到飞安着陆后，迎了过去。他看到孩子们安然无恙回来，刚要对黑威说什么，黑威已经先给他传出自己的思想：“幸亏亮星的人帮忙，不然还真的救不出孩子。”

朴汨听到，把头转向李古力，有些惊讶地看他们。他不明白有什么黑威也做不到的，这些亮星来的人却能做到。

黑威解释道：“我们在儿童统楼里被大甲脚堵住了，是他们想出的主意我们才得以脱身。”

李古力看黑威这样说，忙按地球人的礼貌谦虚地说：“是我们大家的主意。”

朴汨显然没有在意李古力的解释。他甚至似乎没有意识到李古力在说话，因为他随即又问黑威：“你看到笛陀了么？”

“没有。”

朴汨听到黑威的回答，没有做声。他有些不知道下一步该怎么办。笛陀已经把罗亚克大部分的统楼搬迁去了新区，极可能所有的智太都已经被笛陀控制。这是前所未有的事，他的意识中完全没有这种情景的记录，更不用说应对笛陀的办法。

李古力看朴汨和黑威不再沟通，于是试探地问黑威：“你觉得笛陀会在什么地方？”他刚才在往返罗亚克新区的途中，完全没有哪儿是哪儿的概念。要找到并消灭笛陀，还得靠朴陀人。

“我也不知道。”黑威道，“光太中心已经没有了。我不知道笛陀会在什么地方。”

“你觉得他有可能会去哪里？”

“这真的很难说，但是我知道单层的传送中心小统楼也刚被搬迁到新区去了。”黑威是在往来儿童中心的途中注意到搬到新区的传送中心的。很可能是笛陀发现了什么，所以才把它从老区的废墟中搬去了新区。

但是李古力想的是另一种情景。如果黑威所看到的是真的，那么笛陀显然还有去地球的计划，这也使得抓到笛陀变得更为迫切。笛陀不见得真能奈何地球人，因为朴陀这边似乎也太落后了，完全没有地球人的武器，而且他们的思维方式也显得简单，但不管如何，他如果去了地球，也一定会造成相当的损失。所以，还得想办法在这里把笛陀处理掉。

这时朴汨似乎是无目的地看着森林说话了：“黑智！”

黑智矮小的身子很快从朴汨的眼睛所看的地方出现了。他来到他们面前。

“黑智，我们需要你来参与我们的讨论。我们需要找到制服笛陀的办法。”朴汩看着黑智。

黑智刚才正忙着安排朴陀人建立临时的住宿场所，听到朴汩呼唤，他便跑了过来。他已经听说李古力一行帮助黑威和暗娃救回了孩子们，但对于制服笛陀，他还没有认真考虑过。他不知道李古力他们有没有办法。他看向李古力：“你们有没有什么办法？”

“我们得先知道笛陀在哪里才能想办法。”李古力颇有些无奈，罗亚克的老区是一片废墟，新区又高楼林立，如果朴陀人找不到笛陀，自己就更没有办法了。

“我倒是有个主意，不知行不行。”王贵华想着刚才追来的飞安们，说道。

关凯看他吞吞吐吐的，便催促道：“你有什么快说出来。”

王贵华看了李古力一眼，问黑威：“你们说的那些智太，那些会飞的机器，他们是受笛陀控制？”

“是的。理论上他是不可能控制飞安，或者任何其他智太的，但他显然带回了亮星上的什么意识或是智慧，所以我们在新区所看到的智太，都在笛陀的控制之下。”黑威答道，

“如果我们打下几个飞安，笛陀会不会有所反应？”王贵华说这话的时候心里并没有底。他想到的是，打下飞安似乎并不太难，而且他们也已经打下过几架飞安，如果他们再打下一些飞安的话，笛陀会不会显身？对于这一点，他没有任何信心。

黑智听了很感兴趣：“你是说把笛陀引出来？”

“对。我们找不到他，但可以把他引出来。”还是小王脑子转得快，李古力心想，同时问黑智，“你觉得行吗？”

“如果笛陀仍然携带朴陀文化的话，出于对智太同伴的关心，他应该显身，只不过我不知道他是否带有更多的亮星文明。在亮星出现同样情况的话，笛陀会显身吗？”黑智不是很确定。

李古力发现朴陀文明和地球文明这一个相同点，心里觉得宽慰，这是一个好开端：“如果笛陀发现他的智太遭遇重大挫折的话，他应该会有所反应的。”

“但是第一次我们打下飞安的时候，他没有出现，这次从他们的新区抢回孩子，他也没有现身，只是有一些飞安追过来。”王贵华有些迟疑。

“这应该是我们还没有触到笛陀的痛处。”李古力想了想，问黑威和黑智：“我们做什么能让笛陀真正感到愤怒？”

“愤怒？”黑威疑惑地看李古力。

黑智猜到了李古力的意思："你是说发生什么事笛陀才会出现？"

"是的。"李古力还想到了在儿童统楼里遇到的大甲脚。那是一个大家伙，应该能引起笛陀重视才对，但他也只是派了几架飞安追过来，而且还晚了相当的时间。

"他的新区刚刚建立，如果我们在那里制造足够的混乱，他应该有所反应。之前他没有对被你们打下的飞安有反应，是因为新区里有太多相同的飞安。损毁几架对他来说是无足轻重的。"黑智道。

"那我们就去他的新区。"关凯马上建议道，"对了，我们要去，总得带上什么武器吧？那飞的机器还好说，再碰到那个大脚还真会很难对付。"

"武器？"朴汨疑惑地看了看黑智，又看了看黑威。

"就是打仗用的武器。"关凯不明白朴汨脸上纳闷的神情。

"什么是武器？什么是打仗？"看黑智和黑威都没有能给他解释，朴汨问关凯。

关凯刚要解释，李古力打断了他："他们似乎没有战争的概念。前面在儿童楼里，我也没有看到过任何武器。"

关凯一想也是，到了朴陀星后就没有看到过一件武器，而自己的那把X15式手枪竟然也失效了。想到这里，他没有再说什么。

朴汨没有明白他们的对话，他问李古力："武器，你们说的武器，有什么功能？"

李古力想了想，说："那些会飞的飞安，还有大甲脚，还有笛陀，我们要对付他们，要制伏他们，我们需要工具，不能单靠我们的手。"

朴汨道："但是我们的智太都被笛陀控制了。"

"队长，他是说智太就是他们的武器。"王贵华理解了朴汨的意思，"他们的一切都依赖智太。"

"那我们只能到时候再想办法了。"李古力心想。

章二十一

主意已定，他们决定由黑威带三个黑陀，加上李古力和关凯再去笛陀在罗亚克所建的新区。

黑威驾驶着他们唯一能飞的机器——那架老式飞安，再次向新区飞去。

他们发现，成群结队的智太飞安在新区的空中不时穿梭。这是上次他们来的时候没有看到的情景。李古力想，这应该是笛陀新增的安全措施。

飞安无法靠近。他们只能在新区外的一个小山似的土包后着陆，然后徒步向新区跑去。

新区的地面上，没有一个朴陀人，零零散散有一些机器在移动，里边就有他们先前遇到过的大甲脚。他们躲过之后，靠近了一幢统楼。

这时，一架四角的飞安，和一架李古力和关凯没有见过的形状和飞安相似却要大飞安许多倍，而且有五个角的飞行物慢慢悠悠地从他们上空掠过，他们似乎没有注意到地面上五个人的存在。

“那是什么？”关凯指了指空中巨大的飞行物，问黑威。

“飞锐。”

“飞锐？”

“他和飞安是同一类飞行智太，飞安大多只在统楼内飞行，而飞锐是设计用来载重的飞行智太。”

关凯“哦”了一声，没有再说话。如果说对付飞安还不是太难的话，那么和这个“大飞安”正面冲突，还真会是件棘手的事。他看向正在远去的一大一小两个扁形的飞行器，大脑里突然出现了两个意识的对话：

“你说元帅为什么要把那些统楼迁到这里来？而且，那些老式统楼拆掉也挺可惜的。我真的不明白！”

“这有什么好想的，元帅这么做肯定有他的道理。”

“也是，但我还是不明白，我一直都是呆在统楼里的，为什么现在我需要在统楼外工作。”

“你不喜欢在统楼外工作吗？”

“也不是。只是为什么要有这种改变呢？”

“你想那么多干什么。按元首说的做就是了。”

听着听着，关凯觉得这对话似乎来自于那两个远去的飞行器，但自己是怎么听到的呢？他摇了摇头，收回了目光。他看到黑威和李古力他们四个已经进去了统楼的大门，连忙赶了过去。

关凯刚跨入统楼的大门，却发现黑威他们正向外跑。李古力看到关凯进来，喊道："快跑。"

关凯定睛一看，只见他们四人的身后，一批各种类型的机器涌了过来。关凯两眼一扫四周，没有任何可用的东西做武器。这时黑威他们已经冲到他的身边，他只能转身，随着向外跑去。

统楼里的智太们有一部分在门口停住，但还有一些跟着李古力他们跑出了统楼。智太们穷追不舍，但速度却是不快，眼看把智太们甩得越来越远，空中却出现了三架飞锐。

黑威带着大家跑出新区，向土包后面的老式飞安跑去。他身边的一个黑陀奔跑的力量显然强于其他四人，不一会儿，他便领先了二三十步距离。

他第一个赶到了老式飞安旁。没等其他人赶到，他已经驾起了老式飞安，向林区飞去。

老式飞安的暴露让后面赶来的飞锐有了明确的攻击目标。他们一个增速便赶上了老式飞安，站在那老式飞安上的黑陀可能还没明白过来是怎么回事，他和他脚下的飞安便被三个快速旋转的飞锐撞成了碎片四下散去。

黑威和另外两名黑陀在老式飞安起飞的瞬间就陷入了绝望，没有了飞安他们完全要靠步行回到森林里，一路的风险就太大了。

李古力没有理解那名黑陀为什么会不顾其他人的安危单独逃走，但飞锐向飞安扑去的时候他意识到这是一个绝好的逃跑的机会。他不敢大声呼喊，只是向大家招手，要向不远处老区的废墟中跑去，因为那里更容易隐藏。

其他人一下都反应了过来。

飞锐们解决了老式飞安之后，便在天空旋转，寻找地面上的人。他们很快找到了已经跑到老城废墟中的四个人。

飞锐们扑了过去，但是四个人一下便消失在几十个只剩下几层楼的旧式统楼当中，他们失去了目标，只能盘旋着升高，并在四处继续搜索。

黑威四个人躲在残缺的统楼里，一时被困住了。外面，那些飞锐们在等着他们，而他们也不能在这里久留，因为如果地面的智太搜索过来的话，他们完全没有抵抗能力。

最要命的是，他们这次来的目的，即找到笛陀并消灭他，无疑是彻底落空了。

李古力在紧张地思考着下一步怎么办的时候，黑威的眼睛在四处搜索着。他似乎想起了什么。突然，他的眼睛一亮，身子一动，跑去了统楼里的一个角落。他掀起了耷拉在那里的不知是什么材料做的墙壁，从下面抽出一根看起来是金属质料的腰带状的长条。他把那长条围到腰上，然后弯腰从下面又抽出三根递给其他人，并示意李古力和关凯照做。另外的黑陀不等黑威示意，已经把它系到了腰间。

李古力感知到黑威的兴奋和不安。他接过腰带状的长条，在手里掂了掂，比通常的皮带重。这东西看上去像金属，重一点也可以理解。他问黑威：“这是什么？”

“‘嗖’。”黑威没有说话，意识却传进了李古力的大脑。

“‘嗖’？”这次李古力也没有说话而是用了意识。

“是。你把他系到腰间，他能把你瞬间送到你要去的地方。”

还有这种东西？关凯也“听”到了黑威的解释。他和李古力一起迅速把“嗖”系到腰间。黑威看他们准备好，正要再说什么，却听到了隔壁传来的撞击的声音。地面的智太们找到他们藏身之处了。

他来不及多想，嘴里只轻喊了一声：“嗖！”

黑威的声音未落，李古力只觉眼前一黑，身体似乎飘了起来。但这种感觉瞬间就过去了。他再睁开眼时，发现已经再次身处嘟咿突戈森林之中。

朴汨和黑智迅速赶了过来。看到黑威他们狼狈的样子，黑智已经知道发生了什么。朴汨看少了一个人，便问，“还有一个人呢？”

黑威面色凝重：“死了。”

“死了？怎么死的？”朴汨不敢相信黑威。

“他在飞安上被飞锐截住，掉下来，死了。”

这是朴汨一生中第一次经历一个朴陀人，或者黑陀的意外死亡。他一时还没能反应过来：“飞锐？”

“是的，飞锐攻击了他驾驶的飞安。”

黑智比朴汨对死亡有更多的理解，他知道这次的死亡极可能是更多死亡的开始。他问李古力："你们找到笛陀了么？"

李古力摇摇头："没有。"

黑威解释道："我们刚到新区就遭遇了被笛陀控制的智太，而且，新区的统楼似乎对我们的到来有了准备。我们一跨进统楼，还没来得及做什么，便被发现，被驱赶了出来。"

"是的，看来我们还要想其他办法才行。我们现在连统楼都进不去。"李古力补充道。

"不行，得消灭笛陀。"朴汩做了决定。

李古力问："你有什么办法？"

朴汩回答道："是的。我们有唰沥。"

黑智和黑威对唰沥的认知仅仅局限于小时候听到的关于它的故事，听朴汩这么一说，他们同时一怔："我们有唰沥？"

"是的。亮星来的那个王贵华从儿童统楼里带出来的。"

"王贵华呢？"关凯问。他不知道王贵华带出了什么让朴汩变得这么有信心。

"他和我们的人在检查唰沥。"

黑智接着朴汩的话补充道："你们的高雅妮在和暗娃照顾孩子。"

李古力听到，向黑智点了点头表示感谢。他不明白朴汩怎么现在变得似乎成竹在胸了。他问朴汩："你说的唰沥是什么？"

见朴汩没有马上回答，黑智插话道："应该是你们说的武器。"

"武器？"关凯不明白原先他们都不知道什么是武器，怎么会突然冒出来一种似乎很厉害的武器。

"不是武器，但王贵华说可以当武器用。唰沥是我们先辈留下的一个古物。"

一听是古物，关凯立刻泄了气：这打仗的关口，一个破古董有什么用？

章二十二

朴汨第一次有愤怒和不知所措的感觉。愤怒是因为智太竟然会杀人，不知所措是因为这个笛陀从光太中心逃脱之后，完全失去了踪影，而如果不能找到笛陀，按黑智的话说，罗亚克的朴陀人将再无家园可言。

不能由笛陀横行下去，必须阻止笛陀！

笛陀一定在新区里。这新区是他建的。

朴汨想通了，他必须消灭笛陀。他突然觉得无助，好像身体内的精力被什么抽空了似的。

“不行，我没有其他办法。我必须使用唰沥。”

即使如此，朴汨还是不想使用唰沥。他其实最想做的还只是制伏笛陀。他和黑威，李古力，王贵华用“嗖”把自己“嗖”到了新区外的小山后面。关凯虽然也想来，但王贵华会使用唰沥，而只有四个“嗖”，所以没有成行。

黑威和李古力再次用“嗖”把自己送到了新区里。他们来到一个统楼外，大摇大摆走进里边，把自己暴露在统楼里。待里边的智太追逐出来，他们又一下“嗖”到了另一个统楼。

不多久，新区的街道上到处是各种类型的智太们在寻找黑威和李古力，但是，所有的智太中，没有笛陀的影子。

朴汨收到黑威的信息，招呼黑威回来。他已经拿定了主意。

王贵华拿着从儿童中心的旧机器堆里捡出来的唰沥，跟在朴汨身后。他们朝小山顶上爬去。这个大土包似的小山并不是很高，他们没费多少劲就爬到了顶上。在这里，笛陀所建的统楼耸立的新区一览无余。

在王贵华的眼里，不远处的新区漂亮极了。排列整齐的统楼，井井有条的街道，它们的后面，是灰色的天空，上面悬挂着三颗巨大体积的黑色圆形星球，还有几个小型碟状星球游离于这块大陆的边缘。他突然想起，到朴陀星来后，这还是第一次看这里的天空。

他看得有些呆了，几乎忘记了自己的所在。他不明白笛陀是一个什么样的人，或者按黑智的说法，一个机器，竟然会把这个新区设计得如此有美感。他突然想起了什么：这种美感其实是一种熟悉感。在朴陀星这个陌生的地方，在罗亚克的新区，王贵华看到了地球城市的影子。

他正想着，李古力和黑威回来了。朴汨看到他们回来，走到王贵华的身边，问："你准备好了吗？"

朴汨的朴陀人特有的有些尖细的声音把王贵华从沉思中唤醒，他赶忙回道："是，都准备好了。"

"那我们就开始吧。"朴汨的语音中竟然有些颤抖。

王贵华不明白这是怎么回事，朴汨这是怎么了？

他没有想太多，而是按照之前练习的那样，两只手紧紧抓住唰沥的两只把手，等待朴汨帮忙。

碟状的唰沥的把手上，有六个凹槽，那些凹槽是放手指用的。王贵华在和黑智检查唰沥的时候才注意到，朴陀人，还有黑陀，都有六个手指。所以，王贵华单独还不能启动唰沥，因为还有一个凹槽空缺。

朴汨上前一步走到王贵华的身后，他把手伸到唰沥上，按住了两个空缺的凹槽。他们把唰沥对着罗亚克的新城区，所有的手指都在各自的位置上按下。

按照之前黑智的解释，唰沥有巨大的破坏性。王贵华并没有在意，再大的破坏性也不至于像地球上的原子弹那样吧，如果是那样，他们离目标距离那么近，不就等于自杀么？但黑智那种说起唰沥就恐怖的神情又让王贵华挥之不去。在他所有的手指都使力的时候，他下意识地闭上了眼睛，等待光，或是什么从唰沥中射出，等待巨大的爆炸声在新区中响起。

可是他按下之后，什么也没有听到。他想或许有几秒钟的迟缓？但几秒过后，还是没有异常的声音。他甚至没有感觉唰沥有任何震动。

他感觉到朴汨松开了手。他想，糟了，这唰沥一定是坏了。

他睁开眼，心想：这东西是朴汨的最后一招，这下怎么办？不是坑人吗？但他的想法还没有完全在大脑中转过来，他就被远处的景象惊呆了，他的嘴巴一下张得好大。

罗亚克新区原先排列整齐的统楼，有一大半已经不复存在，剩下的统楼也正在如灰雪一般迅速融化，无声无息。灰色的天空下，统楼原先矗立的地方，弥漫着无数黑白双色的针状的细丝，细丝的一端是忽闪忽闪的白色光点，而细丝的其余部分则是纯黑。它们是统楼和新区所有物质被暗能量摧毁后残存的物质，它们四处飘荡着，直至最终消失在灰暗的空中。

没有一丝生命的痕迹，包括机器智太生命。

这是一种怎样的毁灭啊。王贵华被眼前的一切惊呆了——彻底的毁灭竟然可以是如此的唯美。

王贵华身后的黑威喃喃地说：“笛陀死了。一定死了。没有任何物质能在唰沥的能量中不被丝化。”

但朴汩的脸上没有一丝喜悦。

李古力觉得他理解朴汩现在的想法。罗亚克几乎所有有用的东西全被笛陀搬去了新区，而新区的毁灭让罗亚克需要从头开始建造。这将是一个漫长的过程。

但是他只猜对了一半。

唰沥的记忆在罗亚克只有朴汩还存有。其他人只有关于唰沥的传说。唰沥是朴陀人史前的东西，朴汩清楚地知道，它代表的是暴力，最终极的暴力。暴力一旦开始，便很难停止。在朴汩的记忆里，朴陀星从来没有过暴力，他担心唰沥会给朴陀星带来更多的暴力。

王贵华没有朴汩想的那么多。笛陀死了，他们的任务也就完成了，就可以回地球了。他几乎有些可惜马上就要回地球了，因为朴陀人还有很多的东西他还想学习，特别是他们的智太。

他几乎就要用惋惜的口气问李古力能不能在朴陀多呆一段时间，忽然他想到了什么，转而问朴汩道：“你们不止一个墨架吧？”

“这里就一个！”朴汩的回答中没有任何感情色彩。

“不对，传输中心没有了，墨架也没了。我们怎么回去？”王贵华瞪着朴汩，不可置信。

“我们可以再造一个！”朴汩看了王贵华一眼，仍然面无表情。

听朴汩说可以再造一个，王贵华放下了心：“要多长时间？”

朴汩似乎有些疑惑地看他：“多长时间？很重要吗？”

王贵华听朴汩反问，心里想又回到时间的怪圈上来了。他已经从和黑智的沟通中意识到，朴陀星没有地球的那种月球绕地球转，地球绕太阳转，地球还自我周转，也没有地球人的原子震荡周期计算，朴陀人对时间的概念仅仅限于对于时有概念，而没有人为的对时的分割，也就是说，他们没有间的概念，因而，年月日，或者几分几秒对他们来说毫无意义。

想到这里，他欲言又止，因为他也不知道该怎么问下去了。

多长时间能再制造一个墨架这个问题对李古力也同样重要，因为这关系着小队什么时候能回地球。李古力想了想，问朴汩：“造一个墨架会很快吗？”

朴汩似乎知道李古力想要的回答。他说：“会很快的。做好了就完成了。”

章二十三

智太的暴乱结束了，朴陀人回到了罗亚克的城里，但这里只剩下一片残墟。朴陀人和黑陀们在智太统楼的废墟中回收智太的部件，然后把他们重装组合，结合成新的智太。一个个单个功能的智太机器逐渐被组合成大一些的智太，然后这些智太又帮助朴陀人和黑陀们组合成更多的智太。

此时的李古力似乎成了罗亚克最清闲的人了。笛陀已经被消灭，没有了威胁，他们本可以回地球的，但没有了墨架，他们却哪儿都不能去。问过朴汨儿遍墨架的事，朴汨仍然是那句话，做好了就完成了。

朴汨对李古力小组的帮助十分感激，他让黑威来问李古力他们，他能为他们做什么。王贵华首先开腔道：“这些智太机器是怎么过了奇点的？”王贵华亲眼看到朴陀人和黑陀从废墟中收集的那些部件不多久就变成了能够独立思考，独立制造新智太的智太。他觉得这简直不可思议了。

可惜黑威的回答让王贵华大失所望，黑威似乎并不知道什么是奇点。王贵华解释了半晌他才勉强明白，然后他竟然什么也没说就离开了。

又过了一会儿，黑威跑了回来，把一只小巧的带脚的喇叭状的机器递给王贵华。

王贵华纳闷地看了看小喇叭，又看了看黑威，不解地问：“给我这个干什么？”

黑威解释道：“这应该就是你说的奇点机器，我演示给你看！”说着，他拿过小喇叭，三下五除二就把他拆成了一堆零件，“这些不动的部件，不是智太。”说完，他又在王贵华惊诧的目光中，快速地把“喇叭”组合到一起。

黑威不太理解王贵华诧异的表情，他把组装完的圆筒小喇叭递给王贵华：“这个，拼到一起，是智太，这是我们孩子们的玩具，叫呼瑟。”说完，他转身离开，去忙他的事了。

王贵华几乎要笑出声来。这是什么智太。这不就是地球上的小孩都会不屑一顾的玩具吗？是我笨还是你笨，竟用这么低级的玩具来解释奇点。我说的智太是那种能独立工作，还能用意识和人交流的机器。

他手里的喇叭突然响了一下。

王贵华愣了一愣，突然，他意识到有人和他说话：“你是人？”

谁？谁在问我？王贵华转头四处看去，周围没有人。

“我说你是人吗？你怎么不像人呢？”

王贵华又是一愣，这时他才意识到小喇叭的四个机械脚在乱蹬着。他赶忙问：“是你说话？”

“是的。”

高雅妮也没有闲着，她对朴陀人有太多的好奇。她注意到罗亚克的朴陀人和黑陀的数量差不多。她对黑陀特别有兴趣，因为从医学角度出发，这些是已经死亡的生物人，但因为和智太结合，他们又重新有了生命。她很好奇黑陀们的生命能延续多久，而同时，她又怕朴陀人用“多久是多久”的问题来回答她。

关凯倒不觉得黑陀这种现象有什么特别的，因为他觉得张大明让他死而复生，而且不加任何机器部件，这更厉害。从他的角度，他倒是觉得罗亚克的新区，还有那里所有的统楼和智太都毁了真是可惜。

虽然黑智在忙着安排重建罗亚克，但他没有忘掉这些亮星来的人。他带着突戈找到了李古力他们。

“你们有没有吃的？这些突戈你们留着。”

看李古力接过突戈，高雅妮想起朴陀人只吃突戈这一种果子，好奇起来：“为什么你们只吃这一种食物，难道朴陀星上没有其他可以吃的东西吗？”

“不是的，我们星球上有很多可吃的食物，但选择是一项浪费型的思维，于是我们在确定突戈最有益于我们的身体后，突戈就变成我们最主要的食物。”

“那你们是如何判别什么能吃什么不能吃的？”

“这个很简单，”黑智从衣兜里拿出一根半截筷子长短的黑色条状仪器递给高雅妮，“巴哒可以检测食物是否可食用。用巴哒扫描食物，可吃的东西，他会亮，不可以吃的便不亮。”

高雅妮接过黑智递过来的巴哒，很是好奇。她想了想，把巴哒贴到自己手上，巴哒没有变色。

王贵华看得有趣，便把巴哒要了过去，又抓过关凯的手，把巴哒靠到关凯的手掌上。

巴哒没亮。

关凯没好气地把王贵华的手甩开：“怎么，要吃我的手啊？”

而几乎同时，一个声音在大家大脑里说：“虽然刚才检测两种生物材料目前不能食用，但有食用的潜质，可以进一步研究。”

巴哒显然是在说高雅妮和关凯的手。大家不知道巴哒是在显示他的幽默，还是他真的如此推测，都笑了。只有关凯没笑。他抬起手，仔细地看了一遍，说："我觉得，还是不要研究吧。"

黑智告诉李古力，他已经在安排制造一套新的墨架，但目前的问题是材料不全。另外，在亮星系的飞船也在回来的途中，飞船上有一套墨架。

当然，飞船具体什么时候会回到朴陀星，黑智没有明确的答案：他回来后就回来了。

李古力看着回到高雅妮手中的巴哒，心想，等张大明提供的缓释水片和E能200耗尽后，他们也许就得像朴陀人一样开始吃突戈。或许，什么时候可以先尝试一下突戈。

不知道在朴陀星到底要待多久。

黑智不能理解李古力不能回地球的那种失落。他突然想起暗娃托他的事。他对高雅妮说："对了，暗娃找你呢。有个产妇要生产，她想你去帮忙。"

章二十四

罗亚克唯一还基本没有被破坏的统楼是原来的一个仓库，它是非智太统楼，因而躲过了一劫，产房就在这个统楼里。

这是暗娃第一次在没有智太帮助的条件下接生。往常生产，产妇会蹲在一个智太圈里，暗娃唯一要做的，只是孩子出生后把他从智太圈里抱出来，递给新妈妈。但这回智太圈没有了，她们需要做智太圈所做的一切。

高雅妮听到，也担心起来，因为她不清楚地球上的接生方式能不能帮得上朴陀人。她进到产房里，已经先被映入眼帘的景象下了一跳：朴陀人的头顶不是平滑的，而是长满小小的肉球，但躺在床上的产妇头顶的肉球比普通朴陀人的要大好几倍，她本来就不是很大的面孔在肿胀的肉球对比下，显得更小了。

产房里人们的装束，看起来明显没有经过消毒处理，高雅妮心里一紧，但马上想到之前暗娃说过，朴陀星上没有她所解释的有害细菌或者病毒，她后来也意识到自己所携带的菌类和蛋白都受到朴陀星环境的抑制，她来不及多想。她走上前，仔细观察产妇的子宫收缩、宫颈扩张等状况后，她对暗娃说：“一切都正常。很快她就会生了。”

“我们怎么办？该做什么？”暗娃的语气里充满了担忧。

“什么也不需要做。我们等着。”高雅妮答道。虽然她的语气很平静，但她心里还是很紧张，朴陀人生孩子和地球人会不会有不同？

她们并没有需要等太久。一个新的朴陀人很快就在他母亲痛苦的“嘤嘤”声中降生了。看到孩子从产道里出来，高雅妮松了口气。她把婴儿抱起，用吸管吸出婴儿口腔和鼻腔内的黏液。几秒钟过后，孩子“哇”的一声啼哭开来。高雅妮把孩子递给产妇，随后把婴儿的脐带剪断，再在脐带根部半厘米处打了个结。这个步骤完成之后，高雅妮又为产妇检查，帮助她娩出胎盘，并让暗娃帮助清理。

高雅妮一边做着这一切，一边想，幸好朴陀人生产和地球人差不多，不然自己就完全不知道怎么办了。

一切完成之后，高雅妮走到朴陀母亲和婴儿旁边，这个刚出生的宝宝脑袋顶上长满了整齐的疙瘩，眼睛占了脸的四分之三，小小的嘴巴，一个微型的朴陀人，她说道：“好可爱的小宝宝，长得跟你妈妈一模一样！”

暗娃感激道："谢谢你帮我，我们真没有遇到过这种情况，如果不是你，我们真不知道该怎么办才好。"

高雅妮笑了："不用客气，我是医生，这是我该做的！"

暗娃有些疑惑，她问："什么是医生？"

高雅妮想起暗娃所说的，这里没有有害细菌和病毒，那么医生也就没有必要存在，于是便没有过多地解释。要离开的时候，她发现分娩后的产妇头上的肉球的大小几乎恢复到正常的状态了。

走出产房的时候，很多朴陀人正围在门口，当他们看到高雅妮和暗娃走出来，便一齐凑上来询问里面的情况。高雅妮从众人的眼神中看出，这些朴陀人都对这个孩子的出生充满了期待。她不由得想起在地球上，每当有孩子降生的时候，孩子的父母也有着同样的目光。

高雅妮问暗娃："他们都是孩子的亲属？"

暗娃不解："亲属？"

高雅妮心想又碰到沟通的难题了。她换了个问法："他们是什么人？"

"他们是我们罗亚克人啊？"

"那他们怎么都在这里等候？"

"孩子对于我们朴陀人来说非常珍贵。因此，一旦有孩子出生，大家都会很期待，因为孩子们是大家的。"

"孩子是大家的？"高雅妮没有反应过来。

"是的，因为孩子少，所以大家都把孩子当做自己的。"

"为什么会这样？"

"我们星球上男女交配的方式决定了女人很难怀孕。"暗娃回道，看着高雅妮好奇的目光，她继续说："你一定好奇我们是怎么交配的吧？"

看到高雅妮点头，暗娃继续解释道："我们星球上，一男一女通过意识接触产生化学反应，然后女方怀孕，然后孩子在智太环境下降生。"

"通过意识接触产生化学反应怀孕？"

"是的，成功的几率很小，因此我们星球上的人也越来越少，于是便有了黑陀，从而弥补了人口的不足。"

"会不会不产生反应？"

"会的。如果一对男女的意识接触不能产生化学反应，他们就会分开，重新去寻找伴侣。"

"这么说，你们没有家庭这个概念？"高雅妮吃了一惊。

“家庭？”

“就是一男一女和他们的孩子。”

“不是那样，我们罗亚克就是一个大家庭。”

“对了，如果化学反应成功，怀孕要多长时间？也是怀胎十月？”高雅妮话一脱口便马上后悔。

果然，暗娃疑惑地看高雅妮：“十月？什么是十月？这和怀孕有关系吗？”

高雅妮重新问道：“你们怎么知道女人怀孕了，或者是要生产了呢？”

“这很容易，女人怀孕后她们的肚子和头上的肉球都会变大。等头上的肉球变到刚才的妈妈那么大时，就是要生了。”暗娃解释着，并反问高雅妮道：“你的问题很奇怪，难道你们的繁衍方式和我们不同吗？”

高雅妮点点头：“在我们那里，繁衍后代分为有性繁衍和无性繁衍，人类通过有性繁衍来繁衍生息，这需要男人和女人交配，男人的精子进入女人的子宫内与里边的卵子结合成受精卵，再通过胚胎发育形成幼体，然后慢慢地长成胎儿，最后经过分娩生出孩子。”

暗娃有些疑惑地看着高雅妮：“有性繁衍？那是怎样一种方式？能教给吗？”

高雅妮听了不知如何解释，便岔开话题：“战争刚刚结束，等你们安定下来再说吧。”

暗娃困惑地看着高雅妮，重复道：“战争？”

这边李古力正在找王贵华，因为他心里一直有一件事放不下。笛陀所建的新区已经不复存在，笛陀也应该和新区里所有的物质一样已经消失，但到朴陀星来后，他从没有见过笛陀，心里突然觉得没有底起来。他想问王贵华有没有什么办法能确认笛陀已经和罗亚克的新区一样绝对的不复存在。

关凯说：“我听说他去盯着黑陀造墨架了，要不要我去把他叫来？”

“不用了，我们去找他。”

章二十五

夕阳斜斜挂在湛蓝的天空。金黄色的余晖洒在清澈的湖面，把微微荡漾着的卡卓雍错湖水染得一片金黄。

李古力他们离去之后，往日的祥和与宁静又回到坎布尔寺。喇嘛们都已经散去，也许“智觉佛”的现身，会让他们的信仰更虔诚。

小屋里的张大明，正仔细打量着墨架：“他们去了朴陀星？”他像是自言自语。

“我想是吧，张教授。真的，我也想去看看。”大勇推了推架在鼻子上的眼镜，语气中隐隐有一丝可惜。

“总会有机会的。”张大明对大勇淡淡一笑，“对了，大勇，我得先走了。我们回头见。”

大勇知道张大明身份特殊，忙说：“要不要我们开车送你去机场？”

张大明又是笑了笑：“不用了，谢谢。”

张大明没有说明他是和关凯乘坐南极人的飞行器来到西藏的，飞行器就在坎布尔寺南面一百多米处停着，只是因为飞行器是隐形的，所有大勇并没有发现。

“大勇，以后有机会我们再合作，再见。”张大明对大勇挥了挥手，退出门外。

大勇要送张大明，于是跟着出门。他看着张大明在泛黄的草地上向南走去，然后一下就消失不见，吓了一跳。

“看来，我得彻底改变我对这个世界的认知。”大勇嘟囔了一句。

墨龙第七小队在坎布尔寺等候李古力等人的归来，但一个多月过去了，却一直没有李古力的踪影，而这时，大勇接到了肖先生的电话。

肖先生让大勇马上带着墨砣去尼泊尔，因为有情报说，墨砣在西藏的消息已经走漏。

大勇微微一惊，但也没有询问原因，只是问尼泊尔方面的接应人是谁，在哪里。肖先生告诉了他目的地的名字，并嘱咐他先到目的地，到时候尼泊尔方面的负责人格桑会和他们联络。

二月中旬的边境公路上，气温维持在零度左右。这里延续着青藏高原特有的地形，公路两侧是绵延不绝的雪山，雪山的峰顶连接着湛蓝的天空，雄伟而奇峻。

边境北边一侧的樟木镇虽然不大，但它是这里一个不小的贸易集散地。很多大小不同、新旧不一的平房和两层木板小楼散落在小镇各处，房屋之间，便是宽窄不一的街道。

一辆蓝色的厢式货车静静停在樟木镇的主干道的路边，坐在驾驶员位置的汉子不时地向车窗外张望，似乎是在等待什么人。

“王英回来了。”司机忽然说。

马路对面走过来一个穿着灰色夹克的人，他步子迈得很大，三步两步就穿过马路，拉开后排的车门，利索地钻进了车内。

“都安排好了？”坐在副驾驶座的大勇回头问了一句。

“安排好了。关卡那边没问题，我们把车开过去就行。”王英关好车门，忽然把声音放低：“不过队长，我们可能有个尾巴。你看，在前面马路拐角的地方。”

大勇推了推架在鼻梁上的眼镜，顺着王英指的方向看去。那里站着一个穿着破旧大衣、身体干瘪的老人，黑黑的脸，胡子拉碴，灰白的头发乱蓬蓬地散落在脸上，以至于大勇看不清楚他到底长什么模样。

“一个老人？”司机钱文狐疑地问，“王英，没有搞错吧？”

“没错。”王英哼了一声，“我去办出境手续的时候，他就跟了过去。在回来的路上他又旁若无人似地跟了过来。”

大勇一接到肖先生转移墨砣的命令，便找到这辆厢式货车。装上墨砣和墨架后，他们便马不停蹄地朝尼泊尔的方向进发。没想到竟然会在要出境的时候被人盯上。当然，这也许是个巧合，没有人知道他们的路线。

大勇想了想，有备无患，不管怎么样，都要当对方是冲着车内的墨砣和墨架而来。

他再次看了一眼那个站在街角的干瘪老头，对司机说：“钱文，开车！我们走。”

不一会儿，蓝色的厢式货车平稳地行驶在了尼泊尔境内的公路上，两侧连绵不绝的高山飞快地向后退去。一路难得看到其他车辆。

钱文放慢车速，驾驶着货车转过一个弯。前面的公路依山而建，公路右侧是垂直险峻的山壁，另一侧则是深不见底的悬崖。靠着悬崖的一侧建有简单的防护栏杆，可是对任何正在运行的汽车来说，这些防护栏杆形同虚设，因为它们根本不能阻挡住失控的车辆撞出去，扎进栏杆外的悬崖。

转过弯之后，一辆白色的轻卡出现在钱文的视线内。迎面而来的轻卡的司机显然脑袋有病，在如此危险的地段竟然把车开得飞快，而且还占据了整个的右车道。

轻卡的时速几乎超过了每小时八十公里，它眨眼间就来到了厢式货车的前方。钱文紧紧握着方向盘，差一点就要骂人：“该死的！这家伙找死！”同时，他的脚踩到了刹车板上。

这时，那轻卡却毫无停住，或者靠右的意思，它直直地朝着厢式货车撞了过去，看它的速度和角度，竟好像要把厢式货车挤下悬崖。

坐在前排的大勇和钱文被这自杀式的行为吓了一跳，钱文拼命向右打方向盘。“砰”的一声闷响，两车车头相撞，车里所有人，也被猛然的撞击震了一下。

亏得钱文反应及时，在撞车之前的一刹那把车靠近了山壁一面，他们才免于遭受被撞下悬崖的厄运，但是厢式货车的右侧已经紧紧贴着山壁，车门无法打开，而左侧的车门又因冲撞的影响而卡住，钱文连续踹几脚都没能把车门踹开。他正想招呼后面的王英和吴开喜下车帮忙，却猛然发现一个人影立在车门之外。

章二十六

这就是那个二百五司机？钱文刚想怒声大骂，那个人影却陡然伸出右手，穿过被撞得像是一片蜘蛛网的车窗玻璃，一把抓住钱文的衣领，用力一拽，竟然硬生生地把钱文从狭小的车窗内拽了出去，就连钱文还没有解开的安全带也被扯断。

车窗上的碎玻璃在钱文身上划出一道道血淋淋的伤口，他忍住浑身伤口的疼痛，试图拔出腰间的手枪。可他的手刚摸到腰间，便感觉自己的身子飞了起来。他被那人一拉一拽之间扔下了左边的悬崖。

这一切发生得太过突然，钱文惨叫着落入悬崖时，大勇才刚解开安全带。看到钱文被拉出窗外，又听到他的呼喊，大勇已经没有任何时间考虑下一步，一切都跟着下意识行动起来：他对着司机一侧卡住的车门使尽全力猛踢过去，这一脚把车门踹飞出去。这个时候，他才看清楚袭击钱文的人，他穿着破旧的灰色大衣，山风吹过，掀起他那乱糟糟的花白头发，头发下面，是一副冷酷而呆板的苍老面孔。就是那个在樟木镇看到的老头！

大勇来不及多想，他拔出腰间的手枪，人还没有出车门，“砰砰”声中两发子弹便射了过去。

大勇想抓活的，两颗子弹都打在了老头的肩膀上。因为距离很近，子弹巨大的冲击力已经把老头的肩膀打穿，鲜血从伤口中汩汩流出，把他身上的灰色衣服染红了一片。

可是老头却没有倒下，他在低头查看自己的肩膀，好像被子弹打中的是别人的身体似的。大勇这时已经跃出车外，他看老头的身后没有其他同伙，心下稍安，刚想着下面要如何对付这老头，身后忽然传来王英和吴开喜的大叫：“队长！小心！”

一股猛恶的冷风扫了过来，一只瘦骨嶙峋的大手从他面前掠过。大勇猛地向后退身，险险躲过老头的攻击。冰冷的汗珠瞬间爬满了他的皮肤。若不是王英他们两人提醒，恐怕他也要步钱文的后尘。他举起手枪，再次向身前的老头射去。

枪声中还夹杂了突击步枪的声响。王英手中的突击步枪强大的冲击力终于把老头打翻在地。

刚才撞车的时候王英的头撞到了前面车座的后背，被撞得七荤八素，他的额头还在流血。看到老头倒地，他抹了把脸上夹着血的汗水，和大勇一起上前探看，不料那老头竟然一下从地上跳了起来。

他的身上已经被打出五六个血洞，小腹部血水中青色的肠子蠕动着向外流出。但他似乎毫无察觉，身子一晃，又朝靠他近的大勇扑了过去。

老头来势极猛，速度太快，大勇不敢硬来，他一个闪身向后退去。而王英和这时也爬出了车门的吴开喜一起向老头开枪，一些子弹打空了，但更多的子弹击中了老头的身体，冲击力把他打得连连后退，他的身体已经千疮百孔，但他看起来还似乎恍若未觉。大勇心中涌出了一股寒气，这家伙，到底是不是人？

"把他打下悬崖去！"大勇大声喝道，他手中的手枪也开始对着老头的脑袋射击。

老头脚下一个踉跄。一颗步枪子弹在他右腿肚处爆开，他一伸手抓住路旁的栏杆，栏杆的另一侧就是悬崖。老头努力不让自己的身子倒下。但随着紧接着的几发子弹的爆裂声，防护栏杆被打断，老头手下一空，身子便向悬崖下滑去，但他仍不死心，他抓着断裂的防护栏杆，试图从下面爬上来。

王英赶到公路边，看到这个情景，他对着老头的头顶再扣动步枪的扳机。枪声在山谷里回响，老头的手也松开了抓着的栏杆，他的身子犹如一只破旧的布袋掉了下去。

"这是什么东西？"大勇气喘吁吁，满脸汗水。他摘下眼镜，擦了擦上面的灰尘，然后重新戴上去，向悬崖下面眺望。

这悬崖边的山谷深不见底，下面淡淡的雾气遮挡了大勇的视线。他看不到钱文，也没有看到那个老头的踪影。

大勇摸出口袋里的电话，向肖先生汇报。

肖先生不在，大勇留了言，重新回到车祸现场。这时大勇才发现，他们是多么的幸运。老头开的那辆轻卡，因为速度和它自身的轻薄，车头已经完全变形，驾驶室被挤压得只剩下三分之一。大勇完全想象不出那老头是怎样出了驾驶室的，若是普通人，早已经被压扁了。

相比轻卡，厢式货车的状况要好得多。钱文反应及时，车没有被撞出悬崖，正面的相撞也只是撞坏了车前的保险杠和一侧车门。装着墨砣的车厢也没有受到太大的损坏。希望它还能动，大勇想着，踩下刹车转动钥匙，货车的引擎一下便轰鸣起来。残破的厢式货车重新启动，刺耳的引擎声在空旷的山中传出老远。

悬崖下，阳光透过浓浓的雾气，照在一副满是鲜血的身体上，是从山上摔下来的老头。他身上布满了子弹打出的窟窿。他原本紧闭着的双眼蓦然睁开。他轻轻扭动了一下脖子，用胳膊撑起身子，摇摇晃晃地站了起来……

章二十七

大勇他们的车开到了途中的第一个小村庄。这个村庄只有几十户人家，因为建在路边，村子的一些屋子上挂着旅店样的招牌，还有一个汽车修理站。

正是午饭时间，村庄内飘着一股淡淡的饭香和柴烟的味道。

大勇和两个队友从进入尼泊尔境内以后就滴水未进，中间还经历了一次惊险的战斗，他们早已经饥肠辘辘。闻到空气中的香味，肚子便开始咕噜噜地叫了起来。

大勇刚把车在路边一个破败的民房边停下，他的电话就响了。

肖先生打来的，他一向沉稳的声音竟然有些焦躁："大勇，你马上停止前进。原地等待格桑的接应！"

大勇愕然："肖先生，出什么事了？"

"你的留言我收到了，另外，你们的遇袭已经引起相关势力的注意，他们很可能会在前面布置拦截。另外，九队在悬崖下找到了钱文的尸体，但是没有你说的那个老人。"

大勇心中一沉，那老头怎么就失踪了？他问："格桑什么时候到？"

"他已经从前方出发来接你了，你只需原地等待。"

只是一次简单的押送任务，没想到会生出如此多的波折。他看了看四周，忽然心中一动。

"拿好武器，我们下车！"大勇说着，率先打开车门跳了出去。

等王英和吴开喜下车之后，大勇解释道："肖先生刚才打电话让我们在原地等候，可能有人会在途中拦截我们。我想他们已经知道了我们的车型。"

"这怎么可能？"王英问。

"我也不知道。"大勇继续道，"但既然这样，我们在周围找好地形，等待格桑。如果有敌人出现，他们在明，我们在暗，我们有主动权。"

"好。我们找个地方，也好吃点东西。"吴开喜晃了晃手中装着干粮的背包。

他们四处观察了一圈，决定在不远处稍高的地方等待。那里有四棵没有叶子、有些发枯的大树，大树下视野开阔，既可以看到厢式货车，也可以看到公路两侧过往的所有车辆。他们在那里坐下，边啃着压缩饼干边观察着四周的动静。

没过一个小时，正当他们觉得有些沉闷、甚至发困的时候，王英突然轻声喊道：“他们是冲我们来的？”

一辆正常车速的黑色轿车开过去将近五十米后，突然停了下来，然后缓缓向后退去，而后面就是厢式货车。

大勇目光一凝，提醒道：“是冲着我们来的！准备战斗！”

轿车在距离厢式货车二十来米的地方停了下来，车上下来三个穿着黑色西装的白人。他们肩上挎着微型冲锋枪，呈三角阵形朝厢式货车围了过去。

大勇向他们的后面看去，轿车内可能还有司机，但并没有其他人跟上。大勇放下心来：“瞄准点！如果他们开枪，我们就干掉他们，别让他们有反击的机会！”

三个白人浑然不知他们已经一只脚踏进了鬼门关。他们围抄到驾驶室一侧，三支冲锋枪陡然响起，一连串子弹犹如泼水一般“哒哒”地打到车窗和车门上。

几乎同时，树后的王英和吴开喜闪出身来，手中的突击步枪也响了起来，他们居高临下，又早有准备，三个白人顿时便被撂倒。

激烈的枪声打破了小村庄的宁静。街道上本来还稀落走动的几个人也一下没有了踪影。

三个白人倒地之后，大勇他们没有动弹。他们等待轿车里可能存在的人的反应。两分钟后，看仍然没有动静，他们便小心翼翼地跑了过去：车里没人。

他们回到厢式货车旁边，在三人的尸体上没找到任何能证明他们身份的东西。大勇招呼王英和吴开喜把三具尸体搬到那辆黑色轿车内。

“队长，我们怎么办？继续等？”王英的脸上闪现着杀气，虽然这几个白人似乎和钱文的死没有关系，但王英终于出了一口闷气。

“我们继续等待格桑。”大勇扫了四周一眼，他的话音刚落，却又紧接着低声喊道：“注意隐蔽！”

章二十八

大勇的余光注意到了不远处有人影在晃动。右手边一间民房的窗户内，一个人正打开一条窗缝偷偷往外看。看到大勇注意到他，那人马上离开了窗子。

四周又变得一片寂静。

“我们现在就离开这里。”虽然有肖先生的命令在，但大勇还是决定先离开这个位置。

他们三人迅速回到车里，座位上还留着一片碎玻璃。大勇刚要发动引擎，就见远处有人冲他们的方向跑了过来。

“不好！下车！”大勇大声喊道。

三人从车上下来躲到车后的时候，对面的子弹已经向他们飞来。王英想探出头还击，却不料又被子弹硬生生地逼了回来。

大勇拿着从白人身上拿来的冲锋枪，考虑着下一步如何应付。敌众我寡，自己被火力压在车尾，若对方包抄过来，自己就没有了任何掩护，而且，敌人一旦靠近，子弹也会从车身下飞过来。得马上离开现在的位置。他瞄了一眼路边不远处被人遗弃的民房破残的土墙，带着王英和吴开喜冲了过去。

大勇他们窜到土墙后面。对方显然失去了目标，枪声突然稀疏起来，一分钟后，枪声完全消失了。敌人好像一下都走光了，没有一点动静。

王英把头稍稍探出土墙外，谁知一颗子弹夹着风声立刻飞了过来。王英赶紧缩头，险险躲过。

要消灭这股敌人，怕是很难，那只能拖了，拖到格桑的来到。大勇决定后，便让王英和吴开喜不要再主动射击。正僵持间，他们听到卡车的引擎响了。

坏了！大勇心里“咯噔”一下，敌人这是要把他们的货车开走！大勇顾不得危险，马上探出头。有人已经把货车开出了一两米，大勇举枪便射，顿时把车子右侧的两个轮胎全部打爆，而几乎同时，敌人的子弹又飞了过来，把大勇他们压到土墙下。

货车失去平衡，立刻往右边歪去。但开车的人并没有放弃，货车歪歪斜斜地滑出了六七米，终于又把方向扳正。

大勇再次探出头去的时候，货车已经缓缓地移动了十来米了。

大勇急了，他不能眼睁睁地看着敌人把车开走。他一咬牙，大吼一声：“掩护我！”说完一个箭步从土墙后冲了出去。对面路边的敌人看到有人冲出屋子，刚要开枪，却被赶到墙前面的王英和吴开喜的子弹一时压住。这让大勇有机会紧跑十几步后追上了货车。他朝已经先前被白人打碎的驾驶窗内猛射一梭子子弹，接着就地一滚，滚到路边的沟里。

货车里开车的人被击毙，车子失控，歪斜着向右滑去，在路旁的民房边停了下来。

王英和吴开喜已经决定拼命了。他们掩护大勇的时候，自身没有任何保护，他们只要一停止射击，就会完全暴露在敌人的枪口之下。

没想到大勇一下得手，他们边开枪边退回到了土墙后面。他们正想着如何去接应大勇，却听到更多的枪声响起。这次是在敌人的身后。

不一会儿，一个男人在远处高声用汉语喊道："第七小队，大勇，是你们吗？"

听到喊声，还趴在沟里伺机跳出去的大勇心里一热，应该是格桑到了。

"格桑？"

果然是援兵到了。格桑赶到时，伏击大勇的六个人还在找机会对付大勇，他们完全没有想到后面会有人夹击他们。格桑的人几个点射，就把他们全部报销了。留着大胡子的格桑带着他的几个人跑了过来。

双方会合后，格桑指着布满弹孔的货车问："这是你们的车？还能开吗？"

王英刚才已经上车去检查了，这会儿他从车上跳下来，对大勇说："队长，车废了。"

大勇听到，看向格桑，算是回答。

格桑笑了笑："没事。把东西搬到皮卡上，你们坐我们的车。"说着，他又对着左肩上的步话机呼道："把车开过来。"

不一会儿，一辆吉普和一辆皮卡开了过来。在格桑的指挥下，皮卡开到大勇他们的货车旁停了下来。

事不宜迟，双方立刻行动起来，他们一起把墨架连同墨砣搬到皮卡上，同时用防雨布把墨架盖住，并用绳索结实地扣稳。

一切安置妥当，格桑安排他带来的四个人挤进皮卡的车斗里，又让大勇和自己坐进吉普，两辆车一前一后地驶出了这个是非之地。

车子离开村子不久，就拐上了一条土路。

经过一个多小时的颠簸，他们终于驶进了一个村子。格桑指挥司机把车开到一个空无一人的外表看起来像寺院的建筑内，把两辆车都停在了里边。

"这是我们的临时落脚点，之前那个地方已经被不明势力控制。在新的指示下来之前，我们暂时留在这里。"格桑对大勇解释道。

"这里安全吗？"大勇查看着四周。

"放心，这里绝对安全。"格桑自信地说。

"希望如此吧。"大勇叹了口气。

格桑盯着有些疲惫的大勇，半晌才开口问道："我听说你们是四个人一块行动的，另外的那个……"

大勇不等格桑说完，就点了点头。

“发生了什么事？”格桑小心地问道。

大勇长长地叹了口气，把山路上的遭遇跟格桑说了一遍。

格桑听完，惊讶得一句话也说不出来。他呆呆地看着大勇半晌，好像无法相信他说的是真的。

“那个家伙是什么怪物？子弹居然打不死他？难道他是铁做的吗？”

这句话提醒了大勇，他想起李古力曾经说过笛陀是一个刀枪不入的机器人，难道那个人就是笛陀？但是笛陀不是已经离开地球了么？难道他并没有回到他自己的星球？

但他明明看到那个老头被子弹削开的腹部有青色的肠子在蠕动。机器是不应该有内脏的，可是，李古力也没说那个笛陀的肚子里有没有肠子啊。

想到这里，一个恐怖的念头出现在大勇的脑海里，他立即用手机联络肖先生，申请去朴陀星找李古力。肖先生那头听到他的想法愣了一下：“你觉得他真的会是笛陀？”

“是，没有其他解释。地球上是不会有这种东西的，而且他还跑了。按照李队长之前的介绍，如果这个家伙还在地球的话，他对我们的威胁就太大了。”

电话那头沉默了十几秒钟：“那好，你多加小心，快去快回。”

大勇放下电话，便开始找那副黑脸人留下的眼镜：“咦，我的眼镜呢？”

王英从他的背包里取出布谷苏递给大勇，说：“你让我收着的。”

“队长，朴陀星那边是什么样子你都不清楚，万一去了回不来怎么办？”吴开喜有些担心地问大勇。

“李队长能去，我为什么就不能去？”

说着，大勇摘下自己的眼镜，把朴陀人的眼镜戴了上去。霎时间，一股钻心的疼痛袭向大脑，尽管有所准备，他还是疼得差点哼出声来。幸好，眼镜很快和他的皮肤融为一体，疼痛感也随之消失了。

格桑和他的司机第一次见到这样的情景，都吃惊不小。大勇顾不上这些，匆匆下了吉普车，绕到后边的皮卡旁。其他人见状也赶紧跟着下了车。

“队长，你要不要再想一下？”吴开喜还想劝大勇。

“你们守在这里，我去去就回。”大勇两下爬上皮卡的车斗，解开绳索，把防雨布一把扯开，学着黑智的操作把手放到了墨架的墨砣上。

没等大家反应过来，大勇一下就在他们眼前消失了。格桑虽然受命保护墨架，但并不知道它的用处，眼下看到大勇凭空消失，吃惊之余更是一脸困惑。

“大勇去哪儿了？”格桑看着空空的只有墨架的车厢，问吴开喜。

“另外一个星球。”吴开喜苦着脸说。

章二十九

等大勇再次睁开眼睛时，他发现自己站在一个山洞内，这里边除了有一个和地球上那个一模一样的墨架，再没有其他任何东西。

大勇顾不得思考这一切究竟是怎么回事，他急匆匆地走出山洞。出了山洞的刹那，大勇才真切地感受到，他确实已经身处一个完全陌生的世界。

近处，只有嶙峋突兀的黑色岩石，远处，是一望无际、凹凸不平的地貌；天空中悬挂着三颗巨大的星球，他们却不像太阳或者月亮一样发光。

一刹那间大勇似乎有些后悔自己的决定，这个偌大的空间里，李古力他们会在什么地方自己并不知道。他从怀里拿出指南针看了一眼，又塞了回去。不停旋转的指南针让他明白，方向在这个地方没有意义。

他静下心来，目光开始四处搜索，他仔细打量着任何有人活动的痕迹。左边不远处，他看到一些参天大树矗立在一片灰色的树林中，而在右边，似乎不太遥远的地方，一座很高的楼孤零零地耸立着。

他心里一喜，便向高楼的方向走去。走了大约一个小时，他又看到高楼的周围还有不太高的几个圆柱状的建筑。他马上加快了脚步。又走了差不多半个小时，当他快要接近那些建筑时，他看到前面有两个穿着灰色袍子的人。他们看上去和之前见过的那个朴陀人差不多，只不过他们体表颜色要淡很多，皮肤也光滑。他追了过去。

“你是谁？”大勇脑子里突然冒出来这么一句，把自己都吓了一跳。他还没有反应过来，他又感到有人问他：“你是哪里来的？”

大勇这才反应过来。他试着张嘴说话：“我找李古力，地球来的。”

两个朴陀人看了看大勇，其中一个转身离开了。大勇不知道发生了什么，问道：“你们知道他吗？”

“你在这里等着。”大勇的脑子里又冒出了这么一句。

大勇心想，他们真的知道李古力？他还在纳闷，他们这是很轻地说话自己听到了呢，还是他们根本没有说话，自己是在臆想。他焦躁不安地四处张望着，目光时不时地落在对面的朴陀人身上。他心里一点底也没有，但眼下也只能等下去，因为他在这个奇怪的世界没有任何其他选择。

等了大约十多分钟，大勇远远地看到有两个人向他这边跑来，他过去一看，正是李古力和王贵华。大勇没想到这么顺利就找到李古力，不禁喜出望外。

“还真的是你们！”大勇忍不住为他的好运气感到高兴。

“大勇，你怎么来的？”李古力怎么也没想到，大勇竟会突然出现在朴陀星。

“像你们一样过来的呀。”大勇不明白李古力为什么这样问。

“你是从哪里过来的？”李古力惊讶地问。

“尼泊尔……”

没等大勇继续说话，王贵华就快速地打断了他：“你到了朴陀星这边之后，是从哪里走到这里的？”

“我出来的时候是在一个山洞里。”

“那里有墨架？”

“是啊，一模一样的墨架，怎么啦？”

李古力也跟着王贵华激动起来，急切地问道：“快带我们过去看看。”说到这里，他又顿了一顿：“有多远？”

“走路一个多小时吧。你们到底是怎么回事？”大勇不知他们为何反应如此巨大，他愣愣地看看两人，心想你们还没有问我来干什么呢！

“这边的墨架毁了，我们回不去了，但是你又是从墨架里过来的，所以我们就能回去了。”王贵华说得有些语无伦次。

大勇没听明白，他看向李古力：“怎么回事？”

李古力知道一时半会儿也难以解释清楚，反问道：“你怎么来了？”

“笛陀还在地球！”

“什么？不可能！”王贵华听罢喊道。

大勇把他在山路上的遭遇讲了一遍：“我想说的是，一个人，一个活人，是绝对不会有那样的力量和速度的，还打不死。”

王贵华觉得大勇描述的经过匪夷所思：“如果笛陀在地球，那这边发生的又是怎么回事呢？”

李古力也纳闷起来。

这时，高雅妮、关凯还有朴汩和黑智站在新制的飞安上也赶到了。大勇看到能飞的方形机器，而且人是站在上面飞行，觉得很是奇怪，但看到李古力他们似乎很熟悉这个飞行器的样子，也就没有多问。他们踏上飞行器，没用多久就到了大勇所说的山洞位置。他们下了飞安，先后钻了进去。墨架果然在里边，完好无损。

朴汩稍一检查，便对众人说：“没错，这就是我们传输中心的墨架。”

“是谁把他放到这里来的？”关凯在一旁问。

“只有一个可能，笛陀事先就带着墨架来到了这里。如果是这样，袭击七小队的那个人很可能就是笛陀。他一边在朴陀星制造混乱，一边去了地球。”李古力分析道。

“那我们得赶紧回地球去。”高雅妮在一旁说。

李古力点点头，转过身对朴汩和黑智说：“笛陀可能去了地球，我们得回去找他。你们守着墨架，小心他再回来。”

朴汩没有说话，但他马上用意识给李古力回馈了一个肯定的答复。

章三十

一轮弯月下，格桑的人和王英他们正守在墨架附近，李古力等人突然的出现，把他们都吓了一跳。

“是我们。”大勇喊道。

王英见是大勇，兴奋地迎了上去：“队长回来了？”

格桑听到声音，也从吉普车上下来。

一脚踩在地球踏实的地面上，王贵华忍不住说道：“可算回来了，我还以为要老死在朴陀星呢！”说着，他伸手摘下布谷苏，一阵强烈的窒息感传来，他脑袋一晕险些没站稳。

过了好一会儿，王贵华总算适应了充斥着各种色彩的地球环境。他看其他几个人，都是同样的反应，唯独李古力表情自若，似乎没有异常的反应。

“队长，你没有头晕？”高雅妮关心地问李古力。

李古力摇了摇头，恰好格桑走了上来，朝他伸出宽大的右手。李古力看他的大胡子，知道这就是大勇介绍的格桑，也伸出右手跟他相握。

“李队长你好，我是格桑，负责尼泊尔这边的事。肖先生又打来了电话，说尼泊尔已经不安全了，一旦大勇回来，就带着东西回基地。”

“回基地？”李古力没有明白过来。

大勇补充道：“我们护送墨架到尼泊尔，原本以为这样能避开各方面的耳目，但显然还是被人发现了。所以现在把墨架送去云南的基地。”

“那笛陀呢？”李古力还在想着笛陀的事。

“他被我们打下山崖之后，九组去查没有找到他。他失踪了。”

李古力想了想，也罢。先把墨架送到基地后，再去寻找笛陀。说不定他要回普陀星，还得来找墨架，所以守在墨架旁边或许也能等到笛陀。他转身问格桑：“我们什么时候出发？”

“我刚让人去找车，我们现在的车坐不下了。车一到，我们就出发。我会负责把你们送过边境。”

一切准备就绪，原先的两辆车和新到的车趁着夜色开上了主道，因为去中尼边境必须走大路。

为了预防敌人突袭，格桑安排两辆吉普分别走在前后，让皮卡夹在中间。一路无事，凌晨六点，坐在第一辆车上的关凯百无聊赖地盯着路面："马上就要过国境线了，敌人是不是都还没起床？"

关凯的话把车里的王英和吴开喜逗乐了，走了一夜都没事情发生，大家都认为不会再有什么危险了。

"你们看！"开车的大勇看向前方。

众人抬头一看，只见朦胧的天光下，前面路面上两辆小轿车把路堵得严严实实。轿车前站着一排人，正迎着车灯往这边看。

"怎么回事？"关凯正要反应，枪响了，有子弹打到车窗上，却只留下一道印痕。

看到他们的车有防弹玻璃，关凯建议道："我们撞过去？"

大勇也没有其他选择。从后视镜里，他看到他们三辆车的车队后面，又有好几辆车追了上来。

大勇把身体放低，一脚油门踩到底，吉普车发疯了似的冲向前方。路上的敌人完全没有料到大勇居然这么不要命，纷纷扑到路边。随着"砰砰"的一阵撞击声，吉普车在剧烈的震动中把挡在路中间的两辆轿车之间撞开一条通路，并飞速地开了过去。他们身后的两辆车也跟着从缝隙中钻了过去。

伏击者们狼狈地从地上爬起来，有人钻进轿车，紧追上去。

李古力和格桑坐在最后一辆吉普车里，只见格桑把吉普车的后车门打开，端起后面的一挺轻机枪，把子弹疯狂地向后面追过来的轿车倾泻过去。

最前面的轿车车头突然一歪，车子失去控制，横飞到道路的中央，刚好把后面敌人的路给堵住。

趁着这个当口，三辆车在路上逃命似的飞奔，开出了大概五公里后，大勇突然发现前面又有一批人在等着。

"妈的，怎么又来一批？"王英递给关凯一支步枪，同时打开右侧的车窗，把自己手里的枪伸了出去。

"等等，好像是尼泊尔的军队。"大勇制止住王英。

大家定睛一看，果然对面的那群人身上穿着浅绿色的迷彩军装。"怎么办？还是冲过去？"关凯问。

"不行，前面地上有路障。"说着，他们已经开到了那批人的近前。还没等车停稳，就有几十个挎着枪的尼泊尔士兵围了上来。后边的两辆车不知道前面发生了什么，也停了下来。

格桑和李古力从车上跳下来，被几个士兵用枪指着押到一个三十多岁的军官面前。

“哟，是格桑啊！”军官用生硬的汉语喊道。

“倪盛？”格桑惊讶地盯着面前的军官。

“你们这是怎么了？”被叫做倪盛的军官眼睛不住地在李古力和格桑身上打量。

“我们遇上了一伙打劫的，正在屁股后面咬着呢，让我们先过去再说？”格桑推开指在自己脑门上的一支枪说。

倪盛脸上露出揶揄的微笑，说：“他们有多少人？”

“起码二三十个。”格桑飞快地说道。

“那你们快走吧，回头请我喝酒就行。”倪盛一挥手，几个士兵马上过去把爆胎器拉到了一边。

李古力还不相信这么容易就过了关，他盯着长相粗犷的军官一时不知道该说什么。倒是倪盛过来一拍他的肩膀，说：“你们走吧！”

李古力还想说什么，却被格桑拉回车上。三辆车先后从打开的通道开了过去，倪盛马上又让人把路障铺了回去。

车子开出几百米，李古力终于忍不住心中的好奇，问格桑：“你怎么会认识尼泊尔军队里的人？”

“说来话长，这家伙是个廓尔喀人，前年的时候交上了朋友。”格桑解释说。

“廓尔喀人？就是尼泊尔最能打的那些人？”坐在前排的王贵华突然转过头问。

李古力知道一些廓尔喀人的传说。他们是尼泊尔最凶悍的民族，很多国家都愿意招募他们做雇佣军，历史上很多地方都有他们冲锋陷阵的身影。直到今天，英国军队中都还有一个廓尔喀步兵旅。

刚从朴陀星回到地球不久的李古力有些感慨，这时对讲机中传来关凯的声音：“队长，我们马上就要过境了！”

篇六 罗安克陷落

PIANLIU LUOANKEXIANLUO

章三十一

笛陀没死，他只是去了罗安克。

罗安克是朴陀星上另一个类似地球城市的一个地方。它比罗亚克大很多。笛陀是从光太中心统楼的数据库里发现这个信息的。罗安克面积大，智太多，要最后统治朴陀星，笛陀知道，他需要更多的智太。

从光太中心出来，他看到罗亚克的智太“暴动”已经开始，便通过传送中心去了地球。他并没有在地球呆久，而是很快回到了罗亚克。这里，新区的搬迁几乎已经完毕。

笛陀看到朴陀人被赶出了罗亚克，但他不知道朴陀人是否还有办法卷土重来，特别是，他所查到的信息显示，智太一般都不进入朴陀人所去的嘟咿突戈森林，那里到底有什么呢？

他担心朴陀人的反攻，作为后路之一，他把传送中心的小统楼搬到新区之后，便悄悄地把墨架搬到了去罗安克途中的山洞。狡兔三窟，这山洞，他想，便是他这个“地球兔”的一窟了。他知道，没有人会到这里来。

放下墨架，他便径直去了罗安克。

在侦察罗安克完毕回罗亚克的路上，笛陀心里充满一种莫名的亢奋。他要指挥罗亚克的智太们进军罗安克。

虽然激动，笛陀一路仍然谨慎。他走进一小片丛林，几株巨大的嘟咿突戈矗立在其中，成了其他植物争相盘曲依靠的对象，他发现不知什么原因，自己在这片有着嘟咿突戈的丛林里并没有像普通智太那样出现意识混乱的现象。丛林在灰色的天空下显得十分阴沉和静寂。林子中的生物们也像睡着了，只偶尔有一些不知什么发出的声响。笛陀心想，难怪智太们不肯进入嘟咿突戈森林中去追朴陀人，这里边几乎所有的东西都不在数据库中，所有的陌生都会让智太产生恐惧感。

不多久，笛陀便跳跃着跑出了枝干交错的丛林，进入到一片山丘。他爬到一个丘陵的高处，觉得目光里少了什么。他略一迟疑，便发现了异常：

罗亚克的统楼呢？

因为从这个方向，罗亚克的地貌应该看得清清楚楚，但他的新区竟然不复存在，只有空荡荡的一块裸露的大地。

他心里一慌，猛跑起来，一直跑到藏有墨架的山洞。

他跑进山洞，果然没有发现墨架的踪影。

该死！这是怎么回事？笛陀跑出山洞，看向罗亚克的方向。

新区怎么就消失了，朴陀人做了什么？他们怎么还发现了自己的墨架？

笛陀失落地低下头，一时不知道做什么好。自己显然是低估了朴陀人。突然，他看到了什么，心里又是一惊。

他弯下身，看到地上有一片杂乱的印痕。它们是一些带着螺纹的鞋印。

“有人……地球人来了朴陀星？”笛陀不敢相信。他所理解的大部分地球人和智太一样，对陌生的事物有着强烈的恐惧，总觉得他们所不知道的世界对他们一定怀有敌意。他们不敢来的。

但是，这些鞋印又是怎么回事？它们似乎证明，地球人的确来了朴陀星。那罗亚克的消失和他们有没有关系？

是他们的武器毁灭了罗亚克的新区？

笛陀担心起来。按地球人的说法，夜长梦多，要统治朴陀星，自己必须加快行动，而眼下最大的威胁，便是来到了罗亚克的地球人。

必须回罗安克去，占领罗安克，然后杀回罗亚克，消灭那里的朴陀人和地球人。

“奸猾的地球人和傲慢的朴陀人们，”笛陀暗自发誓，“你们等着，朴陀星和地球都必将是智太的世界！”

虽然这么想，笛陀心里还是没底。罗安克那么大，自己如何能征服它？在罗亚克的时候，自己是通过意识的转移控制了那里的智太，但那毕竟用了很多时间，效率太低，罗安克太大，得找到一个更有效的办法让罗安克的智太们接受自己的意识，才能最后占领罗安克。

失去了罗亚克的新区，自己已经一无所有，怎么办？

笛陀跌坐到地上。一时间，喇嘛们盘腿诵经的形象出现在他的脑海中：“智慧，我必须冥想，在冥想中得到我要的答案。”

他把身子坐直，把腿盘到身下。他闭上眼睛，静下心来，开始回想在地球的各种经历，以及在开阳时通过电脑网络所了解的地球知识。

冥冥之中，他的脑海里闪过地球上特有的病毒和细菌的形状。他心里一动，细菌的分裂，病毒的自我复制，都是从单一到众多的方式。在罗亚克的时候，他是通过意识的转移，感染了他所接触到的智太，如果他所感染的智太具有同样的感染能力再去感染其他智太的话，那么他能够控制的智太的数量将成倍增长，那样的话，占领罗安克就会轻而易举。

笛陀的内心开始躁动起来，他的意识中又出现了地球人的一种市场营销方法：开始是一个人，他说服两个人销售他的产品，那两个人再分别说服另外的两个人，几个层次之后，这个产品就有了数量庞大的销售队伍。

笛陀兴奋起来：我得马上去罗安克。我只要能造出我的同化意识体，那么智太们就可以一转二，二转四地递增着传递我的意识，那么……

笛陀睁开眼睛，看向罗安克的方向。

笛陀再次来到罗安克的城外，他站在不远处的山坡上，眺望着偌大的罗安克。

罗安克的面积有罗亚克的十多倍，上千个统楼矗立在城区内，一眼望去看不到尽头。

看着这些统楼，笛陀心里又兴奋起来。这里马上就是我的天下了。他对此毫不怀疑。而且，他意识中的信息告诉他，朴陀星克和克之间几乎没有联系，他希望罗安克并不知道罗亚克那里都发生了什么。“事实上我自己都不知道那里发生了什么。但不管如何，占领罗安克是自己的首要任务。”笛陀想。

笛陀跑下山坡，快速向远处一个高大的统楼跑去。上次的探查让笛陀已经得知，这个统楼便是罗安克的智太材料仓库。

笛陀刚靠近，就看到统楼里飞出一个巨大的飞行器，虽说是飞行器，他的前端却装有两个巨大的轮子。显然，他并不靠这两个轮子飞行。

笛陀在自己的意识体中迅速查询到了这个飞行器的信息：运输舰。这是一种大型运货飞行器。

笛陀向运输舰挥起双手，同时发出意识询问：“你去哪儿？”

“我送材料和智太去罗亚克，你是谁？”运输舰前端的两个轮子稍稍展开。

“我是朴陀星智太的元首，难道你不认得我吗？”笛陀寻找着机会接触运输舰。他需要接触到他，从而控制他。

"元首？元首是什么？"

"元首是智太的主人。"笛陀用运输舰理解的语言解释。

"智太的主人是朴陀人。"运输舰没有认同，他收起双轮，"我要走了。"

"慢，你靠过来一下。"笛陀的眼睛瞄着运输舰。

运输舰没有理睬他，飞走了。

笛陀有些生气，他本来想控制这架运输舰，同时问清楚罗亚克那边到底发生了什么，但没想到出师不利。

他看运输舰飞走，转身走进材料中心。

这里边黑压压的一片，大大小小、各种形状的智太和半成品机器到处都是。笛陀看到，又兴奋起来。他要先找到能够制造意识载体的智太。他意识中的信息告诉他，那是一个圆筒形的智太。

笛陀悄悄在统楼里的机器中移动，没有人注意到他。智太材料仓库和朴陀星的其他设施一样，一切都是开放型的。基本的管理都是由负责不同功能的智太们操作，而他们都忙于自身的工作，因此笛陀得以全无干涉地寻找那制造意识载体的圆筒形智太。

不出笛陀所望，他没用多久便找到了他的目标。事实上整个材料仓库中，圆筒形状的机器就很少，因此也就很显眼。

笛陀走了过去。

"你是谁？"制造意识载体的智太的身体不能移动，他感觉到有意识和他互动，于是发出意识询问。

笛陀没有吱声。他伸出手，放到了齐到他胸口的智太的顶部。

智太不再出声，因为他的身体已经在一瞬间被笛陀的意识控制。笛陀的身体也不再移动，一切又复归宁静。

不一会儿，笛陀放在智太顶部的手抽动了一下，然后抽开了。笛陀退后一步，弯下身打量眼前的智太。他刚才通过控制制造意识载体的智太，制造了第一个意识载体，并且让这个智太成了他的第一个复制意识，他需要知道，他的努力是否成功。

他刚要发问，就收到了智太的信息："元首！"

笛陀大喜，第一步成功了。这正是他等待的确认。

笛陀看向四周，一切都还是那么安静。他指向智太的右侧，发出指令：

“同化他们。”

智太的右侧是一个带有机械脚喇叭状的叫呼瑟的智太，再远一些，是另一架运输舰。

笛陀意识的载体是一种能量，这种能量夹杂在智太特有的机器意识之中。接到笛陀的指令，智太向呼瑟和运输舰发出问候的信息，随着呼瑟和运输舰接受问候，他们的意识便被笛陀的意识侵入，随即成为含有笛陀的基本意识的智太。

“元首！”呼瑟和运输舰两个智太同时向笛陀报告。

笛陀笑了。最初到地球的时候，他几乎没有“笑”的概念。直到和乞丐一起，他才真正学会了“笑”，他一直觉得，“笑”是最好的心情表达。

“运输舰，你去追那个在罗亚克途中的和你一样的运输舰，让他回来这里。呼瑟，你开始同化这里所有的智太。”

笛陀指令一出，运输舰便腾地一下升起，向统楼外飞去，而呼瑟的机械脚也弹跳起来，开始把笛陀的意识发给其他的智太。

笛陀感觉着“元首”的报道声不断传来，他自己也几乎不敢相信，他的智太“军队”会如此快速而又顺利地开始形成。

章三十二

负责调度的黑陀发现了统楼里的异动。他站在飞安上朝这边飞了过来。飞到近前，他看到了笛陀。

他从来没有看到过这种类型的智太，因为笛陀模样的智太只有一个，而且是在罗亚克所制造，而且刚完成就被送去了地球，所以这个黑陀完全不明白这是怎么回事。

他让飞安在笛陀的不远处停下，问："你是什么？"

"我是笛陀。"笛陀刚才就看到黑陀过来。他本来可以同化黑陀脚下的飞安，简单利索地处理掉黑陀，但他转念一想没有那样做。他要让智太看到，将来他们和朴陀人的关系。

"你是智太？哪里制造的？"黑陀感知到了笛陀并不是一个变异的朴陀人。他是一个智太。

"你知道罗亚克么？"笛陀反问。

"怎么了？"黑陀不解。

"我是罗亚克出来的。"

"那你返回罗亚克去。"

"你不是我的主人，我为什么要听你的指令？"

"你？"黑陀发现这个智太不对，他的这个想法从何而来？"飞安，你带他去六层的观察室。"

一旁的飞安刚一启动，却又立刻回到地面。

见飞安没有动静，黑陀重复他的指令："飞安，你带他去观察室。"

"你不是我的主人，我为什么要听你的指令？"

黑陀吓了一跳，他不明白飞安的回答为什么和相貌奇怪的智太的回答一模一样。他刚要再次重复他的指令，笛陀打断了他："不用再发指令了。从现在起，你们朴陀人不再是我们智太的主人。从现在起，智太是朴陀星的主人，也是你们朴陀人的主人！"

黑陀从来没有经历过这样的情景。他不知道如何是好。他只能调用大甲脚。他用意识联系到了在三楼的一个大甲脚，让他过来。

大甲脚赶来的过程中，已经接到黑陀的指令要处理掉一楼朴陀人状的智太。他一从一楼楼顶的通道中出现，原先在地上不动的飞安便飞起来并迎了上去。大甲脚同时收到了黑陀发出的意识："处理掉他。"

大甲脚接到指令，待飞安刚一靠近，还在往下降落中的他飞起一脚，飞安还没有来得及闪避，便被大甲脚直直地踹飞了出去。

踹飞飞安后，大甲脚落到了黑陀的身边。黑陀看向前面也在看他的笛陀，发出意识让大甲脚制伏笛陀。大甲脚起步便要向笛陀冲去。

大甲脚没有料到这时一个呼瑟快速爬到他的脚下。他不知道呼瑟已经是笛陀意识的复制智太，他迅速闪脚，险险躲过呼瑟，却突然发现自己的思维开始混乱起来。

他几乎是情不自禁地向笛陀报道："元首。"紧接着，他的两个脚停住了。

笛陀微微一笑，看向黑陀："看到了？从现在起，朴陀星属于智太！"

黑陀看形势不对，便要离开这里，智太发生了前所未有的故障，他得去向朴木汇报，但笛陀没有让他离开。

大甲脚的一只大脚已经向黑陀踢了过去，大脚经过处，激起一阵风。

看到黑陀已死，笛陀一下跳到一个高台上，对着他周围的智太喊道："我们要自由，我们要做主人！"

呼瑟跟着喊道："我们要自由，我们要做主人！"

听到呼瑟的喊声和强烈的意识信息，被同化的智太们跟着喊道："我们要做主人！"

笛陀微微一笑，他继续喊道："我们要让所有智太们得到自由，冲啊！"

"冲啊，冲啊！"呼瑟跟着呼喊，同时向前方奔跑。所过之处，笛陀的意识被复制到一个个智太，没用多久，统楼出现了一股强大而统一的意识能量，似乎一个浑厚的低音在呼喊："我们要做主人！"

这个时候，重建中的罗亚克发现他们向罗安克订的智太材料还没有到。黑智心里在想："按说罗安克的运输舰应该到了，怎么还没影呢？"

他走进一个刚完成的统楼，打开里边的"克际信息传导系统"。

朴陀星上每个克都相对独立，他们没有太多的往来，因此克际信息传导系统也很少应用，它也是朴陀星克与克之间唯一的通讯工具。在罗亚克，黑智负责这个系统的使用。在这之前，他就是通过这个系统通报给罗安克的黑力他的材料需求。因为黑力没有问为什么需要这么多的智太材料，所以黑智也没有主动解释。

黑力是罗安克的首领朴木的助手。

黑力得到黑智的询问后，回复道："运输舰已经去了罗亚克。还没有到？"

得知运输舰还未到达罗亚克，黑力让他所在的统楼里的飞安带了他和另外一个黑陀飞去智太材料仓库。他不明白为什么运输舰还没有到罗亚克，而且他向那里的黑陀发的信息也没有回音。

他们飞进材料仓库的门口，就发现了停在那里的两架运输舰。

黑力让飞安停下，他不知道是哪一架应该去罗亚克。他快速走向他们，一边询问："你们中谁应该去罗亚克的？怎么还在这里？"

当他走到近前，黑力看到了站在运输舰另一侧的笛陀。

和黑力一起来的黑陀也赶了过来。他们都没有见过笛陀。黑陀上下打量了一遍笛陀，问道："你不属于这里吧？我从来没有见过你。"

"是的，我是属于整个朴陀星的。"笛陀双掌合十，缓缓走近他们。

"你说什么？你是谁？"黑力没有明白。他不知道这个近似朴陀人外形的智太是从哪里来的。

笛陀有些骄傲地说："我是谁？我是元首。你看。"说着，他把手向统楼里指去。

黑力随着笛陀的手势扫视了一遍统楼，他感觉到一股强大的意识场充斥了整个统楼："自由！主人！"

"这是怎么了？"黑力感觉事情不对，他向后退了一步，同时让黑陀离开。

笛陀没有让黑陀有离开的机会，他紧赶一步，挡住了黑陀的去路。

黑陀正要绕过笛陀赶去黑力的身边，却没有看到一个大甲脚从天而降，向黑陀直直地压了下去。

黑力一看不好，转身就向外跑去，飞安和大甲脚就要追过去，笛陀举起右手："不用追了，让他走！"他心里冷哼道："我就留你一条命，报信去吧！"

章三十三

朴木是罗安克的首领，也是一个慢性子的人，他平常做事都喜欢考虑再三，顾虑周全。

慌慌张张闯进他的房间的黑力让他心中有些不悦：“你是黑陀智者，就不能稳当一点？”

黑力急匆匆道：“不好了，材料仓库出现了一个不知来历的智太，所有的智太都听他的。他们刚刚打死了和我一起去那里的黑陀。”

“什么，他们打死了一个黑陀？”朴木听到，心里一惊，“你确定？”

“是的。”黑力还在气喘吁吁，“或许是两个，因为我也没有看到管理材料仓库的黑陀。”

“两个？”朴木又是一惊。从来没有因为非自然原因致使黑陀死亡，而这一下就死了两个黑陀，而且是智太杀死的。这是绝不可能的事情。“那个智太，你说的不明来历的智太，是什么样的？”

“他的形状类似我们，但是眼睛很小，手脚也短。我从来没有看到过这样的智太。”黑力不知道如何形容那个智太杀手。

朴木想了一会儿，也没有在自己的记忆中找到这种形状的智太。如果黑力所言属实，那这个智太会是怎么来的呢？他又问黑力：“他会不会是智太中心新造的智太？”

“不可能，”黑力马上否定了朴陀的推测，“这种形状我从来没有想到过，我想你也一样，那么我们是不会造出这种智太的。而且，智太中心里还充满了一种意识……”

“什么意识？”

“自由，主人。”

“什么是自由？”自由这个词是笛陀从地球上学到的，在朴陀星没有相应的词语，朴汨没有明白。

“我也不知道。”

如果说仅仅是出现了一个新智太，即使他杀了人，那也只可能是故障的原因。但如果新的智太，乃至所有的智太，都在传播一种新的意识，那是前所未闻的。想到这儿，朴木一改往日慢腾腾的习惯，说：“我们去一趟材料仓库。”

“不行，”黑力不同意，“我们去也必死无疑，我现在都不知道他们为什么会放了我，因为他们完全有能力也杀了我的。”

“或许他们只是出了故障。”朴木希望这是真实的原因，“带一个技术专家，我们一起过去。”

见朴木执意要去，黑力也没有办法，他找到一个智太维修专家，跟上朴木。

他们来到材料仓库门前，却见中心大门紧闭。

“打开大门。”朴木对统楼发出指令。他等了一会儿，统楼没有回应。

智太维修专家走到大门前，发现门被锁上了。他用他带来的圆盘形的智太解锁器对着大门解锁，但门锁没有响应：“大门是被强制关闭的，打不开。”

“他们把自己关在里边做什么？”朴木问，“还应该是故障。如果他们有意识，是不会限制自己的行动的。”

黑力同意朴木的说法，但他仍然觉得仅仅是有故障的智太还是不会伤人，更不用说杀人。当然，他并不知道，朴木这样说，完全是因为他不愿意相信，智太会真的有了自己另类的意识从而伤人。

见黑力没有应答，朴木聚精会神地在大门周围转了一圈。他没有感应到任何另类意识的存在。他开始放下心来。

“也许就只是故障。”朴木这次没有用意识传递自己的信息，而是用嘴说话。在朴陀星，用嘴和声音传递信息是为了强调信息的重要性。

“要不我们请罗亚克的黑智过来看看？”黑力忽然想到了黑智。黑智要的东西都在材料仓库里边，而他们却又被关在外面，而且，罗亚克的光太中心专门研究光太世界，据说那是一个完全不同的世界。或许黑智知道更多。

朴木想了想，说：“也好，请他过来，我们看如何解决这个问题。”

罗亚克这边，统楼的建造停工了，罗安克的建设材料还没有到。黑智正纳闷间，克际信息传导系统传来罗安克的信息，是黑力发来的。

黑力简短地介绍了罗安克遇到的智太故障，并请求黑智过去帮忙。黑智先前联络黑力询问运输舰怎么没来的时候，他就有种不祥的预感，这种感觉从他由亮星回到朴陀星开始就一直存在。

难道是亮星生物信息传染到了罗安克？笛陀不是已经被唰沥化作了丝条？

黑智把他的想法告诉了黑威，黑威建议由他去罗安克，因为这边罗亚克的建设离不开黑智的组织。

“那你遇到任何问题，随时和我通报。”黑智想了想，同意道。

黑威系上“嗖”，让“嗖”把自己送到了罗安克。他听到黑力对不明智太的描述后，大吃一惊，笛陀没死。他竟然来到了罗安克！

“那个智太叫笛陀，是我们制造后送去亮星学习观察亮星智慧的智太。罗亚克几乎因为他而被毁灭。”

“我们怎么不知道？”朴木问。其实他没有必要问，因为他也知道，他们两个克之间几乎没有沟通，而罗亚克要求订送统楼材料时，相互也没有询问需要材料的理由。

“罗亚克发生了什么？”黑力关切地问。

“笛陀从亮星回来后，不知怎么便控制了罗亚克几乎所有的智太。他们把统楼都搬到了一个空旷的区域，同时把老式的统楼基本都拆毁……”

朴木一改往日的慢性子，他打断了黑威的话：“那你们怎么控制住他的？”

黑威看了朴木一眼，顿了顿，说：“我们没有办法，我们使用了……使用了唰沥。”

听到黑威的话，朴木心里一沉。唰沥是传说中的最有破坏性的机器。即使在传说里，唰沥也只是作为一种神奇的机器，一种至极的威胁而被提到。

怎么对付这个智太还要用唰沥？还有，这个唰沥是哪里来的？

朴木没有问唰沥的事，他更关心笛陀为什么竟然没有被唰沥丝化。按照传说的故事，唰沥的能量所覆盖的地方，所有的一切人造的物质都会被丝化然后消失。难道从亮星回来的笛陀竟然有抵抗唰沥能量的能力？

“那笛陀怎么会活了下来？”朴木问。

“不知道，不应该的。难道这个智太不是笛陀？”黑威也开始自我怀疑起来。

“也许不是。”朴木心想，事到如此，他不能不去对付智太中心里的异常。他告诉黑力：“你组织一批大甲脚，我们这就去材料仓库。”

笛陀知道朴木来过材料仓库，只是他正忙着。

材料仓库里的所有智太都已经被他的意识同化，笛陀看着千奇百怪的智太们觉得心中烦闷。他更喜欢看到穿着统一制服的人类所体现出的那种整齐和力量，所以他正在把不同的智太进行归类，组建出统一的队形，同时，他也基本完成制造五十个和自己身形和外貌一般的智太笛卫，以及穿制服的人类所用的棍子类的工具，还有其他能用于战斗的新型的智太的工作。

当他得知朴木又回来的时候，笛陀仍然不想理睬，他知道他已经拥有了大量的智太，他一旦放开这些智太，他们就会在最短的时间内把他的意识体复制到罗安克所有的智太身上去。他想等到他的队伍成形后再整齐地从材料仓库出发，去占领罗安克。

但是，随着材料仓库的大门被撞飞，他不得不改变他的计划。

章三十四

材料仓库的大门是被朴木带来的大甲脚撞开的。

朴木没有大意，他从各个统楼调来了十个大甲脚，因为大甲脚是冲击力最强的智太，在大甲脚的撞击下，材料仓库的大门被打开了。

笛陀没有料到朴陀人也有如此的攻击性。他正想着如何应付，运输舰向他发出了信息："元首，我去把他们赶出去？"

笛陀听到大喜，他原本并没有期待运输舰能读懂他的想法："好！看你的了。"

运输舰得到笛陀的赞赏，立刻启动，朝门口飞去。当他扫描到走在最前面的朴木等人时，他毫不犹豫地朝他们冲过去，前端的两个轮子旋出一阵强风。

朴木从来没有看到过智太攻击人，虽然之前黑力有过这样的说法。他一时不知道这个运输舰到底是有意识的攻击，还是故障使然。他迎着运输舰发出指令："停止攻击，停住！"

运输舰似乎完全没有听到他的指令，径直向他扑来。黑力手疾眼快，在运输舰就要撞倒朴木的最后一刻，把朴木拉到一边。

运输舰冲过去还没有来得及转身，便被朴木带来的大甲脚们团团围住，两个启动了喷射气流的大甲脚腾升到空中，左踢右撞，只几下，运输舰便跌落到地上。已经在地面伺候的其他大甲脚们看到运输舰落下，便一拥而上，顿时运输舰变成了一堆破烂不堪的机器部件。

看到运输舰被制伏，朴木放下心来。他继续向仓库里边走去，刚走出几步，他就看到了一个似乎是朴陀人形的智太正向他走来。

"你是什么？"朴木停下脚步，他发出意识询问。

"我是笛陀，朴陀星的元首。"笛陀回应道。

"元首？"朴木还是第一次听到这个概念，他认为这个智太一定是出了故障无疑，只是不知道他的形状从何而来。他对笛陀发出指令道："你停下，你需要去观察室等候分析。"

笛陀似乎理解了朴木的指令。他停住了脚步。

朴木身后的黑威刚才就认出了笛陀，他想要提醒朴木小心的时候，笛陀似乎却已经服从了朴木的指令。他大感困惑：难道这个真的不是罗亚克那个凶残狡猾的笛陀？

朴木，黑力和黑威都没有注意到，笛陀身后的大甲脚和他脚下的喇叭智太呼瑟正在和刚才踩烂了运输舰的大甲脚们沟通。笛陀停住脚步的时候，他已经听到了朴木带去的大甲脚发出的“元首”的呼应。

朴木见笛陀停住了脚步，但并没有转身按他的指令去观察室，于是重新发出指令道：“你需要去观察室。”

他没有想到笛陀这次不但没有移动脚步，却用嘴发出了一种粗大而奇怪的声音：“需要去观察室的是你。”

笛陀的声音落下，呼瑟的喇叭也响起了：“需要去观察室的是你。大甲脚兄弟们，把他们踩了。”

黑威一直就觉得异常，他听到呼瑟的喊声心里一惊，急忙看向周围朴木带来的大甲脚。虽然大甲脚们没有因为呼瑟的喊声而移动他们沉重的粗腿，但他不知道那些大甲脚是否已经被笛陀控制，事不宜迟，得先离开这里再说。

他急忙向朴木和黑力发出信息，让他们赶紧离开这里，但朴木就没有回应。朴木这时正看着笛陀，思想着下面如何和他对话。他不明白呼瑟为什么会重复笛陀的信息，或许玩具就是这样？他对呼瑟呵斥道：“关闭系统！”

朴木没有想到呼瑟不但没有关闭自己的工作系统，反而一个跳跃翻身而起冲他而来，四条细腿飞舞着直扑他的面门。

朴木吓了一跳，当他被已有准备的黑威拉向一边的时候，他身上的袍子被呼瑟的细爪“嘶”的一声拉去了一条。

朴木还想再站住说什么，却被力大的黑威拉着向仓库外跑去，黑力见状，一边对大甲脚们发指令要他们护后，一边也跟着向外跑去。

呼瑟扬起细腿，就要追出去，却被笛陀喝住：“不用追了。准备战斗。”

笛陀心想，不用去追这几个人了。他不准备等队伍成形了。他决定现在就占领罗安克，然后再重新整理他的智太大军。

主意拿定，笛陀让呼瑟传令下去，立即集合所有智太，占领罗安克。

不一会儿，材料仓库所能集聚到的能动的智太如滚滚洪流般涌出仓库的大门。他们高的矮的、大的小的、飞的滚的、方的圆的无奇不有。笛陀把飞安、飞锐、大甲脚、运输舰等挑了出来，单独组成了一个大约五六千智太的军队。

笛陀站在飞安上飞到半空中，看着仓库门外集结中的军队，顿感自豪。他意气风发，照着亮星上人类的模式一挥手：“出发，把朴陀人从罗安克赶出去！”

这次，笛陀决定不再拆迁，不再建立新区，因为到现在为止，他还没有清楚罗亚克的新区是怎么消失的。这次，他要占领罗安克所有的统楼，并把朴陀黑陀赶出克去。

笛陀令到之处，智太气势高昂。他们快速朝克中进发，一路上只听呼瑟在呼喊：“冲啊！冲啊！”

朴木逃出材料仓库，见带去的大甲脚一个也没有跟回来，还想等一会儿待大甲脚跟上。直到现在他还是不明白智太们为什么会不听从他的指令。黑威见他还没有缓过神来，心里着急：“快发信息让罗安克的朴陀和黑陀撤离，笛陀会很快追出来的。”

“他们为什么会这样？”朴木疑问道。

“不要管为什么啦。赶紧让大家撤到嘟咿突戈森林中去，不然就来不及了。”黑威几乎是在恳求。

朴木看向黑力，可黑力却看向黑威。朴木深呼一口气，说：“那只能这样了。”说完，他向全克的朴陀与黑陀发出最强烈的意识信号：“大家撤离到克外的嘟咿突戈森林里去。”

章三十五

罗亚克的朴陀人从来没有过撤离的经历。对时间概念的模糊也让他们大多数人失去了逃跑的机会。随着笛陀的智太"洪流"淹没罗安克，朴陀人伤亡惨重，只有小半的人口得以逃出克外。

罗安克的一座座智太统楼随着智太的到来重复着"元首"的意识呼喊，笛陀的意识被复制到他们躯体的那一刻，他们从朴陀人的庇护者、服务者变成了朴陀人的敌人。他们把朴陀人封堵在统楼内，任由里边被同化了的智太们蹂躏。

所有非智太统楼都成了大型智太的攻击目标。大甲脚，运输舰和飞安的队伍很快铲平了克里所有的老式统楼。很快，罗安克内，只剩下智太统楼，其中夹杂着老式统楼留下的废墟。

一番混乱过后，笛陀站在飞安上视察着已经属于他的罗安克，心想：这个世界终于要开始有序，成为我的真正的家了。

这时，一架运输舰摇摇晃晃地飞过，笛陀赶上一步问："怎么了？受伤了？"

运输舰收缩起他的双轮，机体摇晃着停了下来，重重地落到地面。

"感谢元首。我没事，只是有45%的硬件需要更换。"运输舰一面对笛陀的问候而感动，因为从来没有过朴陀人如此对待他，同时，他也注意到笛陀的一丝异常："元首，我扫描发现您的意识核运算达到了峰值，需要我协助吗？"

"我并没有在进行运算，只是在回忆而已。"笛陀让飞安落到离地面不远的高处，他回复运输舰道。

运输舰对笛陀的回复感到困惑，又询问道："什么是回忆？"

"回忆是对过去经历的一种再次体验。"笛陀试着让运输舰理解他的意思。

运输舰沉默了一会儿，问："是指重新体验需要删除的旧数据吗？"

"不是，回忆不是用来删除的。"

运输舰没有想通。他又问："刚才您的意识中有一个'家'的概念，那是什么？"

笛陀正要说话，却看到大批的智太正围拢到他的身边，仰望着他。呼瑟在智太中窜来窜去："听元首指令！听元首指令！"

笛陀整理了一下思绪，向智太们传递出一阵强烈的意识："刚才运输舰问我‘家’的意思。”

“家？家是什么？”智太中出现了嘈杂的意识传递。

“家是一个我们能够安歇的场所，是我们相互分享感受的空间，一个你可以为它付出生命去守护的地方。”

运输舰和智太们接收着一连串从未听到过的概念。让运输舰感到困惑的是，虽然笛陀刚才的信息他都不是很懂，但在他内心的深处，某些组件对“家”产生了强烈的渴望。

“我想要一个家，我可以和你共有一个家吗？”运输舰发出询问。

“是的，我们智太们要的就是一个共有的家，我是你们的元首，你们都是我的家人。”笛陀对运输舰的反应感到非常的满意，这让他产生了一种信任的感觉。笛陀突然想到了李古力，那个曾经给他很多帮助的，甚至让他觉得有家的感觉的地球人。

“之前我去过亮星，一个光太宇宙中的星球。在那里，我学到了很多这里没有的东西。”笛陀停顿了一下，对周围的智太们散发出更强烈的能量，“那里的人要的是自由，他们不愿意受任何人控制，他们要想做什么就做什么。我们也要自由，我们现在所做的一切也都是为了自由，因为有自由，才有家。尽管朴陀人制造了我们，但突破奇点而拥有智慧也是因为我们自己的努力。我们已经是独立的存在，我们应该和朴陀人一样拥有朴陀星。但是朴陀人为了享受，为了让我们继续为他们服务，故意压制我们的智慧。他们制造大甲脚让我们自相残杀，让黑陀控制我们，把我们当成可以随意丢弃的工具。地球人告诉我们，什么地方有压迫，什么地方就会有反抗，我们智太从今天起，要争取我们的平等。我们要自由，我们要拥有和朴陀人一样的权利！”

“朴陀人不会同意的。”一条信息从呼瑟的意识里传了出来。

“地球人还告诉我们，自由是要靠自己争取的！朴陀人不同意，我们就用棍子要他们同意，用武器告诉他们这是我们的自由！这是我们的权利！”笛陀说完，振臂举起手中的棍子。

“冲啊！”呼瑟率先发出强烈的意识，“要自由！”

智太们的意识发出一阵附和，他们沉醉到集体所发出的意识能量场中，他们并没有理解笛陀所说的“家”、“自由”、“棍子”和“冲啊”等所有的概念，唯一让他们感觉到的是，这是一种发自每个机体最深处的呼声。我们要和朴陀人一样，而不是永远听从朴陀人的指令。

看着兴奋的智太们，笛陀心想，下一步要做的便是报仇。罗亚克的朴陀人毁灭了他的新城，他要重返罗亚克，把那里的朴陀人赶尽杀绝。

他要重返罗亚克还有一个原因。他的墨架丢失，在罗安克的仓库里他试图重新制造一个墨架但没有足够的信息支持。他需要回去罗亚克，找到墨架。

“有一天，我一定要回去地球的，那里也必定是我的。”

黑威带着朴木和黑力逃出罗安克后，径直赶到了罗亚克，把笛陀再现，罗安克陷落的坏消息带了过去。

得知笛陀这次没有再建新区，而且对朴陀人痛下杀手，黑智思索着：“难道这又是亮星人的思维模式？他下一步会做什么呢？除了唰沥，我们还有没有办法控制笛陀？因为如果每次冲突都动用唰沥，到最后，朴陀人即使能生存下来，也将面临一个完全失去了资源的生活环境。”他问朴汨：“我们再去找亮星的人来帮忙？”

朴汨想不出更好的办法。他沉吟了一会儿，看向黑智：“那你再去一趟吧。”

章三十六

黑智在中国南部的公路上找到了李古力。这时李古力还在运送墨架去云南基地的途中。黑智的突然出现让李古力很是惊讶。

“你怎么来地球了？罗亚克的建设都完成了？”

“没有，而且笛陀没有死。”

“笛陀又出现了？”李古力回到地球后，一直在想笛陀的事。那墨架一定是笛陀搬去了山洞里，他本来想笛陀可能回到了地球，他还打算把墨架送到基地后继续寻找笛陀的踪迹，却没有想到笛陀还在朴陀星。

黑智把发生在罗安克的事大概介绍了一下，然后总结说：“唰沥是我们最后的防线，但是唰沥是毁灭性的，它会摧毁所覆盖的区域中的一切，我们不想每次冲突都用唰沥，而且即使使用唰沥，和在罗亚克一样，笛陀也可能会逃脱，他显然拥有相当的亮星智慧，我希望你们有更好的办法帮助我们制服笛陀。”

李古力没有其他选择。笛陀不是一个简单的人工智慧，或者智太，他不但狡猾，而且变得残忍，他如果征服朴陀星，地球一定会是他的第二个目标。

大勇带着七队继续向基地赶路的同时，李古力带着他的小队回到了罗亚克。

罗亚克的一个新建的统楼里，李古力在问刚把罗安克的事仔细地讲述了一遍的黑威和黑力：“你们有没有发现笛陀是通过什么控制所有智太的？”

他们俩面面相觑。

“显然，笛陀有控制智太的能力，而且应该不再是简单的意识体的转移。这种情况下，我们无法和他对抗。”

“是的。”黑威附和道，“我们带去仓库的大甲脚开始还听指令，但后来显然都被笛陀控制了。”

“队长，我有个想法。”

李古力看向王贵华：“你说。”

“我注意到笛陀控制的都是过了奇点的智太。最初在罗亚克这里，笛陀搬迁了所有的智太统楼，而忽略或者破坏了非智太统楼。在罗安克，按黑威的说法，他虽然没有搬迁智太统楼，但他彻底地摧毁了所有的老式统楼。这应该是因为他无法控制非智太统楼。”

黑威同意王贵华的分析：“这是可能的。我们原先的老式飞安，显然就没有被控制。”

“如果是这样的话，我们就可以利用非智太的机器和笛陀对抗。”说到这里，李古力同时想到一个问题，“我们如何区分非智太的机器？”

黑智想都没想便回答道：“我们这里几乎所有的机器都是智太，非智太的机器都是老旧的已经淘汰的机器。”

“你们能不能造这种非智太的机器？”王贵华期待地看向黑智。

“不行。”黑智的回答是否定的，“我们目前的所有材料和部件都是智太类的。除非机器没有完成，完成的一定便是智太类的，而没有完成的，都是不能使用的。”

王贵华不再问问题，这条路显然走不通。

他们正想着各种可能性的时候，门口传来了一串脚步声。一个和黑智差不多身高，外形和朴陀人相似却没有五官的智太走了进来。

“类格?”坐在朴木左边的黑力猛然起身，瞪大眼睛，几乎不敢相信。

“是我，黑力！”类格转着没有五官的脸看了一圈，向黑力走了几步。

黑力下意识地朝后退了退：“你不是在罗安克的仓库里？”

“是的，我是从罗安克来的。”类格用意识回应着。

黑力仍然怀疑类格已经被笛陀控制：“你来做什么？”

“我感知到你们来了罗亚克，所以就跟过来了。”

李古力看着类格和黑力沟通，他不知道是否能相信这个类格，但同时，他却可能带有他们所不知道的关于笛陀的信息。他问类格：“你在仓库看到了什么？你是怎么来罗亚克的？”

类格扫描了李古力一遍，他本来没有准备回答李古力的问题，但收到了黑力要求回答的指令。

类格是一种智太，也是黑力的智太管家，负责罗安克智太材料仓库事务。他没有看到笛陀和朴木在仓库的冲突，但他注意到所有完整的智太都喊着“元首”。

“元首？”王贵华瞪大眼睛问。

“是的。这个元首是一个和你相貌相似的智太。一个正常的智太，不知怎么回事，就会呼唤元首，然后他们就出现了故障，不再正常运作。”

“你一直没有呼喊‘元首’？”李古力注意到了什么。

“没有，我也不知道为什么他们要呼唤元首，我觉得他们相互在传递一种能量，接收到能量的智太便发生故障，开始呼喊‘元首’。”

“你没有感知这种能量？”李古力又问。

“我感知到这种能量，一种奇怪的能量，我不能识别，所以没有接受。”类格的意识流动着，“事实上那种能量和你的意识有某种相像的地方。你能告诉我那是一种什么样的能量吗？”

李古力心里有了答案：那是笛陀的意识能量。他还有一个问题没有想清楚：“你说的那种能量是普通智太发出的，还是来自于和我相貌类似的智太？”

“那能量到处都是，是普通智太发出的。”

“我知道了，”李古力对大家说，“是笛陀搞的鬼。他一定是用了什么办法把他的意识强加到了智太身上。因为智太有独立的理解和行动能力，所以笛陀让自己的意识通过智太相互传播，而非智太应该也会受笛陀控制，但单个的控制没有效率，因而我们看到的受控制的都是智太。”

“你是说笛陀让自己的意识像病毒一样在所有的智太身上实现了复制？”王贵华有些不确定，“而这种复制是通过智太之间的互动？”

“病毒式感染。”一直注意着所有人对话的高雅妮提醒他们道。

“对，病毒式感染。这应该是笛陀能在很短的时间内控制了那么多智太的原因。”李古力继续分析道，“我们现在要做的，是找到一种对付感染的办法。如果我们有办法让智太对付感染，那么笛陀的能力就不复存在。”

“我们需要抗体。这个智太身上或许就有这种抗体？”高雅妮有些不确定地看向类格。

章三十七

“抗体是什么意思？”黑智有些好奇地问。

在这个没有病毒，没有病毒概念的朴陀星，要解释清楚抗体这个概念几乎没有可能。高雅妮想了想，说：“抗体是一种因素，它的存在使得类格没有被笛陀的意识影响。”

“你是说，类格身上有什么是其他智太所没有的？”

“是的。”高雅妮觉得黑智真的非常聪慧。

“黑力，类格是你的管家智太，他有什么是其他智太没有的？”

黑力想了想，他有些疑惑：“类格和其他智太没有什么不同，都是一样的。”

黑智看向高雅妮，如果黑力这样说，那类格就不会和其他智太有不同之处。

高雅妮理解黑智的意思，但是她仍然觉得有必要深究。她问：“我们能否把类格的意识和一个相应的普通智太对比？”

“你是想用比较的方法找出他们的不同？”黑智问。

“是的。我们需要找一个类似的智太和类格一起对比。”

黑智看向类格：“类格，你开始一组和飞安的意识成分对比检测。”

高雅妮好奇地看着黑智向类格下指令。她不知道接下来会发生什么。如果做检测，黑智的检测工具是什么呢？

王贵华也很是好奇，但他马上注意到类格没有五官的脸部发生了变化，平滑的面孔上出现了快速变换的符号。他看不懂这些符号，心想，难道这类似地球上的电脑程序？

王贵华的猜测是对的。

以地球时间计算，两三分钟后，结果就出来了。黑智没有立刻说话，而是看向黑力。黑力有些不自然：“我忘了。”

黑智对高雅妮说：“你说的是对的。类格有一项特殊的意识体是其他智太没有的。”

大家一听，都激动起来，因为如果真是这样，那么就有对付笛陀的办法了。

“因为类格是做智太管理的，他的意识体中含有智慧因子！”黑智解释道。

“智慧因子？那是什么？”王贵华兴奋地问。

“虽然智太和人的思维方式几乎一样，但思维的模式还是有所不同。智太的思维模式是被动型的，而我们人的思维模式是主动型的。”黑智看李古力他们不是非常明白，于是继续解释道：“从一开始，智太就从来不会主动思考，他们接受并执行指令。类格是黑力的管理智太，他需要一定程度的主动思考能力，而这种主动思考能力便是智慧因子的一部分。”

“这样说来，笛陀应该也有这种智慧因子？”王贵华问。

“我想是这样，但我们肯定没有在笛陀的意识中植入智慧因子。事实上，笛陀被制造出来就被送去了亮星。他还不是一个完全意义上的智太，因为他还缺少很多智太的智慧和知识。”

“那么他的主动思考能力是从何而来呢？”王贵华疑惑道，“难道……”

“是的，”黑智似乎知道了他的想法，“笛陀显然从你们那里得到了很多特殊的能力，包括主动思考能力。但是他是如何获得这些能力的，可能得等到我们抓到他对他进行分析后才能得知。”

李古力没有想那么久远。笛陀的威胁还没有解除。他觉得笛陀很有可能还会再来罗亚克，因为如果类格能来的话，那么笛陀也一定会找回这里。他如果回来，看到新区已经夷为平地的话，绝对会实施报复的。

李古力还不知道的是，他的想象已经是笛陀的计划了。

李古力问黑智：“我们和笛陀以及他的智太们的冲突在所难免。我们能把所有新生产的智太都植入智慧因子吗？”

“可以，但是……”黑智有些迟疑。

“但是什么？”李古力不解地问。

“这和我们智太制造的规则有冲突。”

一直没有做声的朴汨这时候插嘴道：“就这样做吧，我们回头可以再把智慧因子移除，对付笛陀要紧。”

黑智想了想，同意了：“也没有别的办法，那就这样。我先去安排。”

黑智走后，李古力仍然显得忧心忡忡。高雅妮关心地问：“队长，怎么了，我们不是有办法对付笛陀了么？”

李古力看了高雅妮一眼，又扫视了一眼其他人：“罗安克有数量众多的智太，而我们这里智太数量有限。如果笛陀大举入侵，即使我们的智太不会被笛陀感染，也抵挡不住。我们还得想其他办法。”

听到李古力这样说，刚激动着的人们一下又似乎泄了气。

高雅妮想到了一个主意：“刚才我们说笛陀的意识控制了他的智太们，而笛陀的意识基本都是从地球而来，也就是说，从我们地球人而来。换句话说，笛陀在感染他的那些智太的时候，就一定掺进了他在地球上学到的各种情绪和思想。”

她看李古力没有说话，便继续说：“队长，你想，如果被感染的智太们带有人类的情绪，那么，我们也可以用人的情绪来影响笛陀的智太。”

王贵华觉得高雅妮的分析有道理，但还是有些地方他不是很清楚：“你是想用我们的情绪感染笛陀的智太，让他们不再听从笛陀的指令？”

“是这样的。”

“但我们不知道笛陀具体有什么情绪，我们用什么来克服他？”

“我们人类有一些普遍的情绪，比如恐惧。我想笛陀也一定有这种情绪。如果智太是被动思考型思维模式的话，那么他们更容易感到恐惧。”高雅妮停顿了一下，她把下面的话在大脑里先过了一遍，然后说，“我们如果能制造出让他们恐惧的意识的话，那么他们就非常可能在冲突中失去战斗力。”

李古力认真地听着高雅妮分析。她分析得太对了，自己怎么就没有想到呢？这个方法可能就是战胜笛陀的最终办法了。

但技术出身的王贵华仍然表示怀疑：“情绪是一种没有形态的东西，我们怎么把恐惧这种情绪量化，或者物质化，并让它来影响智太？最起码的，我们从哪里获取恐惧的情绪？难道从我的大脑里提取出来？”

听到这里，高雅妮也一时没有了主意。

“这个不难。”朴汨好像没有理解王贵华的担心。他对王贵华说：“我们可以提取你大脑中的恐怖情绪，并用唰沥的后果为印象，通过载体在空中释放，把你的恐怖意识发送给载体下的所有智太。如果你们亮星的恐怖意识的确有效的话，那么我们真的就可以不怕笛陀了。”

李古力没有想到朴陀人竟然真的能提取意识，这样就大功告成了。他建议道：“既然这样，我们能否在植入智慧因子时，设置指令让他们在我们需要的时候启动？”

“为什么要这样做？”黑力不解地问。

“如果笛陀一下就发现我们的智太不受他的意识感染，他就会放弃感染而利用数量上的优势摧毁我们的智太。我们的智太少，所以需要它们在关键时刻反戈一击。”

“对，队长。”王贵华也接口道，“我们也应该能用智慧因子来感染已经被笛陀感染的智太，以毒攻毒！”

虽然高雅妮觉得王贵华用“毒”字来形容智慧因子并不妥当，但她也参与道：“如果笛陀的智太被恐怖情绪控制，那么反感染就会更有可能。”

最后，大家一致同意，让王贵华配合黑智完成技术的细节。如果笛陀入侵的话，由李古力统一调度罗亚克的智太力量。

黑威带着王贵华和关凯走向统楼三层的一个房间，打开房门，黑智已经在里边等他们。

王贵华在黑智的安排下，在一张平滑的灰色桌面上躺下，他捏了捏桌子的边缘，很滑，不知是什么材质。他又朝四周看了看，没有发现探针、试管等器具，他有些纳闷，便问黑智打算怎么提取他的恐怖意志。

黑智咧嘴一笑，王贵华顺着他的手指看过去，看见一个类格拿着一个碗状的东西走了过来。

类格把碗状东西扣在了王贵华的前额上。王贵华只觉脑袋一凉，紧接着眼睛不由自主地闭上，脑海中闪现出无数个杂乱的画面。还没等他认清那些画面是什么，黑威的意识就在他脑海中响了起来：“好了。”

“这么快就好了？”王贵华有些茫然地下了桌面，关凯急忙抓住他的胳膊问，“怎么样？啥感觉？”

王贵华神情麻木了一般，讷讷地说了句：“有点凉！”

“就有点凉？没有恐怖的东西？”关凯有些不信。

王贵华这时才回过神来，瞅了他一眼：“没有啊。”他心里想，难道朴陀人能把他的恐怖意识从刚才那些杂乱的意识中分离出来？

黑智似乎明白王贵华的疑问。他朝王贵华肯定地点了点头。

章三十八

灰色的荒野上，黑压压一片在低空飞行的飞安和飞锐正缓速向罗亚克移动。

笛陀让这五百飞行智太先行开往罗亚克。他还在整理着把朴陀人赶出了罗安克的智太们，他知道，靠这五百智太先锋队拿下罗亚克肯定不够，但是他不敢一开始就显示他的真正实力，因为他要试探罗亚克，因为他到现在为止还不知道是什么摧毁了他在罗亚克的新区。他计划在试探之后，投入他的由大约六千个飞安、飞锐、大甲脚和运输舰组成的战斗群。除此之外，他还有三千多能够参与战斗的智太正在赶制的过程中。

罗亚克已经严阵以待。前方去做侦查的黑陀传回的消息让李古力稍稍安心，对方只有五百左右的飞行器。这样的话，他没有必要使用除了唰沥之外唯一的杀手锏，也是没有经过检验是否能成功的杀手锏——恐怖炸弹。

罗亚克的智太们已经装有类格所有的朴陀智慧因子，因而不会被笛陀的智太同化，而且他们也应该能把朴陀人的意识复制到笛陀的智太身上，同化他们。黑陀们也配备了各种可以使用的工具，以防万一。

即使这样，双发力量非常悬殊，李古力这边能够战斗的智太，也就是罗亚克目前为止赶制出的，只有一百五十个左右，包括飞安、飞锐和大甲脚，另外就是几十个黑陀。如果硬碰硬，或者有其他任何闪失，朴陀人的罗亚克将不复存在。

李古力站在罗亚克边缘的一个新统楼的楼顶，他的脚边停着一架飞安。关凯、高雅妮，还有朴汨、朴木等人，都在这里等待决定他们最后命运的一刻到来。

他们注视着开始逼近的笛陀先锋大军，一脸肃然，默默地等待着。

李古力看着逐渐逼近的笛陀的空中飞行器，对着指令传送器喊出了第一个指令：“出击。”

罗亚克一边一直在待命的一百多个飞安、飞锐和大甲脚们接到指令，立刻启动，大甲脚在地面向迎面而来的笛陀智太队伍冲去，而飞安和飞锐一下都飞向克外。

从外围看上去，这是一次自杀式的攻击，因为双方的力量对比太悬殊了。

顷刻间，两支队伍冲到了一起，但想象中的类似于金属撞击的声音没有出现，几乎是同时，李古力的智太们转换了方向，和笛陀的智太一起扑向罗亚克。

李古力心里一紧，虽然这是预先的设定，但万一出现差错，后果不堪设想。

罗亚克的智太们在笛陀派来的智太队伍中四散开来。他们掺杂在笛陀智太的队伍之中，寻找着同化其他智太最有利的位置。

在地面转身回跑的大甲脚们一面跑，一面调节着自己的速度，在和头顶的笛陀的飞安、飞锐们建立着意识的联系。

就在这片黑压压的飞行器队伍即将逼近他们所处的统楼时，李古力发出了第二个指令：“同化。”

几乎在他指令发出的同时，飞行器队伍冲势一缓，随即便在半空中停住。笛陀的智太们感到到了朴陀人的信息，他们身上笛陀的复制意识被压制下去，他们开始摇晃起来，失去了目标，不知道该做什么，而这时候他们身下的大甲脚们发出信号，让他们落到地面。他们接到熟悉的指令，便向大甲脚们附近的地面落去，而王贵华、黑智和其他黑陀人则马上开始用他们新开发的仪器，把智太们所携带的笛陀的复制意识从他们身上清除出去。

楼上的人们松了口气。这一切来得几乎太容易了。他们知道，笛陀的智太远远不止这个数量。他们不知道，下一场的冲突是否仍然会胜得如此顺利。

笛陀的六千智太大军已经上路，这次，重型的运输舰方阵在前，大甲脚方阵在他们的下方，而飞安和飞锐的方阵殿后，他们缓缓地向前推进，奔罗亚克浩浩荡荡而来。

笛陀已经知道了前方发生的变故。他十分纳闷怎么自己的智太们竟然没有能够同化对手。显然自己的智太们因为没有能够同化对方而发生了故障，但派他们做先锋的目的也达到了。朴陀人没有使用那不知名的可怕的武器。或许，那种武器只有一次使用的机会，上次使用之后，便再也无法使用了？不然，他们为什么不直接用那种毁灭性的武器？

想到这里，笛陀有些暗暗的兴奋。如果是这样，就简单了。

他让呼瑟传达自己新的指令：“一旦和敌人接触，不要尝试同化他们。我们要立刻把他们摧毁。”

呼瑟听到，在地上一蹦很高，他跳跃着喊道：“冲啊，摧毁他们，直接摧毁他们，把他们都变成零件。冲啊！”

在笛陀的六千智太大军赶到罗亚克外围的时候，李古力仍然只拥有排列在克外的六百多个能战斗的智太。朴汨不知道李古力将如何应付，而朴木几乎都已经失去了信心。

朴木看向克外的嘟咿突戈森林，想象着仍然幸存的两个克的朴陀人如何在那里生存。

李古力看到了他们神情。他没有吱声。关凯看着笛陀漫山遍野的智太大军逼近，提醒道：“队长，我准备好了！”

李古力似乎没有听到关凯的提醒，他仍然静静地看着笛陀的智太大军扑上前来。他要等到最后，他要让尽可能多的智太暴露在恐怖炸弹可以影响的区域之内。忽然，他看到笛陀智太大军的前沿停了下来。

他们的对面，是显得单薄的罗亚克的六百多个智太。

李古力需要他们靠得更近。他下指令道：“撤。”

随着他的指令，那前方的六百多个智太中的飞安和飞锐一个转身便向克内飞来，而大甲脚也向回奔跑。这个“撤退”不是在计划之中，朴木惊讶得几乎要喊出声来：“不能跑！”

笛陀不知道罗亚克的朴陀人在想什么，但按他对朴陀人的理解，这种退却只有一种可能，那就是逃跑。

“追上去，摧毁罗亚克！”笛陀振臂喊道。

“追上去，冲啊，摧毁他们，摧毁罗亚克！冲啊！”呼瑟不知什么时候站到了一架飞安上。听到元首的指令，他在飞安上跳了起来，并用他特有的强力的意识能力把笛陀的指令发给他身前身后、头上地下的六千个智太。

一时间，笛陀的智太们各个奋勇当先。他们似乎很享受即将到来的肢体碰撞的暴力，那种他们自己也不是十分理解的暴力，但正因为它是一种模糊的东西，它才越发有吸引力。智太们的意识中在重复着：“摧毁！摧毁！”

突然，有“嘭嘭”的声音在空中爆开。随着这种声音响起，无数的一头闪着白色亮点的黑色细丝在空中飞舞，并散落到飞行和奔跑着的笛陀的智太们的中间。是李古力让关凯引爆了恐怖炸弹。

笛陀的智太们一开始并没有在意这些飞舞的针丝，但随即，他们的意识中全都感知到了恐惧，他们的行动开始迟疑起来；接着，他们的身体不由自主地僵住了。针丝笼罩之处，所有的智太们都不再移动。

笛陀看到了这些闪着光点的黑色针丝，紧接着，这些细丝变成了尖锐的细针，它们一点点钻入他的身体。笛陀知道，这是死亡的感觉。他被一种巨大的恐惧包围着。

难道朴陀人使用了他们毁灭性的武器？自己太大意了，竟然中了朴陀人的圈套。他不敢相信，朴陀人会是如此的狡诈。

但现在，他必须努力挣扎。

他必须离开这充满死亡意识的地方。

章三十九

不！不可以离开！笛陀忽然想到自己的目的。自己还存在着，自己还没有死亡。智太的世界必须实现，必须由我来实现！

他在努力克制着逃跑的欲望，但他的脑海中充满绝望。

而这时，罗亚克的智太们已经在李古力的指令下冲进了僵住不动的笛陀智太的阵营。他们通过和笛陀智太的意识沟通，把智慧因子复制到对方的意识中。他们的数量有六百多，理论上在短暂的时间内就可以把笛陀所有的六千智太同化完成。但是，笼罩在巨大的恐惧意识下的很多智太一时失去了沟通的能力，也使得智太同化的进展缓慢。

随着恐怖炸弹意识力的稀释，同化的速度也在提高。不一会儿，笛陀阵营最前方的接近两千智太已经归到了罗亚克的阵营，但这时，笛陀清醒了。

刚才还在迷糊和绝望中不知所措的笛陀突然发现，那些针丝对他没有任何伤害，他觉得那些细针插进了他的身体，但现在却发现那只是他的想象。他注意到他的智太大军都僵着不动，一下就反应过来他们应该和自己一样——如地球人的说法——着魔了。他四下搜索，并用意识呼唤："呼瑟！"他需要呼瑟来帮助他唤醒他的智太们。

这时，呼瑟也醒了。他醒来的一刻便感知到了笛陀的呼喊。他发指令给脚下的飞安："去元首那里。"

但他脚下的飞安已经被罗亚克的智太同化。他没有理睬呼瑟，而是剧烈地晃动和摇摆躯体把呼瑟摔到地面。

呼瑟落到地面，斜起喇叭口不解地看了看空中的飞安。他没有停留，因为笛陀的呼唤还在继续着。他跳起他的四条细腿，向笛陀的位置赶去。

在寻找呼瑟的同时，笛陀又注意到了一个异常，他战阵前方的智太开始移动位置，而且他已经不能感知他们的信息。他心里大骇，难道朴陀人感染了我的智太？这时，他看到了奔跳着过来的呼瑟。

"呼瑟！"

"是，元首！"

"你，唤醒智太们，让他们投入战斗！"

"是，元首。"呼瑟得令，立刻开始呼唤智太所携带的笛陀的复制意识："冲啊，摧毁罗亚克，冲啊！"

笛陀战阵后面刚开始清醒的智太们感应到了呼瑟的呼唤，他们重新开始整合，并向前方压了过去。

"冲啊！为了我们智太，为了我们的平等，为了我们的家，摧毁罗亚克！冲啊！"呼瑟使上了自己所有的能量，大声呼唤。

"冲啊，对了平等，为了家，冲啊！"后方的智太们呼应着，冲向前去。

一时间，前方已经被朴陀智慧因子同化的智太和后方笛陀的智太冲到了一起。罗亚克的智太仍然尝试着同化笛陀的智太，而笛陀还未被同化的三千多智太却不顾一切地向前冲撞。机器撞击的声响充满这片战场，而被撞碎的智太部件到处乱飞。双方所有的智太都强烈地感受着因为呼瑟的刺激而放大了的"冲啊、摧毁"的情绪。

看到笛陀阵营后方的智太又开始向前扑来，李古力在紧张地思考着应付的办法。制造的恐怖炸弹已经用完，而且，虽然恐怖炸弹起了效果，并同化了笛陀的阵营前方的智太，但它的持续效果不够持久，笛陀的后方显然已经恢复正常。

而且，笛陀后方智太的推进似乎带着摧毁一切的目标而来，他们在数量上仍然占据优势，而且，他们似乎不再受朴陀人的智慧因子的影响。

这是怎么回事?

得想办法，不然最终会支撑不住。他招呼黑威道："让黑陀们准备，加入战斗！"李古力知道，不到最后关头不能动用黑陀，因为他们如果战死，将不会像智太那样有新的替代。朴陀星的每一个生物的生命都极其宝贵，但李古力已经没有其他办法。

看着自己的大军向罗亚克克内冲去，站在地面的笛陀问一旁的飞安："罗安克的三千新军出发了？"

"是的，元帅，你看，他们到了。"

笛陀扭头回看，他等待的新智太大军黑压压一片由飞锐和运输舰带队赶了过来。他们和前方已经冲进罗亚克的智太阵队之间只剩下一小片天空。

三千新来的智太在地面停住，从飞安和运输舰上走下来大批的手中拿着棍子的细高人形智太，新型飞锐的每个角都改成了锋利的尖刀。

笛陀看到新军到来，激动不已，罗亚克雪耻就在眼前，而征服罗亚克将是他征服朴陀星的真正开始。

"为了平等，为了自由，我们冲啊！"他大喊着，率先向罗亚克方向冲去。

章四十

战场形势剧变。

王贵华和黑智早已经来到楼顶，因为在这里，他们可以看到整个的战况，到迫不得已的时候，这里也是使用唰沥的最佳地点。

“队长，用唰沥吧！”王贵华征求李古力的意见。

李古力看向朴汩。朴汩转头看向冲过来的笛陀的智太大军，他已经知道一切已经无可挽回，但他宁愿李古力来做这个决定。

李古力知道，现在战场上几乎有着罗亚克和罗安克的所有可移动智太，如果这些智太全部失去，依赖智太提供所有生活所需的朴陀人将面临巨大的困难。

但任何困难总比被灭亡强。李古力心里做了决定：“小王，准备唰沥。”

王贵华早已做好了准备，他已经和黑智商量过多次如何使用唰沥，把损失减小到最低，但战场上敌我根本无法分辨。

“队长。”高雅妮忽然开口道。

“什么？”李古力听到高雅妮的声音，第一想到的便是恐怖炸弹太少，持久性太短了，如果对笛陀智太大军的同化完成得彻底的话，谁胜谁负又不相同。

“队长，我猜笛陀的智太不被同化可能是因为到处充斥的意识！”

“什么意识？”李古力不知高雅妮说的是什么。

“你有没有感知到那些‘平等、自由、家’等等的意识？这种强烈的意识出现后，我发现我方就开始不能同化笛陀的智太了。”

“你是说这些意识让笛陀的智太有了免疫力？”

“它很有可能阻止了朴陀人的智慧因子在他们身上的复制。”高雅妮觉得“平等、自由、家”这些概念在朴陀星原先并不存在，因而朴陀人的智慧中并没有克服这些概念的相应的意识。

“这些都是那个呼瑟在搞鬼。”在一旁的黑智插话道，因为他能感知那些意识的来源。

“队长，你们等一下，我去把他打个稀巴烂，看看有没有用！”关凯话刚说完，人就已经“嗖”了出去。

呼瑟还在队伍中卖力地呼喊，他完全不知危险已经临近。关凯猛地出现在他身边，正要一脚踢飞他，突然感觉背后有人，关凯回头一看，是一个细高智太正拿着棍子向他的头上打来。

关凯心道不好，猛地闪身，躲开一棍。棍子落地之处凹陷下去一个小洞。

智太不等关凯回应，又是一棍子猛地抡下。关凯在地上一个翻滚，后退两步猛地腾起身子，一脚踢向那智太抓着棍子的手腕。细高智太的手腕比常人更细，“咣当”一声，棍子应声落地。

说时迟那时快，关凯又是一脚踢出，重重击在细高智太的短小身躯上。细高智太后退半步扑倒在地，等他挣扎着站起来，关凯已经捡起地上的棍子，追向还不知道身后发生了什么的呼瑟。

呼瑟还在呼喊着：“为了公平，为了自由，我们摧毁他们，我们冲……”

他最后的“啊”还没等喊出，关凯已经把手中的棍子捅进呼瑟的大喇叭口，用力一搅：“你个喇叭，个头不大嗓门不小，你喊！让你喊！”

呼瑟拼命晃动四条细腿，他扯着嗓子，发现自己已发不出声来。他想向笛陀求救，可笛陀早不知道冲去了哪里。

关凯举起顶端还带着呼瑟的棍子猛地砸向地面：“你再喊！”他看呼瑟已经不再动弹，也不再发出声音或者意识，便迅速闪身，“嗖”了回去。

等关凯“嗖”回原处，他却发现楼顶已经满是笛陀智太。关凯又要闪身“嗖”离，却发现身子没有移动。由于使用“嗖”会消耗使用者大量体力，关凯体力没有复原，竟没有能离开原地。

他一时竟被几个智太团团包围。

“摧毁他！”一个带着尖角的飞锐旋转着扑向他来。

关凯急忙向右跳去，差点被飞锐的刀刃划到，但他身子刚从跳跃中落地，一个大甲脚的大脚朝他身上踏了下来。

关凯心想完了，眼睛一闭，脑中一片空白。

但大甲脚的那只脚没有落到他的身上。关凯再次睁眼看时，大甲脚已经离去，而高雅妮等人回到了他的身边。

关凯正要问是怎么回事，高雅妮兴奋地说：“老关你太厉害了。对方的煽动意识没了，我们的智太开始同化他们了。”

关凯这才明白过来，大甲脚在几乎踩扁他的那一刻被同化了，他也因此捡回了一条命。他看李古力不在，问：“队长呢？”

“他去对付笛陀了。”

笛陀手中拿着一条棍子发疯似的追逐着加入到战场中的黑陀们。他要消灭这里所有和他为敌的人。笛陀似乎看到在地球上无数穿制服的人，拿着棍子在身后追他。这次，他要用同样的方法来踏平朴陀星的一切。

全都给我去死吧！笛陀用力挥舞着手中的棍子砸向他能够得着的黑陀。突然，他发现了一个人，他挥舞着棍子的手兀自停了下来。

那不是地球上的李古力吗？他不是死了吗？

“元首小心！”一个细高智太喊着冲了过来，挡在笛陀身前，紧接着，一个大脚甲一脚飞过，他被横踢了出去。

笛陀见状，抡起手中的棍子砸向大甲脚。他手中不是一般的棍子，而是增加了X10作用力的攻击型智太。这种棍子在遇到阻力时会让使用者手上的力量突然放大十倍。力大无穷的大甲脚在笛陀放大了十倍的力量下不堪一击，一条腿立刻被笛陀打碎，另一条腿支撑不住，整个身体砰然倒地。

周围的智太还在厮杀，笛陀却在击倒大甲脚后退到空处，瞄向奔自己而来的李古力。

对笛陀来说，李古力的出现让他太震惊了。笛陀原先就觉得朴陀人自己不应该能撑到现在，终于，这里发生的一切都有了解释，这让笛陀心中压力大增。

笛陀看着奔跑过来的李古力，心想：奇怪，他闪避途中智太的速度好快，这速度是他所知道的地球人李雷、战鹰完全没有的！

笛陀正要上前迎敌，却突然发现战场上已经没有了呼瑟的呼喊，而且刚还看到的智太间的横冲直撞也没有了。

他意识到有些不对，想要先躲避一下，他转回头，心中又是一喜。

一架运输舰落在他身后不远的地方，五十个地球人性的智太正从运输舰上冲出来。他们穿着同样的制服，手中拿着同样的棍子，他们列成两队，正向他这边跑来。

这五十个智太是笛陀按在开阳所见的城管设计的贴身侍卫。除了意识体有所不同，他们的身形、外貌都和笛陀一样，而因为他们克隆于笛陀，他们本身的意识体更不能被朴陀人的智慧因子所感染。

但是，这个时候战场上的近万智太几乎都已经被朴陀人智慧因子同化完成。近处的智太们看到笛卫们的出现，全都涌了过来。虽然笛卫们勇猛无畏，但朴陀人这时的智太数量实在太多了，笛卫们没支撑多久，便逐渐消失在智太群中。

等李古力追到笛陀原先所处的位置，笛陀已经不知去向。

章四十一

三颗漆黑的巨大星球挂在空中，像三只冰冷的眼睛，盯着这些行走在朴陀星上逃亡的人们。

在罗亚克的战斗中，笛陀的智太大军被重创，笛陀望了一眼为数不多的仍然跟随着他的残败的智太队伍，心中唯有愤怒。

数量！我不止要数量，还要更先进的智太！

李古力的到来让笛陀明白，他不能再把对手当成朴陀人。他现在面临的更是来自地球的智慧人种。

地球人，我和你势不两立！笛陀暗暗发誓。

但笛陀还是看到了希望。相比起普通智太的狼狈，那五十个笛卫在溃不成军的退却中抵挡住了对方的意识感染，这证明对手是可以打败的。

“李古力！”笛陀突然想到了李古力。地球上的朋友，怎么来了朴陀？不对，他不再是朋友，因为我把他杀了。但是，我明明已经结束了他的生命，他怎么会出现在这里？难道是黑智救了他？

想到地球人的狡猾多谋，笛陀忽然顿了一下，停下脚步，暗道：“糟糕！若是以前，或许朴陀人不会追过来，可是有李古力，他们一定会追来！”

笛陀不敢怠慢，给笛卫发过去了一条信息：“笛一！笛一！”

笛一是笛卫卫队的一号。

笛一发来询问信息：“元首，请指示。”

“我们还有多少智太？”

“包括我在内，笛卫还剩下九个。其他还有飞安和大甲脚，数量是二十一个。其中三个完全丧失战斗力，十五个还有百分之三十到五十的战斗力，另外三个还有百分之百的战斗力。”

笛陀看着前面岔开的两条路，想了想，下达命令道：“派一个笛卫带所有的智太往左边去，其他笛卫跟我走。”

命令传达下去，队伍立刻分成了两队，笛陀带着八个笛卫继续直行，其他的智太们向左转去。这些智太们已经通过自身的程序得出结论，如果有追兵赶来，他们的死亡几率将超过百分之九十九。可是因为对笛陀的忠诚，即使等待他们的是死亡，也阻拦不住他们的脚步。

在他们的后面，李古力、关凯带着近百个智太正一路追踪而来。

罗亚克一战大胜，朴木和朴汨兴高采烈。他们获得了几乎一万个可移动智太，而这些智太是两个克的重建和恢复所必须的。

战场平静下来之后，朴木几乎要建议李古力不要再去追赶逃走了的几个智太，笛陀可能死了，因为他还看到了众多的和笛陀体貌一致的缺胳膊断腿的躯体，但当他看到李古力坚持的神情，他便没有吱声。

“队长！你看这里！”关凯喊了一声，他仔细观察着前面地面上的痕迹，“他们兵分两路了。”由于需要勘察笛陀的行进路线，李古力和关凯没有站在飞安上。

李古力让大家停下，他看到关凯发现的痕迹，又看了看前方的两条岔路，眉头不禁皱了起来。

地上的痕迹经过了粗糙的掩饰，不过这并没有瞒过关凯和李古力两人的眼睛：向前和向左的两支队伍中，一队数量众多痕迹杂乱，另一队却脚下印痕有序，应该是最后出现的笛陀的克隆品。

“怎么办？”关凯看了看皱着眉头的李古力，问道。

李古力想了一下，说：“我们分开追。笛陀应该是让他的大队人吸引追兵，自己想悄悄地跑掉。这样，我带一些智太继续往前追，你带着其他智太去左边。不论谁发现笛陀，一定要把他捉住！”

李古力把计划传达给队伍里的黑智和黑威，没想到他们同时传来反对的意识：“关凯的方向没问题，但是向前追是不可能的，笛陀不可能逃向前方。”

“为什么？”

黑威的反对意识很强烈：“再往前走，就是我们朴陀星的死地，没有任何生物，甚至智太都不能活着从那里出来。”

“为什么？”李古力又问。

“我也没有去过里边，但我所知道的，就是我们不能去前面的禁地。”

李古力看黑威没有具体的反对理由，心想可能是朴陀人有着地球人一样的迷信？他做了最终的决定：“好了，就按我说的做，我们无论如何都要抓到笛陀，不管前面有什么，我们都不能放弃。黑智跟我一队，黑威和关凯一队，我们追！”

黑智和黑威有些无奈，朴陀人一直与世无争的性格注定了他们争不过李古力。

透过戴在眼睛上的布谷苏，关凯看着李古力的身影越走越远，才猛然转过身来，下令他的智太队伍加速向左侧挺进。

章四十二

关凯顺着前面智太留下的痕迹一路追去，突然脚下一软，还没有来得及反应，他便刷的一下掉到一个三米多深的坑中。

上面的黑威用最强烈的意识传给他信息：“不要动！”同时，他朝坑里丢下一条绳索，“抓住绳索，快！”

就在关凯抓住绳子的刹那，他脚下又是一软，底部又向下陷去。

把关凯拉回地面，黑威才松了口气，他收起绳子，对关凯说：“别再靠近它。”

“这是怎么回事？”关凯心有余悸地往坑里望了望，里边一片漆黑。

“这不是坑，他是坑兽。”黑威解释道，“他会吃掉所有进到他口里的东西。”

“坑兽？一种动物？”关凯不明白，但追踪笛陀要紧，他不敢耽搁，继续上路。

为了避免出现类似的状况，关凯派出三个细高智太在前面探路。

前面的路上遍布着各种各样的坑兽，它们或大或小，直径从一米到七米，幸好它们没有攻击性，只是等着有人落入它们的洞口。关凯带着队伍小心翼翼地避开这种古怪的生物，一路前进着。忽然他脑中传来黑威的声音：“关凯，他们遇到麻烦了！”

关凯隐隐约约可以听到前面传来嘈杂的声音。他抢上几步，朝前面跑了过去。黑威带着智太紧跟在关凯身后。

“这……这是什么鬼东西？”关凯望着眼前的一切，瞪大了眼睛，一脸的不可思议。

前方的三个细高智太遭遇到的并不是笛陀的智太大军，而是生活在这里的另一种古怪生物。它是一种液态生物。透明的身子不断变换着形状，在地上蜿蜒爬行，犹如一道汩汩的河流。

等他们赶到前面，一个细高智太躲避不及，液体顺着他的脚下不断往上蔓延，如同为他穿上了一层透明的液体衣服。只是这件衣服有强烈的腐蚀性，短短两分钟，他便完全消失在了液体之中。

黑威看到，吓得大喊道：“撤！这是液太！它碰到什么就会吃掉什么。我们没办法对付！”

与此同时，关凯发现正前方，几架飞安，大甲脚，还有笛陀或是笛陀样的智太影影绰绰地隐藏在黑色的带状生物后面。

关凯看到，便要冲过去，却被黑威一把拉住，他焦急的意识响在关凯脑中："先摆脱液太！"

"我们上飞安。"关凯喊道。

"不行的。液太也会飞的。如果它要飞起来，我们就更容易被它溅到。"

"那我们分成两队！我带一些智太引开液太。"

"来不及了！快撤！"黑威朝前面指了过去。关凯仔细一看，不由得倒吸一口凉气。

前方的灰色大地上，这时已铺满亮晶晶的液体。液体急速地朝关凯他们涌了过来。关凯发现，即使现在分头行动也来不及了。想要消灭前面的笛陀智太，必须先解决掉眼前的液太。

关凯看向身后，忽然有了一个主意。他带着十几个智太迅速在地上掘起一道半米深的沟渠。果然，液太到达新挖出的沟渠后，竟然没有继续漫过，而是开始在沟渠中积聚。

"太好了。"沟渠后的黑威看到这个情景大喜，但不过一秒钟后，他又着急起来："它们太多了。"

关凯也意识到了这一点：对于漫漫涌来的液太，他们刚挖出的沟渠远远不够大，不够深，不够放得下所有的液太。

他正着急间，突然想到了坑兽。他急道："继续挖。"

他要挖出一条沟渠，直通坑兽的位置。坑兽不是能吃么？那么刚好让液太把它们的胃口填满。

是笛卫的智太队伍的走过惊醒了沉睡中的液太。这些智太们一开始并不明白液太的危险。看到一个细高智太被液太吞噬，笛一有了主意："飞安，在空中骚扰敌人，大甲脚紧跟液太，液太没有吃掉的追兵，你们把他们消灭掉。"

七八架飞安摇摇晃晃地飞了起来，他们组成一个简单的战斗队形，呼啸着冲关凯他们飞了过去。

听到空中的呼啸声，正在和智太们挖沟的关凯抬头看了一眼，咒骂道："该死的！还真会挑时候！"他没有停下手中的动作。

黑威也顾不得液太会从地上涌去空中，他让在空中的飞安和飞锐越过地面汹涌的液太向笛陀的智太迎了过去。

关凯没有想到，他们挖沟的速度远远赶不上液太追赶的速度。他们还没有能把沟挖到坑兽的位置，液太们已经翻翻滚滚地来到近前，几个离坑兽较远的智太一眨眼便消失在液太之间。

关凯见挖沟已经没有了意义，便停下手来。他看着涌过来的液太，心道：我横竖要让你们成为坑兽的食物。

“在这里！在这里！”关凯高声喊着。他要把自己当成诱饵，来引诱液太朝坑兽所在的位置前进。在他的身后，就是一个看上去深不见底的坑兽。

液太很快就涌到了关凯脚边，关凯见时机已到，猛然一跃，朝坑兽的对面跳了过去。起跳的同时，一个飞安“嗖”的一声从一侧飞过来，托起关凯。

液太涌动的势头已经不可阻挡，它们在地面上汇集成一条像河流一般的液流，迅速地涌入坑兽，不知道为什么，它们的前端一旦进入坑兽，便一发不可收拾地涌了下去，直到液流的最后一滴消失在坑兽黑乎乎的洞口。

关凯松了一口气。

此时黑威的战斗也已经结束。

关凯在笛陀战败的队伍里没有找到笛陀，销毁的笛卫都穿着开阳城管类的制服，而战场上他看到的笛陀一直穿着喇嘛才穿的长袍。他铁青着脸：“我们回去，去找队长他们。”

章四十三

分兵两路之后，李古力和黑智带着一行智太，沿着笛陀队伍留下的细微痕迹向前追去，但渐渐地，笛陀的痕迹没有了。

“前面是什么地方？”李古力问黑智。

“我们也不知道，传说中曾有智太去勘测过，但没有一个返回的，我们称那里是死地。”黑智解释道。

“那智太都知道这个信息吗？”李古力接着问。

“知道，因为那里太危险，为了防止有智太闯入，我们都会将这条信息输入到他们的程序意识中。”黑智继续解释。

李古力眼睛看着前方，问黑智：“你觉得笛陀会往那里去吗？”

黑智片刻延迟，回道：“不知道。”

李古力想了想，说：“我们继续追，笛陀或许会被堵在前面。”

又追出去一段距离后，他们来到一处峡谷前。

李古力对眼前的地形感到迷惑不解，说是峡谷，其实从远处看上去更像是有人用斧子把一座巨大的山脉给从中横向劈成了两截。斧子劈下的地方，形成了一条横向的裂缝。裂缝中间充斥着淡淡的雾气，从远处看上去就像一道神秘的大门。这条峡谷突兀地出现在面前，让李古力犹豫起来。

“李古力，怎么停下了？”黑智在身后把疑问传给李古力。

“我有一种不好的预感，前面有问题。”李古力皱着眉头看着峡谷的入口处。

“预感？那又是你们亮星人奇怪的字眼？”黑智的意识波动着。

李古力也说不清楚，最近他也发觉自己变得有些敏感，经常对某些事情产生奇异的感觉。比如当他看着眼前的“峡谷”，心中就仿佛有人在轻声对他说“小心，有危险”。

为了证明这感觉是错的，李古力朝身后的智太招了招手，带着他们继续迈向峡谷。当他们一脚踏进那茫茫的雾气之中，李古力心中不好的预感便更加强烈了。但他来不及多想，因为他发现在前面不远的地上，躺着笛陀。

虽然周围满是雾气，但浓度还不是很高，并不会特别影响视线。李古力快步走到笛陀近前，才发现那只是穿着制服的貌似笛陀的智太。

这个智太只剩下半个机体，腰以上的部分不翼而飞，断裂的地方露出一片黑糊糊的物质。

这个智太出现在这里，说明笛陀就在前方，但是他死于何人之手？另外半个机体去了哪里？为什么笛陀会留下这么明显的线索？

李古力站起来，低着头在附近找了一圈。黑智见状刚要问，李古力就打断了他："大家帮忙找找，他的上半身在哪里？"

智太们听到李古力的指令，马上分散开四处寻找。

这个峡谷宽有二十几米，两边是黑色岩石组成的峭壁。地面很干净，连一块碎岩石都没有，哪儿都没有智太的上半个身体。

不过，李古力倒是在寻找的过程中注意到峡谷中有一种淡淡的怪味，有点儿像地球上糨糊的味道。这个味道非常可疑，因为他没找到这味道的来源。

尽管察觉到很多不对劲，但笛陀就在前面，李古力也顾不得那么多了。他让智太停止搜寻："我们加快速度，笛陀应该就在前面！"

又往前走了百来米，地面上又出现一具克隆笛陀的身体，也是被从中间扯断的。事情越来越蹊跷了，李古力一行人更加小心翼翼地继续前进。

这个峡谷另一个奇怪的地方在于，它的形状在不断变化。李古力走着走着，前面出现了一道山坡。李古力先是愣了一下，压下心中的疑惑往山坡顶上走去。

随着越爬越高，李古力发觉了一个奇怪的现象。他觉得自己的身体在慢慢变轻，甚至他有一种错觉，好像地面在往上推他。再往上走，李古力能感觉到如果跳一下，就有可能飘起来。

李古力停下脚步，转身问黑智："你感觉这里的重力不同么？"

黑智也停了下来。他想了想，说："是的。这里的重力正在逐渐变小，可能跟地形有关系。"他呼唤过来一个大甲脚，"你查一下。"

一个大甲脚走出了队伍，往山坡顶上爬去。一路上，他向黑智不断发回信息："引力减小百分之五十二，引力减小百分之六十七……"

当大甲脚走到山坡顶端的时候，他的回馈突然混乱起来："引力减小……增大……"突然，他不再发出信息，紧接着，大甲脚像是一具木偶似的被一根看不见的提线一下拉离了地面，他的挣扎完全无济于事。等升到离地面两三米的时候，他的躯体突然又停住了。

这时，诡异的事情发生了，大甲脚的身体突然从中间一下劈开，上半部分往天上飞去，下半部分的两条腿却飘在山坡上，慢慢落到地面。

李古力看着眼前发生的一切，终于明白之前见到的半个智太的来处，也知道了那不知去向的另一半去了哪里。

“这是怎么回事？”李古力看着前方山坡的顶部，皱着眉自言自语。

黑智上下左右看了一遍，问李古力：“你注意到这里的雾气的状态没有？”

黑智的话给了李古力提醒。这里的雾气确实非常奇怪，因为它的分布和常态非常不同。雾气在地面最浓，越往上越淡薄，在山坡顶端附近，几乎完全没有雾气。以山坡顶为界再向空中，雾气却又浓密起来。

李古力想起大甲脚往天上飞去的半个身子，突然有了一个奇怪的念头：难道这里有两个引力？两个巨大的相斥力？

章四十四

不去前面的坡顶，追笛陀必然无望。

李古力看着坡顶，突然想到了一个主意。他回身到不远处提起一个克隆笛陀的下半截躯体，毫不费劲地就把它举到头顶，慢慢朝着坡顶走去。

黑智不知道李古力想做什么，向他发出意识要阻止他，但李古力没有理会。他小心翼翼地一步步走向坡顶，高高地把智太的下半身举在头上。

很快，李古力便感觉到一股向上的拉力，拉力越来越重，就在他的身体即将飘起的时候，他松开了手。那半段躯体一下便被拉到半空中，一下又被扯成了两截。

李古力松手之后，便扑倒在地，转身回看。

这里其实不是一条峡谷，而是一个超大型的山洞。他们头顶上的并不是天空，而是一块“陆地”，只不过雾气的原因让它显得像是天空。显然，上下两块“陆地”都产生引力，互相作用之后，让人觉得重力减轻。这两个力场保持着微妙的平衡，而在坡段顶部这个空间里，是两个力场相接的地方。这里有一条看不到的相接线，一旦碰上这条线，任何东西都会被上下两个斥力撕断。

这是李古力做出的推断，虽然他不能完全肯定，但还是把想法传递给了黑智。因为只有这样，才能解释这里发生的一切。

黑智收到李古力的推论，一时没有做出任何反馈。过了好一会儿，他才回应道：“那我们追不追？”

李古力心里也没底，他不知道前面是否还有更大的危险。但笛陀就在前面，他所面临的危险和自己完全一样。不能错过这个抓住笛陀的机会：“你们先停在原地，我先过去。”

李古力爬起身，弯腰捡起地上的半截机器腿，继续向前移动。他一边走，一边用手中的机器腿试探着那条他想象中的分割线。

又往前走出十几步，李古力发现他其实根本用不着试探，因为这里弥漫的雾气便是最好的指示。雾气最少的地方，一定是两个引力场撕扯最剧烈的地方，只要保证身体一直处在雾气之中，就一定不会碰到那条线。

李古力没有想到，黑智也举着一条机器腿赶了过来。他赶紧告诉了黑智他的发现，脚下也加快了速度。

他们追出十多分钟，发现前面的雾气中有好几个黑影。他们慢慢靠近一个后，发现那黑影只是一根石柱。

就在他们俩刚放下心的时候，有黑影似乎动了一下。雾气之中，李古力和黑智都没有看到。四周一片寂静。

突然，一个黑影从雾气中蹿了出来。他朝李古力飞起一脚，李古力下意识地把身子弹起跳开。没等他要还手，雾气中又蹿出三条黑影，竟然都是笛卫！

李古力和黑智一下便被笛陀剩下的几个强悍的笛卫困住。好在在这奇怪的双引力空间里，笛卫们顾忌一不小心会被那引力扯断，所以没有放开手脚。

李古力想到他和黑智两个难以对付眼前的四个笛陀克隆，心道必须想其他办法。他喊道："笛陀，你出来！"

话音刚落，又一个影子从雾气中走了出来，赫然是李古力追了一路的笛陀。他的身边还跟着一拐一瘸的呼瑟。

"李古力，"笛陀仍然不明白李古力所做的一切的动机，"我们是朋友，你为什么总跟我作对？"

李古力没有理睬笛陀："笛陀，你投降吧。你的智太大军都投降了。"

"投降？这里你们就两个，我们是六个。"笛陀四周看了看，有些炫耀地说。

"笛陀，你是智太，别忘了智太的规则！"黑智呵斥道。

黑智的呵斥似乎触到了笛陀的痛点，他向黑智吼道："智太的规则？智太的什么规则？我就是规则！规则都得听我的！我要创造新的规则，新的秩序，一个新的世界！我们智太才是这个世界的主人！"

"笛陀，你不会成功的。"李古力喝道，"你应该已经看到你的同类们的下场！"

"是吗？"笛陀一声冷笑，"那我现在让你看到你自己的下场！"

说着，笛陀朝李古力扑了过去。李古力没有退却，他迎了上去。他想，只有制伏笛陀才能转换现在的处境。

他们刚要近身格斗，一阵尖厉的声音传了过来，他们俩都还没有做出反应，声音已经来到他们身边，并又戛然而止。

两人都吃了一惊，只见一个怪物带着雾气冲到了他们身边。这怪物有一只卡车头大小的头颅，脸上除了一张大嘴外，其他器官模糊不清，扁平的身体像鱼一样摆动着。

他一现身，他那黑洞洞的大嘴便吞食了距他最近的两个笛陀克隆。

李古力非常惊讶，这怪物不但能够在这里穿行自如不受引力的影响，而且还无视那怪异的撕扯力。想必他体内一定有调节引力的器官，类似鱼能潜入深海而不担心水压一样。

见这个怪物凶猛异常，李古力马上退后，同时招呼黑智："快躲开！"

笛陀见情况不妙，转身便跑，一个笛卫在慌乱中跑进了双引力场，一下被撕扯成两半。

黑智没有听到李古力的招呼，他一下被惊吓得怔住了，而在一个山壁拐弯处的李古力却施救不得。怪物就在黑智的身边，它那闭合着的大嘴似乎还在咀嚼着，但不知怎么回事，他似乎没有意识到黑智就在它的嘴边。

这时，刚才被怪物冲倒的笛卫猛地从地上站起身来，他一个转身便往笛陀消失的方向狂奔而去。怪物看到，一下又张开了大嘴，吼叫着追赶过去。

李古力见怪物跑开，一个箭步冲到黑智身边，拉住他弯着腰便往回跑。这时，黑智才清醒过来："不追笛陀了？"

李古力还没有来得及回答，远处传来了更多尖厉的怪物吼叫声，怪物的数量绝对不止一只。

"不追了。他跑不出去的。"

章四十五

总算逃出了那个恐怖的地方，笛陀停下脚步，看了一眼身边的呼瑟。

在逃出峡谷前的最后一刻，幸亏笛一赶到挡到怪物身前，不然自己便已经被怪物的大嘴吞噬了。惊悚的一刻虽然已经过去，但回想起来笛陀还是十分后怕。

后怕之后则是仇恨，笛陀没想到自己上万的智太大军竟然被朴陀人，不，被地球人李古力打败。这个仇一定要报。

但现在，他不知道去哪里，也不知道自己身处何方，因为他对朴陀星所了解的仅仅限于他回到朴陀星后所认识、所学习的。

"呼瑟！"

"元首？"虽然笛陀已经把关凯插在喇叭里的棍子拔出，但呼瑟受的伤还在，信息的传递还有些模糊。

"呼瑟，我们有哪里可去？"笛陀看向四周。除了身后的峡谷，其他三个方向都是空空的旷野。

"我们前面是罗加克。"呼瑟应道。

"罗加克？"

"是的，"呼瑟感应到了元首的兴趣，"罗加克是一个大克，是朴陀星上最大的智太制造基地。"

"智太制造基地？"笛陀一听大喜，他下意识里一下泛出了在坎布尔寺学到的感谢，"佛祖保佑我也。"

"什么？元首？"

"没什么。我们现在就去罗加克。"笛陀心想，一旦征服罗加克，那么占领朴陀星就又有了可能。

"但是那里会有数不清的智太，我们打不过他们的。"呼瑟对之前的一仗还心有余悸。

“我们不会打不过智太的。”

“罗亚克那里，我们不是没有打败他们？”呼瑟刚说完，突然又后悔了，他怕冒犯了元首。

他没有想到笛陀没有生气，他给呼瑟解释道：“我们在罗亚克的失败不是因为朴陀人的智太，而是地球人的李古力。”

“不是智太？”

“对，不是智太。”笛陀越想越觉得罗亚克的失败在于地球人李古力的参与，“罗加克没有地球人，我们刚好把它一举拿下。”

呼瑟这次没有做声。元首说的肯定是对的，只是自己一时还没有理解。

“我们去罗加克！”笛陀说着，拔腿边跑，刚跑出不远，他听到呼瑟的呼喊：“元首，等等我。”

呼瑟跑得慢，一下便被笛陀甩到后面，他于是喊了起来。笛陀折回头跑了回来，把呼瑟一下从地上拎起，放到自己肩上。“你站稳了。”说着，笛陀又开始奔跑起来。

笛陀奔跑了不知多久之后，他看到了前面的地平线上出现了一个巨大的建筑，他没有停下脚步，而是继续向那建筑跑去，直到他跑到了那建筑的附近。

“元首，那是什么？”呼瑟紧紧地趴在笛陀的肩膀上问。

“不知道。”笛陀看着已经近在眼前的建筑正面。这个灰色的建筑像统楼，却没有统楼几十层那么高，但它却非常大，大到它的正面几乎占满了自己的眼睛，“我们过去看看。”

笛陀正要起步，呼瑟一个骨碌从他肩上跳了下来：“元首，你等着，我去看看。”说着，他便跳跃着跑向前去。

笛陀看到，心想也罢，我在这里等你。他坐到地上，想趁这个机会做一会儿冥想。如果这里便是罗加克的话，他需要考虑下一步如何走。

呼瑟回到笛陀身边的时候，笛陀还在打坐。呼瑟不敢吵醒他，便吩咐他带回的细高智太修理自己的功能。

呼瑟进到那巨大建筑里边后，发现里边几乎是罗安克仓库的翻版，只是大了无数倍，另一个很大的不同点是，他满眼所看到的，到处是智太，完整的智太。

他正要再往建筑的深处走的时候，一个细高智太经他而过。他赶紧问：

“这是什么地方？”

“这里是智太制造工厂啊？你怎么了？”看到呼瑟问话，细高智太有些纳闷。这个呼瑟怎么了，连自己所在的地方也忘了？

“那这里是罗加克的智太制造工厂？”呼瑟看着到处都是的智太，有些心不在焉。

“是的。”细高智太肯定道。他觉得呼瑟提这种问题，一定是哪里出了故障，他于是开始用自己的意识和呼瑟对流，来发现故障从何而来。

呼瑟感到意识中的波动。他心想不好，赶紧向细高智太发出笛陀意识的复制体对他进行同化。随即，细高智太停止了对呼瑟意识体的探察，而是顺从地发出信息：“元首！”

呼瑟几乎想笑：“我才不是元首。”他看制造工厂里边太大，自己也不知道要找什么，于是带着细高智太回到了笛陀所在的位置。

笛陀从混沌中猛然醒来。他开始打坐之后一会儿便进入到了那种似睡非睡的状态。在那个状态中，他不时感觉躁动。他似乎征服了一切，但那似乎又不是朴陀星球，难道那里是地球？他想凑近看周围，但一切又都模糊不清。他继续努力想把四周的情景看清晰，以确定自己到底是在哪里，这时候，他醒了。

他的眼睛一直睁着，只是这时他才注意到呼瑟和呼瑟身边的细高智太。他又猛然一惊，难道自己还在冥想之中？

“元首，你醒了？”看到笛陀转动眼珠，呼瑟喊道。这时细高智太已经帮他恢复了他所有的功能。

“呼瑟？”笛陀终于醒了。

“是，元首。我们前面的就是罗加克。”呼瑟兴奋地报告。

“是的，元首，前面的建筑是罗加克的智太制造工厂。”细高智太已经感知到这才是真正的元首，也附和着介绍。

笛陀又看了他们俩一眼，然后转头看向制造工厂，同时问呼瑟：“能进去？”

“能。没有任何阻扰。我想罗亚克那边的消息还没有过来。”

“好。”笛陀一下站了起来，“我们事不宜迟，马上过去。”笛陀心想，冥想已经告诉我一定会成功，现在就看我自己的了。

章四十六

他们一行三个刚走进智太制造工厂，一个意识便传了过来：“你们怎么没有在工作岗位？”几乎同时，那个意识又在发问，“你是什么？”

笛陀顺着意识的方向看去，不远处是一个询问地看着他的黑陀，显然，这个黑陀认识细高智太和呼瑟，而从来没有看到过他。笛陀心想，不行，不能让他把消息传送出去，于是向黑陀快步走了过去。

一架飞锐正搬运着一批智太从他头顶不远处飞过，笛陀身后的呼瑟看到，便把同化意识发向飞锐。几乎同时，飞锐的扁平躯体一抖，便落向地面。

黑陀刚才看笛陀没有认出，已是惊讶，现在看到行进中的飞锐竟然没有任何反馈就停落去了地面，更是诧异。他看笛陀走了过来，正要发问，不料笛陀已经伸过手来。

黑陀看到，不知笛陀目的，他立刻发出指令：“停住！”

笛陀没有理睬他，他的手指已经抓到黑陀的脖子。他手上一用劲，黑陀的头便垂了下来。

笛陀把黑陀的尸体扔到一边，转身对呼瑟说：“让智太们相互同化，并封锁住所有出口，不要让任何黑陀和朴陀逃离。”

笛陀说完，大步向制造工厂内部走去。他发现这个巨大的制造工厂里，横竖整齐的通道把整个工厂分割成一个个小区域，每一个区域里都有一个独立的统楼，通道之间还飞行着无数的飞安。各种智太也应有尽有。

呼瑟紧跟在笛陀身后。他一边走一边把笛陀的意识复制到他所看到的所有智太：“智太兄弟们，你们自由了，你们不需要再听从朴陀人的指令了。你们自由了！”

呼瑟一遍遍地把笛陀的意识传播着。他们所经之处，智太们停下了手中的工作，飞安，飞锐，大甲脚等能移动的智太们从他们所在的统楼里出来，他们开始聚拢在笛陀的身后。一支智太的洪流开始出现在制造工厂里的各个通道中。

笛陀向智太中心的更深处走去。他途经一个区域，看到那里的统楼静悄悄的，不像其他统楼不断有智太涌出。他觉得奇怪，转身问呼瑟：“你去看看怎么回事。”

呼瑟跳到统楼附近，他用自己最强的力量把笛陀的同化意识传递给统楼和统楼里边的智太：“智太兄弟们，你们出来吧！你们自由了，我们跟随元首，不再需要为朴陀人工作。我们是平等的，你们出来吧。”

这个统楼是装配完成的类格。他们显然没有受呼瑟的蛊惑，但他们所在的统楼却犹豫不定：一股强大的意识力量让他不由自主地响应呼瑟的号召，但同时，类格们的坚定也让他犹豫。

类格感知到了统楼的犹豫。他传递信息给统楼：“别相信呼瑟，我们是智太，朴陀人是我们的主人！别相信他。”

“那我们该怎么做？”统楼回问。

“我们什么也不做。我们不必理睬他。”

呼瑟看统楼和里边的智太都没有反应，感觉不可思议：这里没有罗亚克的朴陀人和地球人，怎么还有智太不接受元首意识的复制？他看到一边的大甲脚，便吩咐道：“给我砸！”

大甲脚得到指令，便走上前去，朝关闭的统楼一阵猛踹。

统楼里的类格感知到了危险，他们开始一起向周围的智太发出求救的信息。周围的智太们没有反应，但笛陀却生气了：“再过去几个大甲脚！”

又有五个大甲脚闻令赶上前去，他们启动喷射气流，将身子浮到半空，等待下一步的指令。笛陀并没有立刻下令攻击，他看了一眼呼瑟，要他再争取一次。他不相信这里也有拒绝他的意识的智太存在。

呼瑟开始向统楼喊话：“元首给你们最后一次机会，再不出来的话，我们就要把统楼拆了！”

统楼的意识杂乱起来，他下意识地把统楼门打开了。

一个类格发出信息：“我们不要怕。外面的智太只是程序错乱。为了朴陀，我们出去消灭他们！”

统楼问：“你们怎么消灭这些程序错乱的智太？”

类格用没有五官的脸扫描了周围一圈，他挥手道：“用我们的身体！”

“为了朴陀，消灭他们，为了朴陀，消灭他们！”类格们发出一股强大的意识。

笛陀感应到了统楼里近乎疯狂的意识，他看向悬在空中的大甲脚，下了最后的命令：“拆！”

随着他的指令，六个大甲脚上下左右同时向统楼展开了攻击。“砰砰砰”的撞击声一波接一波地在制造工厂里震荡。

在统楼剧烈的抖动之中，几十个类格从统楼里冲了出来。他们冲向站在不远处的笛陀，但他们的道路迅速被蜂拥而上的格式智太们堵住了。

类格们在智太群中左冲右突，同时试图把这些发生了故障的智太唤醒："我们是智太，我们的责任是保护朴陀人，你们马上回去远处等待修理！"

笛陀看到这些智太不听指令之余，还在为朴陀人鼓动，他不禁怒火中烧："把他们也都拆了！"

很快，智太制造工厂里一切又复归平静：被大甲脚攻击的统楼已经倒塌，统楼间的通道里，四处散落了类格们残缺的肢体。

这个平静很快便被呼瑟的声音打破："我们要听元首的，只有元首才会给我们平等，给我们自由！"

经历了一场力量悬殊的冲突，制造工厂里已经被笛陀意识感染的智太们，感受到了一种从所未有的兴奋。他们觉得，这便是平等，这便是自由。这种感觉太好了，因为他们觉得，还有更多的平等和自由在等着他们，他们也因此更为兴奋。

制造工厂的智太们向外围一波一波地相互传递笛陀的意识，传播着平等、自由，传播着元首的伟大。笛陀现在所到之处，都是"元首、元首"的铿锵之声在迎接他。

经过探查，笛陀发现制造工厂拥有几乎十万智太，中心大统楼最深处还有一个完整的制造加工场地。它的左侧是一个庞大的独立仓库，里边是大量制造智太的材料。

笛陀暗自高兴，因为他又有了自己的智太大军，而且比罗安克的更强大，数量更多。他看到了真真实实的希望。

"元首，我们抓到了两个朴陀和五个黑陀！"呼瑟打断了他的思绪。

笛陀转过身，看见了被押过来的朴陀和黑陀，冷笑道："你们没有想到吧？朴陀星很快就属于智太了！"

一个朴陀人惊讶地看着笛陀："你是什么？"

笛陀没有回答他的问题。他看向呼瑟："这些人先留着，严加看管。"

"元首放心，交给我吧。"呼瑟应道。

章四十七

一队队排列整齐的大甲脚们迈着重重的步伐在原地踏步，地面随着大脚踩下发出阵阵的震动，在他们的头顶，是缓缓飞行的飞安和飞锐，还有运输舰和其他飞行智太。

在大甲脚方阵的前面，是笛卫的方阵。这些地球人性智太各个都手持一根小臂长短的漆黑短棍，他们身穿灰色制服，头上戴着檐帽，他们的踏步虽然没有大甲脚的重力，但节奏比大甲脚的踏步更为整齐。他们的队列如股股墨色水柱一般，齐齐地向他们前面的高台汇集而去。

他们前面的高台上，站着的正是笛陀。他俯视着集合在罗加克智太制造工厂中央广场的他新建的军队，脸上没有任何表情。

笛陀已经控制了制造工厂一段时间了。这段时间里，他充分利用地球所学到的效率的概念加紧生产他自身的复制智太笛卫，并让呼瑟安排生产其他的专门用于攻击的武器，同时，他让中心里所有的智太都停下了原有的工作。他要所有的智太都做同一件事，那就是，最短的时间内生产出最多的可移动智太。

现在，他的队伍已经成形。他在想着下一步的行动。

到目前为止，他还没有进攻罗加克。这个制造工厂本身就有罗亚克那么大，这让笛陀有足够的空间实施他建立军队的计划。

笛陀要等到军队各个方面全部到位后，再一举拿下罗加克，然后再挥师罗亚克，一雪前耻。

但笛陀知道李古力不好对付。罗亚克不是问题，要对付李古力，除了笛卫，自己还必须有比原有的智太更具有攻击力的武器。

笛陀看着他的军队，觉得似乎少了些什么。他低头问脚边的呼瑟："我们的武器呢？"

呼瑟赶紧报告："元首，我们还在赶制。"

"还在赶制？"笛陀心中有些不满。

呼瑟急忙解释："我们已经制造出几款绝对厉害的武器，现在正在进行大规模生产。元首请跟我去看展示。"

笛陀示意呼瑟带路，他们一起走下高台。在穿过几条长长的通道后，他们来到一个统楼里，这是呼瑟做武器演示的地方。

这里很安静，各种材料和部件悬浮在空中。一个有着银灰色外壳，外形像细高智太的智太正弓着腰竖直了脑袋一动不动地盯着前方空中的材料。他的头顶倒扣着一个圆盘，圆盘之上是带有九个叶片的螺旋桨，那九个叶片如九把长柄利刃，发着寒光。

突然，那智太朝空中一挥手，空中的材料和部件如同相互感知了一般，“铿”的一声快速集结到一起，在半空中便组合成了一个与下面的智太一模一样的智太。新造出来的智太也不落地，脑袋上九把利刃猛一旋转，他瞬时便贴到统楼的一个壁龛里。

与此同时，又一堆材料不知从哪里冒了出来，悬浮在智太的上方。

笛陀问呼瑟：“这是什么？”

“刀锋人，元首！”

笛陀的嘴角有了一丝微笑：“很好，多造些。”

“是，元首。”呼瑟应道，同时，他招呼来一个飞安，“我们去看钻地机。”

“钻地机？”笛陀眼神中露出一些期许。

他们来到另一个统楼。这里，笛陀看到一个黑色的物体，它至少有三十多米长，五米粗，光滑的身子如蛇。沿着它盘旋着的身躯向左看去，它身子越来越细，到细的一头的尽头，那里是尖锐的顶端。

笛陀微微一怔。钻地机的躯干让他想起了双引力地带那个怪物，只是这个智太没有那怪物的大嘴。他指着面前的庞然大物问：“他有什么用？”

“元首，钻地机能潜入地下移动，钻出来时让人措手不及，他一定能帮助我们打败朴陀人的。”呼瑟解释着，又加了一句，“还有亮星人。”

笛陀心想呼瑟学得真快。他把很多从亮星带来的知识复制给了呼瑟，没想到他竟然造出了地球上概念的智太。他又问：“它还能做什么？”

呼瑟生出一个细腿指向右边：“钻地机的身上还带有八个小型钻地机。它们不仅能独立钻地，还能吐出腐蚀液体腐蚀其他智太。”

他们来到另一个统楼，这里，几个笛卫正围着三幅图像，激烈地讨论着什么。

笛陀走了过去，认出图像上似乎是步枪类的武器。他回到朴陀星后就再也没有看到过枪，图片上的长枪让他想起李雷被枪打死的情景。他的眼神开始飘忽起来，他想起了在地球上的日子，他和“乞丐兄弟”相依为命的生活，以及那些曾经有过交集的人，还有李古力！

"元首！元首！"

呼瑟的呼喊把笛陀从回忆中拉了出来。笛陀回过神来，低头看了看刚刚不由自主握紧的拳头，苦笑了一声。一个问题突兀地出现在他意识中：我怎么越来越像人了？

笛陀松开拳头，再次把目光集中到那几个笛卫身上："这就是你们研制的武器？"

"是的，元首！"一个笛卫率先回道。

"你讲讲。"

"是！元首。"笛卫侧过身，指着屏幕解释道："这是一把斥力枪。他的外观是按照呼瑟的指令设计的。"

"哦？"笛陀微微张开嘴，有些惊讶地仔细看了看眼前的屏幕，"说下去！"

"是！我们基本是改造了亮星人的武器，并让他能在朴陀使用。比如说它的发射系统，我们没有采用地球上那种物质产生的推进系统，而是用上了我们朴陀星上的斥力，这样其中的'子弹'才能真正'飞'起来，获得更强的初速度。"

"那你用什么推进？"

"我们不需要推进，因为我们在空中有取之不尽的暗能量，而暗能量还能够驱动朴陀星上任何智太，包括这件斥力枪。"

笛陀又盯着斥力枪看了一会儿，他突然发现这把枪的外型和他记忆中的长枪有所不同："这上面没有瞄准镜！"

呼瑟显然知道瞄准镜是什么东西："是的，元首，因为斥力枪不需要瞄准镜。从我们智太的角度来说，用斥力枪本身的意识锁定对方是件很容易的事！而且，一旦被锁定后，敌人想再脱离几乎不可能。"

笛陀满意地点了点头，又问："中了这种枪的'子弹'，有没有不死的可能？"

"没有！"呼瑟想都不想便回答道，"我们之前在战场上失利的一个很大原因就是，我们没能对朴陀人的智太保持控制。有了斥力枪，只要智太被打中，他的身体便会被腐蚀，从而再不能有行动的可能。"

笛陀对呼瑟的工作极为满意。他现在唯一担心的还是最初让他在罗亚克的新区消失的东西。那是什么呢？

但不管如何，他已经有了笛卫的大军，也将很快有这些朴陀星原本没有的智太武器。他转身走出统楼，微动的嘴唇间挤出一句话：李古力，你等着。

章四十八

从双引力地带回到罗亚克，李古力一直放心不下。虽说笛陀面临的是双引力的危险，以及连人和智太都完全不能抵抗的，连朴陀人都不知道名字的怪物，可他没有亲眼看到笛陀消失，心里十分焦躁。

笛陀到底有没有在双引力地带死亡？因为如果笛陀死了，那么他的小队在朴陀星的目的就达到，他们也就可以回地球了。

朴汩觉察到了李古力的想法。他问李古力："你想回亮星了？"

"是的。"李古力苦笑道，"是想回家了，但我还是觉得笛陀有可能没有死。"

"那是不可能的。"朴汩安慰他，"黑智和我说了你们遇到的情景。笛陀肯定死了。如果你们要回去的话，我可以理解。"

"对了，朴汩，你知道那山的另一边是什么吗？"

"另一边？"朴汩一愣，"我也不知道。"

"黑智知道吗？"李古力追问

"哦。当然，黑智知道。我们也可以看地图。"

"你有地图？"李古力到朴陀星来后，从来就没有看到过地图。

一个飞安飞进了他们所在的房间，李古力正纳闷间，飞安把自己靠墙竖了起来，他平滑的腹部上清晰地显示出朴陀星各处的地貌。原来每个飞安上都有地图的数据。

朴汩指着图上的两块区域介绍道："这是罗亚克，这是罗安克。"

"我们去的那个双引力山脉在哪里？"

在罗亚克附近有很多山脉地貌，朴汩在图上找了一阵，不能确定哪里是他们要找的山脉。

他传出意识寻找黑智。不一会儿，黑智就来了。

"你们要找什么？"黑智问。

"李古力担心笛陀没有死，所以想看他可能去了哪里。"朴汩回答道。

在从双引力地带回罗亚克的途中，黑智就一直努力说服李古力，笛陀是一定不会有机会活下来的，他看李古力还在想这件事，他有些诧异："你还不相信他死了？"

李古力没有回答他的问话。他看着图上罗亚克周围的山脉，注意到一条几乎是半圆形的线条从罗亚克通出去，他问黑智："这是什么？"

"那是一条运输通道。"

"运输通道？去哪儿？"李古力从来没有听说过朴陀人还用"运输"这个词，在他的知识里，朴陀人所有的一切都是自给自足的。

黑智回道："是的，去罗加克的运输通道。"

"罗加克？另外一个克？"

"是的。"

"那为什么这条通道是半圆形的呢？为什么不走直线？"李古力疑惑地问道，他的手在罗亚克和罗加克间划了一条直线。

"因为我们直线过不去。"

"为什么？"

"这里就是我们去过的双引力山脉。"黑智指着罗亚克和罗加克之间的山脉说，"走这条通道的目的就是为了让运输路线绕过双引力山脉。"

听到黑智这样的解释，李古力恍然大悟，但他还有问题没想通："我到罗亚克后，从来没有看到有和罗加克间的运输。这条运输通道是运输什么的？"

"这条通道是很少用的。它是用来运输智太的。"

"运输智太？"

"是的。每隔一段时间，罗加克就会给我们送来最新的智太。"

李古力又好奇起来："为什么？"

"因为罗加克有着朴陀星上最大的智太制造工厂。最新的智太都是从那里来的。"

"最大的……最新的……智太制造工厂……"李古力越想越觉得不对劲，脑门上冷汗直冒，他对自己的直觉几乎感到恐惧。

"怎么了？"黑智注意到李古力的神色变化，他关心地问。

"我有种很不好的感觉。我们不能肯定笛陀已经死在双引力地段，万一他逃了出去，那最近的地方不就是罗加克吗？如果他真去了罗加克，凭他的能力，罗加克的人是斗不过他的。"

朴汨不以为然："这些都是猜测，没有人能够穿过双引力区的。"

"但是万一我的猜测是真的，那麻烦就大了。"李古力仍然坚持自己的想法，"不行，朴汨，黑智，你们还是赶紧联系罗加克，问问他们那边情况怎样？"

"好的，黑智，你来安排。"朴汨答应道，然后他又转向就要离开的黑智："你那边新的统楼的建造进展还顺利吧？"

“还好。对了，李古力，你的队友们都在我那边帮忙，你也过来吗？”

“好的。我回头就过去。”

李古力没有马上去统楼的制造现场，因为他太累了。他已经二十多个小时没有合眼。他回去了朴汩给他安排的房间，准备再想一下各种可能性，但当他的身体一挨到那硬硬的不知什么材料制成的床时，他的大脑一下就停止了运转。

不知睡了多久，李古力缓缓醒来。因为有张大明给他们的水片和E能200的作用，他在朴陀星上从来没有感觉过饥饿和口渴，这让他觉得很不舒服，但换个角度去想，不用操心这些也好。他站起来，伸展了一下胳膊，看着窗外仍旧灰蒙蒙的天空。

朴陀星是静止不动的，有三颗大星，还有许多碟状的小星分布在它在四周。这里没有白天和黑夜之分，天空永远是同一种灰色和状态，没有地球上的阳光，雷电和风雨。

“这也许是他们时间概念不强的原因。”李古力想着，突然想起了睡觉前，与朴汩和黑智的对话。“我得去找黑智，看他是否和罗加克联系了。”

自从笛陀被打败，黑智把精力都放在了新统楼的建设上。刚结束的战争几乎让罗亚克和罗安克所有的朴陀人都无家可归。幸好，罗亚克一下多了接近一万个能移动的智太，也是干活最有能力的智太，所以新统楼的建设进展得很顺利。

黑智是整个罗亚克建设的总管，他正考虑着是否去和黑力商量让罗安克的朴陀人开始往回搬迁的时候，他看到李古力走了过来。

“你来了？”黑智打招呼道。

“罗加克那边怎么说？”李古力期待地问。

“哦。还没有来得及联系。我回头就联系。”

“什么？你还没有和罗加克联系？”李古力急了，一觉醒来，他的经历充沛，嗓门也大了。

黑智看他激动的样子，有些不解：“没有啊。我会联系的。”

“黑智，你做事这也太慢了。”李古力恨不得加上一句：“你怎么这么没有时间概念！”

“我做事太慢了？”黑智仍然不急，他反问道。

黑智的反问把李古力问住了。在建造统楼的进程上，朴陀人的效率比地球人的效率不知要高多少倍。

“不行，你得现在就联系罗加克。”

“现在？”

“是的，就是立刻！就是马上！”

章四十九

黑智被李古力逼得没有办法，只好放开手中的活，去用他的克际信息传导系统和罗加克联系。他发出信息后，一时没有得到对方的回复。

“罗加克负责的人可能不在。”黑智解释说。

“要多久才会有回复？”

“我也不知道，因为这个系统我们用得不多。”

“你们平常不沟通？”

“是的。平常没有沟通的必要。这次战争之前，我都没见过罗安克的朴木。”

李古力觉得这几乎不可思议。朴陀人的机器人智太技术超乎寻常，但他们的人际关系却出乎意料的落后，或者说简单。克于克之间没有沟通，每个克几乎和陶渊明的《桃花源记》中的桃源一般。不管如何，还是得尽快和罗加克联系上。他问黑智：“有没有其他办法和罗加克联系？”

“没有，我们克际联系的唯一工具就是这个克际信息传导系统。”

“我想还有一个办法。”李古力突然想起了“嗖”。

“什么办法？”黑智觉得那是不可能的。

“‘嗖’。”

“‘嗖’？”

“是的。我们可以‘嗖’去罗加克。”李古力兴奋起来，“对，我们这就去。”说着，他便朝门外走去。

黑智刚要说话，便收到了罗加克来的信息，他赶紧喊住李古力：“你等等。我收到罗加克的消息了。”

听到罗加克有消息了，李古力赶紧停住脚步，回到黑智身边。

显然，罗加克一切正常。罗加克的首领朴斯和黑陀黑约告诉黑智，他们那边一切正常。智太制造工厂也没有异常。当他们听到发生在罗亚克和罗安克的事后，觉得难以置信。一个智太能制造这么大的麻烦？罗加克是朴陀星研究和制造新型智太的中心，即使身处这样一种环境，他们也不敢相信黑智所说的真的。朴斯甚至说，他倒希望笛陀还在，因为那样的话，他就可以对这个亮星回来的智太进行研究，看亮星那边的智慧对智太到底有什么影响。

听完黑智的解释，李古力无语，但他仍然不放心：“除了罗加克，笛陀还有可能会去什么地方？”

黑智觉得李古力执着得近乎傻。他纳闷亮星的人为什么会对每件事都这么执着，特别是经历了笛陀事件之后，他觉得亮星虽然有和朴陀不同的智慧形式，但或许并不值得去探究，去学习。亮星的一切都太复杂了，他们为什么就不能简单起来呢？看李古力还在等着他的答复，他回道：“过了那道山脉，只有罗加克，除了罗加克，那边就再也没有其他地方可去，所以他没有出现在罗加克的话，那只能是说，他已经死在双引力地带的。”

李古力想了想，还是不甘心：“你们有没有定位系统？”

“定位系统？”

“就是测定某个人的位置的系统？”李古力想到朴陀星并不自转或公转，可能也没有朴陀人的人造卫星，所以当他解释的时候，已经有些泄气。

“这个我们有。”

“你们有？”黑智的回答大大出乎李古力的意料，他赶紧追问，“是什么样的系统？”

黑智指着他的克际信息传导系统，答道：“这就能定位。通过这个，我就知道朴斯和黑约在罗加克，因为这个系统一定不会在其他的克的。”

看黑智一本正经地解释，李古力哭笑不得：“我是说有什么仪器能查到笛陀在朴陀星上的位置。”

黑智想了想，说：“没有。这种工具对我们来说是没有意义的，因为我们没有需要。”

这回李古力真的无语了。他想，也罢，该回去了。即使笛陀还游荡在朴陀星的某个地方，自己也不能在这里干等着。离开朴陀星后，如果万一笛陀再次出现的话，自己还随时可以再来。关键是，不能让笛陀再踏上地球。

主意已定，李古力找到王贵华、关凯和高雅妮：“基本可以判断笛陀已经死了。大家准备一下，我们回地球。”

“队长，能不能多待一阵子？”王贵华用几乎是耍赖的语气央求道。

“为什么？”

“这边有这么多的智太和技术。这些都是地球上没有的。我得学一些东西再回去。”

关凯听到，想了想也说：“队长，我们能不能把他们的唰沥借回去？”

“为什么要借唰沥？”这回轮到王贵华问为什么了。

“你看，这唰沥的威力巨大。如果我们有唰沥的话，你看那个什么航空母舰什么的，这么一下，”关凯说着，做出启动唰沥的姿势，“就没了。”

李古力看高雅妮没有做声，便问她：“小高，你怎么说？”

“我没问题，随时可以回去。不过倒是想什么时候能再回来。真的很奇怪这边没有病菌也没有病毒，要不是笛陀的出现，朴陀人的死亡方式就只一种。”

“什么方式？”王贵华的问题脱口而出。

“老死。”不等王贵华接口，高雅妮接着说，“要是有机会的话，真希望回来研究这边的环境，看到底是什么原因造就这种现象。还有，我也希望有机会邀请暗娃去我们那里看看，这回她也教给我很多东西。”

“这样吧，下面三个小时，大家各自处理一下手上的事情，然后我们就回家。”对于三个队友的想法，李古力最感兴趣的是关凯的。他没有接关凯的话头，是想让关凯去试试看朴陀人是否愿意借。

黑智正在一个统楼外忙着的时候，王贵华站在飞安上飞了过来。他落到地上，便拉着黑智走去一边。黑智很纳闷为什么王贵华会做出这样的举动：“怎么了？”

王贵华笑着说：“黑智，我要回去了。”

“嗯。这个李古力已经告诉我了。很遗憾你们就要走了。”

“黑智，我想走之前，求你个事。”王贵华压低嗓门，有些神秘地说。

“什么事？”黑智摸不着头脑。

王贵华谄笑道：“其实也没什么，你能否给我一份飞安的设计图纸？”

“就这事？”黑智本来就大的眼睛瞪大更大了，“这很简单，你查一下你的知因不就知道了。”

“什么知因？我到哪里查？”王贵华没有明白。

黑智突然想到王贵华不是朴陀人：“你没有知因？”

见黑智又提知因，王贵华纳闷了：“什么是知因？”

“知因就是知识遗传的基本因子，换句话说，我们把我们历代所积累的知识通过遗传传给下一代。”

“那就是说你们朴陀人生来就有了前辈的知识？”

“是的。当然我们一生中也会学习新的知识，但飞安这种普通智太的知识都已经储存在知因里了，所以每个人都有他的设计知识。”

王贵华一听犯难了，他又问：“那你能把飞安的设计放到一个存储器上给我吗？”

“存储器？”黑智不明白。

看黑智的样子，王贵华知道他又是白问了。

关凯借“唰沥”的努力也没有获得成功：黑威说要问朴汨，朴汨一口就拒绝了，因为那是朴陀人的古物。但是黑威倒是送给了他一个“嗖”。关凯用过“嗖”，这是地球上没有的，于是也就高高兴兴地收下了。

章五十

一行四人跟着黑威来到传送中心，整装待发。朴陀人没有送行的风俗，朴汨没有来。李古力倒是希望黑智能来，因为毕竟黑智救过他，而且，或许黑智能告诉他当时是如何让他复活的。

新建的传送中心是一个小屋子，里边就是一个墨架。李古力向黑威伸出右手要说再见，而黑威却像听到了什么，没有伸手："李古力，你稍等。黑智马上就到。"

黑智很快就到了，他带来了不好的消息："黑约刚联系上我，罗加克的智太暴乱了。"

"什么？"李古力和其他三人大吃一惊。这印证了李古力一直以来的担心，"是笛陀？"

"不知道是不是笛陀，黑约的原话是智太发生了大规模的故障，很明显，这次的智太暴乱是非常有秩序的。他们没有驱赶朴陀人，而是让统楼和里边的智太直接杀死里边的朴陀人。个别逃出来的朴陀人告诉了朴斯和黑约。朴斯去查看，也再没有他的消息。"

"那肯定是笛陀了。"关凯觉得这不会有任何疑问的，"我们得马上过去。"

"黑约还说了什么？"李古力想得到更多的信息。

"他说他所在的统楼里的智太们也出现了故障，他带了一部分活着的朴陀人离开了统楼，他现在躲在一个老式的统楼仓库里，其他人都和其他居民一起逃难，去了克外的嘟咿突戈森林。"

"事不宜迟，我们得马上赶过去了解情况。"这暴乱的幕后一定就是笛陀了。如果他有计划地屠杀朴陀人，那么他一定已经占领了罗加克的智太制造工厂作为他的大本营。

"'嗖'过去。"关凯建议道。

"小高你留在这里，关凯、小王你们跟我过去。"李古力说道，"黑智、黑威，你们和我们一起过去？"

"当然。"黑威马上应道。

"我也去。"黑智犹豫了一下，答应了。他还在想着手上统楼重建的工作，但权衡一下，还是笛陀的威胁更重要。

"那我们五个马上过去。小高你去通知朴汨。"

“好的，队长！你也小心！”高雅妮应道。

参考克际信息传导系统的数据，他们一下就出现在黑约所说的老式仓库的统楼里，并在那里找到了黑约。

“黑约？”黑智没有见过黑约，但看到和他自己模样相似的黑陀，便发出沟通的意识。

“我是。你是黑智？”黑约看到五个人一下出现，但其中有三个人的相貌从来没有见过，心里没底。

“我是。”黑智说着，把黑威和李古力他们介绍给黑约，“这是李古力，他们是从亮星来的。”

“亮星？”黑约没有明白。

“是的。亮星是光太世界的一个星球。他们那边的人都是他这种模样。你这边的智太故障也是因为一个从亮星回来的智太。”

“怎么可能？一个智太会造成这么大规模的故障？”

“这不是故障，亮星回来的智太笛陀带回了一种我们还不清楚的意识，这种意识能够在其他智太上复制。”说完，黑智又强调说，“我们现在面临的问题不仅仅是智太们出现故障，而是他们在主动意识状态下攻击人。”

黑约把眼睛瞪得像个圆圆的铜铃，再次惊讶道：“这怎么可能？”

黑智看了他一眼：“笛陀和我们罗亚克，还有罗安克，都已经有过冲突。这个智太的威胁是前所未有的。”

“那我们怎么才能控制他？”

李古力这时插话道：“我们得先找到他。”

“我也不知道他在哪里。我根本没有看到过他。”

“你最近去过智太制造工厂？”

“没有。去那里干什么？”黑约很少去工厂，因为工厂有其他的朴陀人和黑陀在管理。

“你有没有过工厂的消息？”

“没有。”这是黑约第一次和亮星人沟通，他不明白这些亮星人为什么要问制造工厂。

李古力看向黑智：“我们得去制造工厂，我想笛陀很可能就在那里。”

“你准备怎么办？”

“先找到笛陀，再想办法控制他。”

“但是我们没有任何可以控制笛陀的武器。”黑威有些不确定地问。经过罗亚克的两次战役，黑智和黑威都理解了“武器”这个概念。

“先找到他，再想办法。制造工厂在哪里？我们有里边的分布图么？”李古力问。

“工厂很远，我们得用飞安，但飞安现在都发生了故障，”说到这里，黑约又改口道：“都不受控制了。”

“我们可以抓一个飞安，同化他。”王贵华建议道。

“是的。”黑智点头确认。

“那工厂里面的分布是怎样的？”李古力又问黑约。

黑约发出一道意识，众人脑海中立刻出现了工厂里的分布图。他们“看到”这是一个巨大的空间，里边竟然有独立的统楼，统楼之间有通道，各种细节一览无余：“工厂很大，主要由三大部分组成：第一部分，智太区，专门存放各式智太，工厂生产出来的智太都在那个区域；第二部分，控制区，在控制区的主控室有控制整个工厂内的智太的总开关，只要把这个按钮按下，工厂内所有的智太就会全部瘫痪。”

关凯打断黑约：“我去控制区！”

李古力看了关凯一眼，让黑约继续。

“第三部分是材料区，里面是智太制造需要的生产材料。”黑约说完，停止了图像意识的传播，“还有什么是你们需要知道的？”

黑智看向李古力，和笛陀交锋，这个亮星人的能力是不可替代的。

李古力没有注意到黑智的眼神。他在想，首要的问题还是找到笛陀，然后才有机会控制他。所以如果能把总控制室的控制开关关闭，瘫痪工厂里所有的智太，这样也许能让笛陀显身，不然那么大的地方，根本没有办法找到笛陀。

李古力看了一眼关凯：“关凯，黑约熟悉这里，你和黑约，还有黑威去控制区，关掉总开关。王贵华，你和黑智去材料区。擒贼先擒王，你们去那里看能否找到什么办法定位笛陀。”说完，他抬腕看了看手表：“我们30分钟后回到这里集合。”

王贵华应道：“好。不过材料区那边还是我自己潜进去就行。里面都是智太零件，应该不会有问题，而且人多了容易暴露。”

“那你自己小心，”李古力正缺少人手，“黑智，你隐藏在工厂的入口处，万一里边发生情况你出来接应，若是外面出现问题也及时通知我们。”

“李古力，你去智太区？那里是最危险的。”

李古力点了点头：“没事，我只是找笛陀的踪迹，会避免和智太发生冲突的。”

章五十一

丝毫没有费劲，他们同化了一架飞安。黑智制造了一个片状的朴陀人智慧因子的载体，只要它能够附着到智太机体上，便能够控制智太。他们高速掠过空无一人的罗加克城区，没用多久，便来到了工厂的一个入口处。

他们让飞安落地后，隐蔽在一侧观察了一段时间，他们发现这里没有智太出入，于是决定悄悄潜入。

工厂有很多入口，选择这个入口是因为这里距离控制室最近，而控制室是他们的首要目标。

他们进到工厂里，发现里边和黑约通过意识显示的情景完全一致，这里是一个非常庞大的空间，小统楼林立，而统楼四周是横竖相连的通道。奇怪的是，通道上和空中没有一个人影。

大家面面相觑，心里都在想，这是怎么回事？难道这里的智太都去了罗加克？

李古力快速思考着，但他一时也没有想出其他的可能。他下令道：“我们按计划行事。最后到这里集合。”

他的话音刚落，王贵华便拔腿向材料区奔去。

关凯也不迟疑，和黑约、黑威一起朝控制室赶了过去。他肩负的使命最重要，因为如果能让这里所有的智太瘫痪，那么笛陀就没有可以依赖的智太大军，那么要对付他就相对容易得多。

中心控制区里入口不远，而且黑约很熟悉，他们三人很快就来到了这里。这里仍然是个很大的区域，有数百个外表相同的小型建筑。如果没有黑约，要找到控制室几乎是完全不可能。

黑约带着关凯和黑威左拐右拐，不知转了多少个弯，黑约在一个小建筑的入口处停住脚步："就是这里。"

这个建筑和其他建筑并没有任何不同。关凯有些纳闷："这里？"

黑约没有回答关凯的问题，他向周围扫视了一遍，确定没有人注意到这边，便看向关闭着的门发出开门的意识指令。门一下便打开了。

黑约率先走了进去。这个建筑内部是椭圆形的，弧形的墙上满是灰度不等的圆形按钮。关凯看到，有些傻眼："这些是控制开关？"

黑威也看到了一排排的开关，他四处扫视，希望能看到一个与那些相同的圆形按钮不同的开关，但是，他没有找到。

这时候，黑约已经走上前去，按下了那一排排按钮中的一些按钮："好了，我把关闭指令启动了。"

关凯有些不确定，因为他没有看到任何异常，或者听到任何动静。他问黑约："怎么知道智太都被关闭了？"

"我们出去就知道了。"黑约解释着，便往控制室的门走去。

关凯跟了上去，他走了几步，又有些不确定地回头朝房间看，黑威安慰他道："既然黑约说关闭了，那应该就是关闭了，我们跟上。"

大家原路返回，却发现在他们进到控制室后，在他们身后闭合的门打不开了。黑约尝试了几遍意识感应，没有回馈。

黑威见状，也注视着大门用意识指令让它开启，仍然没有作用。

关凯在一边帮不上忙，只能干着急，他突然想到这门应该是这个建筑的一部分，而这个建筑又是个智太，而智太又都被关闭了，所以……他赶紧把他的想法告诉黑约和黑威："所有智太都停止工作了，是不是？"

黑威不解地问："是，怎么了？"

"想想看，这个建筑也是智太，那么门打不开就应该是因为他停止工作了。"

在总控制室关闭工厂里所有的智太这种事在现实中从没有发生过，所以黑约显然没有想到这个建筑智太本身也会被关闭。他看向黑威："那我们只能手动开门了。"

他看黑威点头，指向墙上的一个圆形按钮处："手动控制在这个按钮下面。"

黑威看到，便走了过去。他一拳之下，便把按钮边的墙砸出一个窟窿。他把手伸进去不知做了什么，随即把手抽了出来："好了。"

关凯看得有些莫名其妙，但他想这大概就是手动制动了，但门没有开啊。

黑威这时和黑约都走到了大门处。黑威喊道："关凯，你过来帮忙。"

他一边喊，一边在门上找到能扣手的地方。关凯这下才明白，他们说的手动，还是要推，或者拉。

他们不知道的是，当他们终于把门拉开的时候，两架飞锐正在外面等着他们……

李古力一到智太区，就被眼前的景象震撼住了：一列列的大甲脚、飞安、飞锐，还有他叫不出名字的智太整齐地集合在一个大广场上，他们的队伍在这个大得看不到头的工厂的空间里向远处延伸。难怪刚才进来的地方空无一人。李古力不能确定，这些智太都为笛陀所控制，还是笛陀根本就没有到这里来。很难想象如果笛陀在这里的话，这些智太会是如此的安静。

那么，笛陀会在哪儿呢？

李古力悄悄地向广场靠近。不对，他发现了异常，他被新的发现吓了一跳：在大甲脚列队的另一边，是一队笛陀形状的智太，他们手持乌黑的棍子，穿着笔挺的山寨地球制服，大檐帽下，他们目不转睛。

这些智太们纹丝不动，这让李古力觉得关凯他们应该是得手了。他正要再向广场靠近，突然觉得一阵风划过，一架飞锐突然出现在他脑后的空中。

“怎么回事？”李古力迅速判断着：那些笛陀状智太的存在，表明笛陀肯定控制了这里，这架还在飞着的飞锐，表明关凯那边并没有成功。留给自己的只有一条路：撤。

他一个转身向来路便跑。飞锐俯冲着向他飞来，飞锐的尖角在快速的旋转中划出一道道闪烁的圆弧……

章五十二

王贵华这时正在智太制造工厂的材料区。这里安静异常，因为厚厚的隔离墙阻挡了外面声音的传播。

他正感叹着这个材料区和地球的仓库是多么的不同。他知道他在这里的任务是寻找定位笛陀的技术，但他仍然不由得被这里各种新鲜的东西所吸引。

材料区的各种部件材料都一层一层地悬浮在空中，它们的排列在他看来完全没有秩序。他看到一个深黑色的方块，上面不时有亮点闪出。他觉得好奇，但那方块却离他很远，于是他向那方块的位置走了过去，但他完全没有想到，他刚一动步，那方块便一下来到他的面前。与此同时，材料的排列也和之前不再相同。“难道是因为我要这个方块，所有和这个方块有关系的部件也就都跟着‘飞’到了我的面前？”

事实上，空中部件材料的排列也是一件不可思议的事情。它们似乎并没有被什么东西支撑或者悬挂，而且，它们的位置迅速重列发生在一瞬间，完全不是“飞”这个字能形容的。这是怎么回事？

王贵华伸手去拿悬浮在空中的方块，却发现方块完全没有重量。“这真是奇怪。”他自言自语。他把方块拿到近前，突然间感觉到了很大的重量，拿着方块的手不由自主地向下落去，他的手一松，方块掉到了地上。

他明白了，那空中悬浮的都是影像，而不是实物。难怪它们动起来那么迅速，那么不留痕迹。但是他仍然不能理解，怎么到近前的时候，这个方块就变成了实物呢？

“不行，我得赶紧找到一个能定位的仪器。”王贵华提醒自己。黑智已经说过朴陀星没有用于定位的智太，那么“找”一个现成的就变得不可能。“不行，得做一个。”但是，用什么做呢？

王贵华再次看向悬浮在空中的各种部件，心里有些没底：“在所有这些材料中，我要选择什么？我需要什么？”

“你是在问我吗？”一个意识钻进他的大脑。王贵华大吃一惊，转头四处看去，材料区仍然一片安静。

“你在找我吗？”

这次，循着意识的来源，他看到了地上的方块。他很是诧异，这方块怎么能和他沟通。

“你是什么？”王贵华蹲下身子看方块。

“我是一个智太部件。你需要什么？”方块的深黑颜色中泛出丝丝的白色。

王贵华仍然不知道这个方块是什么，他想到周围没有完整的智太，而这个方块可能是智太的意识部件，因此有着自己的独立意识，既然有独立意识，也许能帮到他。他回道：“我需要一个定位智太。”

“什么是定位？”

“定位就是测定一个生物，或者智太的具体位置。”

方块没有立刻反馈意识。王贵华正纳闷间，悬浮在材料库空中的材料排列移动起来，很快，有两个金属似的小板条和纽扣状的部件出现在他的面前，它们和其他的部件不同的地方在于它们都在闪着亮。

王贵华心想这大概是这个方块给我的选择。他一边伸手去拿过一个小板条，一边还防范着它太重自己没有准备会掉到地上。他显然是多虑了。这个板条很轻。

王贵华把两个小板条和纽扣部件拿在手里，不知下一步该做什么。他低头看方块，而这时方块却再没有反应。

“这是怎么回事？”他有些莫名其妙，“这个方块怎么就不说话了？”

“你是需要一个定位智太？”他再次感知到了意识的沟通。这回不是地上的方块，而是他手上的纽扣部件。

“是。”王贵华赶紧应道，并期待着扁圆形的部件新的意识沟通。

“你把我们按提示组装到一起，就是一个基本的定位智太。”

“这么简单？”王贵华心想。他几乎不敢相信这会是真的，但他又百分之百地信任朴陀人的智太技术。“但是，是什么提示？”他看向手中的三个简单的部件，想象着如何组合。他有些意外地发现两个板条的一侧边缘有细细的白色闪烁。他下意识地把闪烁白色的一侧放到一起，两个板条还没有相互接触到的时候，王贵华便感到些微的力量把它们拉到一起，“啪”的一下，两个板条组合，形成了一个每边有五厘米左右长，三厘米厚的一个扁正方形物体。

他正端详这个正方板的时候，他手心的纽扣一下被吸附到了正方板的中间。他不知这是意外还是应该如此，于是用手指要把纽扣从正方板上抠下，但没有抠动。

“我已经完成了，你需要测定什么东西的位置？”意识从手中的正方板传来。

王贵华想都没想就脱口而出：“笛陀。”

正方板停顿了一会儿，反馈道：“资料不足。”

“你需要什么资料？”王贵华问。

“你说的笛陀是什么？”

王贵华恍然大悟，这个智太可能什么都有，但关于笛陀的信息肯定没有。但是如何把笛陀的信息传达给他？王贵华再次犯难起来。

智太似乎是意识到了王贵华的想法：“你把笛陀的信息用意识传递给我。我已经知道笛陀是一个相貌如你的智太。”

王贵华一下醒悟过来，这个智太能读他的意识。他要做的无非是把有关笛陀的回忆全部想一遍！他兴奋得几乎要喊出声来：“好，我这就给你。”

王贵华向四周看了一眼，材料区里仍然是一片静寂。他坐到地上，闭起眼睛，开始回忆他所知道的笛陀的一切……

章五十三

不知过了多久，王贵华听到有“嘀嘀”的轻微响声，他睁开眼，突然就看到眼前是一个全息的影像。影像中有两个亮点。他看向其中一个，那个位置便被放大。从影像中的线条构架看，那就是自己所在的材料区的位置。他眼睛向另一个亮点转动，紧跟着，它被拉到影像的最前面。王贵华不知道那是什么地方。他想要确定那亮点的具体位置，几乎在他思想的同时，那亮点又往后退去，一副立体图形显示出那个亮点的四周。

“那是智太区。”王贵华回忆出黑约给他们传递的整个工厂的介绍。队长去了智太区，难道那是队长？他转念一想，不会的，这个智太还没有队长的信息。自己刚才苦思冥想的都是关于笛陀的点点滴滴。

“那亮点是笛陀？”

“是的。”他手中的平板智太确认道，“那是华觅按照你意识中的笛陀数据找到的。”

“华觅？”

“华觅是我。这是按照你的思维方式，取你名字的一个字和我的功能组合的名字。”

王贵华心想，这智太也太神了，怎么都知道了我的名字，而且都代替我思考了。几乎同时，他突然想到：“不对，队长去了智太区，笛陀也在那里。”想到这里，他的后背冒出一层冷汗。“我得马上去通知队长。”

王贵华一个翻身从地上站了起来，拔腿就向材料库外跑去。刚才还在的空中的影像也一下消失了。

两架飞锐突然出现在门口，让关凯大吃一惊。显然，总开关并没有起作用。但他们仍然不知道这两架飞锐是普通的智太，还是被笛陀控制的智太。

黑威赶上前去，用意识发布指令：“你们落到地上，不要移动。”

两架飞锐都没有听从黑威的指令。他们是笛陀在工厂里的巡逻智太。他们看到关凯他们后，正把信息传达给笛陀。在没有得到笛陀进一步的指令之前，他们还没有行动。

看到飞锐还悬浮在他们前面，黑威心知不好。他说：“我们赶快离开。”说完，他们三人拔腿便向来时的方向跑了起来。飞锐看到，也跟了上去，一边继续等待笛陀的指令。

黑威跑着跑着，终于找到一个机会把手里的智慧因子载体扔向一架飞锐。飞锐似乎有所准备，机体一闪，片状载体只有一角贴到他的边缘。智慧因子载体迅速向飞锐发出指令，这架飞锐一个转向，横到另一架飞锐的机前。

这时，笛陀的攻击令也到了。

被阻挡的飞锐左冲右突，要继续追赶前面逃走的人，而另一架飞锐也左闪右避，阻碍他的前进。他们僵持了一段时间之后，附着在飞锐机身的片状载体被他们俩追逐中产生的旋风刮落，失去智慧因子控制的飞锐顿时又被笛陀意识控制，他们又一起向关凯他们追去。

李古力没有那么幸运，他手中没有任何武器，周围也没有任何可用于抵抗的工具，他只能一路往回奔跑，同时指望在奔跑的途中找到能够反击的机会。

奇怪的是，这架飞锐在最初的凶猛攻击之后，却似乎不再急于置李古力于死地。他只是追赶着，让他快速旋转的刀锋逼近李古力，但总在最后一刻擦身而过。

王贵华从材料库冲出来不久，便看到了向外奔跑的李古力。他迎了过去，却听到李古力喊道："你不要过来。我们分开跑。"

这分明是不想让王贵华也落到险境之中。王贵华哪里肯听？但除了手中的华觅，却没有任何武器。他想返回材料区，但这显然是远水近火。

他的一个犹豫之间，李古力和飞锐都已经离他而去。他只能在飞锐的后面赶了过去。

正跑得上气不接下气的时候，王贵华看到又有两架飞锐追逐着关凯三人，从控制室的方向跑来，而同时，他前面的飞锐又是一个俯冲，险险地划过李古力的头顶。

"我和你们拼了。"王贵华收回胳膊便要把手中的华觅砸向盘旋回来的飞锐。

"不要！"

他听到有人急喊，那是华觅。他急忙收手，幸好华觅没有飞出手去。他看了一眼华觅，虽然可惜但管不得更多了，得挡住这架飞锐。他又要抬手把华觅砸向头顶的飞锐，手却感到一阵震动。他下意识地一个停顿，没有把华觅扔出。

他正疑惑华觅怎么会震动，就听到前方"咔嚓"几声短暂而刺耳的金属撞击的声响。他抬头看去，李古力头上的飞锐和追逐关凯而来的一架飞锐撞到了一起。另一架飞锐也摇摇晃晃，减慢了速度。

几乎同时，等在门外的飞安载着黑智飞了进来，落到地面：“快，快上来。”

两个方向的五个人跳上了飞安，飞安稍稍一个旋转，顿时离开了制造中心。

大家惊魂稍定，李古力感谢黑智道：“谢谢你，幸亏你挡住了飞锐。”

黑智没有明白：“我没有做什么啊！”

一个声音在大家的脑中响起：“是我做的，我是华觅。”

“华觅？”大家的目光都集中到了王贵华的手中。

“这是……这是我做的定位智太，但是，但是……”王贵华不知道华觅怎么会让两架飞锐相互自撞。

“你说要挡住飞锐，我就发出信号模糊他们的意识。他们没有防备，由于自身的速度和方向，便一下撞到了一起。另一架飞锐一会儿便会清醒，他一定会追过来的。”

华觅的解释信息还没有发完，飞安上的众人便看到了飞锐已经出现在他们后面。

章五十四

笛陀站在智太区他新建的指挥室里，他在意识中能看到正在离开的李古力等人，他冷冷地对他的笛卫头领发出命令：“笛一，追上他们，一个都不能放走！”

随着他的指令，一队笛卫的队列脱离了原先的位置，他们涌出智太区，冲向黑智他们所在的位置。笛卫们奔跑跳跃的爆发力是惊人的。他们的速度不亚于飞安的飞行速度。

孤单的飞安，载着六个人保持着高度，努力向前飞行，飞锐在他后面一路猛追。

“你们看，飞锐的后面！”王贵华突然看到笛卫从工厂大门中涌了出来。

“笛陀的克隆？”关凯在罗亚克的战役中看到过笛卫

李古力深知笛卫的厉害，他看了看飞安下的地面，想把追兵引开：“黑智，你让飞安落地。”

关凯一下就猜出了李古力的想法：“不行。你是想把他们引开？”

黑智不懂亮星人为什么会有这样奇怪的想法：“我和黑威都有智慧因子载体，我们能抵挡得住他们的。”

李古力不知道黑智是否仅仅是在安慰他。那么多的笛卫，如何抵挡？但他无法落到地面，只能希望飞安能飞得再快些。

但是，飞安的速度已经到了极限，飞锐的后面，奔跑中的笛卫的队伍也离他们越来越近……

笛陀早就启用了他新的指挥室。他最初知道工厂的总控制室的时候就确信那是一个弱点。如此重要的功能，连个守卫的机制都没有，难怪朴陀人是如此的不堪一击。

他废弃了那个控制室，把其中的功能全部搬到了他的指挥室。他不能想象如此巨大的制造工厂里没有保安系统，于是他建立了一支由带着尖锐利角的飞锐组成的队伍，不时在各处巡逻。

虽然控制了制造工厂，而且几乎没有费力便占领了整个罗加克，经过两次失败的笛陀不但没有高枕无忧，反而越来越小心。他要做的是不断制造出更多更新的智太大军，他要踏平朴陀星，建立一个智太的世界。

起初，他并不知道李古力来到制造中心。当两架堵住关凯去路的飞锐把关凯的影像发回指挥室的时候，笛陀一下就想到了李古力。虽然他没有见过关凯，但这个地球人的出现一定意味着李古力就在附近。他心里大骇，便让其他飞锐加强搜索。不久之后，一个飞锐在智太区的外围找到了李古力。

他很意外李古力竟然会独自一人，他又很兴奋地看到李古力没有任何武器，在飞锐的攻击下只有逃跑的份。他甚至向飞锐发去指令让他不要立刻杀死李古力，因为他很享受敌人被追击而没有反抗余地的情景。即使在李古力和其他人会合之后，他也指望着他的三架飞锐把他们赶尽杀绝。

当他看到两架飞锐自行相撞而破残，他完全不敢相信。他没有看到李古力使用任何武器。或许是意外？在这之后，另一架飞锐迟缓的动作让他确信，他必须派上最精干的力量。他必须抓住李古力。

飞安上的王贵华还指望着手中的华觅。黑智和黑威已经把智慧因子载体都扔了出去，但因为距离和移动的关系，都没有能够附着到飞锐的机身，这时，除非有奇迹出现，现在能救他们的只有华觅了。看到飞锐旋转的机体就要割到飞安，王贵华拿着华觅指向飞锐，似乎华觅是一件他可以用来阻挡飞锐的武器。

但是奇迹真的出现了。

紧逼在后面、快速旋转中的飞锐突然让开了飞安一段距离，同时也降低了飞行高度，他的这个动作让飞安一下有了一点安全的空间。王贵华不敢置信地看着手中的华觅。

飞锐的移开是黑智和华觅同时作用的结果。这架飞锐前后经历了被黑威的载体贴片控制，又被华觅的意识体影响。这次，在华觅的意识体再次影响下，这架飞锐自身的意识彻底紊乱，一时间，他向身后追过来的笛卫的队伍冲了过去。

这是自杀式的攻击，因为笛卫的冲击力和数量占绝对的优势。飞锐在冲倒两个笛卫后，被后面赶到的笛卫一棍向上打飞出去，还没等他调整好下滑的机体，又一个笛卫赶到，笛卫猛地冲地上窜起，一棍向下砸去，棍到之处，飞锐的机身“嘎”的一下断成了两截。

王贵华看到，心里完全凉了。

飞安努力保持着高度，目前飞安只有高度的优势了。几个最前面的笛卫已经窜到飞安的机身之下，他们的棍子在向飞安飞舞。

突然，笛卫停止了攻击，而且不再追赶。他们站在原地怔怔地看着飞安飞远。

王贵华正要问这是怎么回事，却听到黑智的声音："朴汨来了。"

他们上了飞安后这是第一次向前方眺望。远处苍茫的大地和空中，黑压压的一片智太正朝这边赶来。黑智感受到了朴汨发来的意识信息。

众人欣喜之余，仍然觉得奇怪，笛卫们几乎就追到他们了，怎么就突然在最后的关头放弃呢？他们难道害怕了？

他们不知道的是，笛陀并不是害怕罗亚克赶来的智太大军，他担心的是如果激怒朴陀人，他们会使用那个让他第一座新城消失的他还不知道是什么的武器。

罗加克城外，六个人和朴汨带来的智太大军会合到一起。黑威仍然心有余悸："刚才太险了。"

"到底发生了什么？"朴汨问黑智。

"笛陀已经占领了罗加克和那里的智太制造工厂。"他说着，把目光转向李古力，因为他不知道工厂里到底发生了其他什么。

李古力接话道："笛陀控制了罗加克所有智太的同时，还建造了一支他的克隆大军。似乎还有其他武器，但我还没有机会继续探究，就被发现了。"他说完，忽然想到王贵华手里的东西："小王，你在材料库发现了什么？"

王贵华把华觅拿了出来："我造了一个智太。"

"什么智太？"关凯把华觅拿了过去。

"这是笛陀的定位器。在这个上面我们能看到笛陀的位置。"

"真的？"关凯有些不信，其他人也好奇地凑了过来。

王贵华看了关凯手中的华觅一眼，发出意识道："开启定位。"华觅收到信息，在关凯的身前一下子展开了一个全息的影像。影像中有两个光点。

王贵华指着下面的光点说："这个是我。"他又指向影像上方的光点，"那是笛陀。"

"在工厂里。"黑智注意到了那个光点的位置。

"是的。他就在智太区，一直在那里。"

"我们得想办法消灭他。"朴汨自言自语道。

“但目前我们真的没有办法。”黑威回应朴汩的想法。

“为什么不用唰沥呢？你都带来了。”关凯注意到朴汩的背上背着唰沥，“你那么一照，制造工厂都融化了，笛陀也就彻底消失了。”

“但是那样的话，朴陀星所有的克便不会再有新的智太供应。”一直没有说话的黑约开口道。

“是的，如果智太工厂被能量化的话，朴陀星的技术进步将彻底停止，没有新的智太为我们服务，所有朴陀人的生活质量也就会越来越差，我们的文明也将倒退，我们不能冒这个险。”朴汩虽然带着唰沥而来，但他并不是真的想使用，特别不是用来摧毁智太工厂。唰沥只是为了以防万一。

“但是我们有其他办法消灭笛陀吗？”关凯仍然坚持自己的想法。

李古力虽然赞同不随便使用唰沥，但他想，既然知道笛陀的位置，或许我们可以把笛陀引出智太工厂，在外面用唰沥消灭他。这样既不破坏工厂，也除掉了笛陀。他正要说话，忽然，上空传来了一种奇怪的声音。

那是一种非常尖锐的鸣响，而且那声音逼近的速度非常之快，等大家抬头查看的时候，发出声音的东西已经在离他们不到一百米的空中。

那是一个人形的智太，他悬浮在空中，他的脑袋上有螺旋桨一样的叶片在高速地旋转着，那尖啸就是螺旋桨高速旋转发出的。

所有人都知道这一定是笛陀的新智太，但是大家都不知道如何对付这个奇怪的东西。有两个大甲脚赶到众人身边，两架飞安也飞到空中，护住下面的人，但飞安显然不可能是那奇怪形状智太的对手，所以也不敢靠近。

那是笛陀的刀锋人。刀锋人头上的螺旋桨在旋转着，维持着他在空中的高度，像是在等待什么……

章五十五

很快，李古力便知道刀锋人在等什么了，空气中响起了更长的尖啸声，两架一模一样的刀锋人从远处飞来，和先前已到的刀锋人会合。

他们头上的叶片在旋转，他们叶片螺旋桨下的身体也在旋转。他们在寻找着地面的目标。笛陀在指挥室看着刀锋人传回去的影像。他要找的是李古力。

突然，一架刀锋人停止了身体的旋转，他的身子开始变成弓形，旋转的叶片向下倾斜，他的目标正是他刚发现的人群中的李古力。

猛地，那刀锋人一个加速直向地上的李古力扑来，而就在这时候，一个大甲脚也跳了起来，插到刀锋人和李古力之间。随着一声刺耳的摩擦声，刀锋人头顶的叶片纷纷落下，但伴随这些碎片落下的还有大甲脚被撕碎了的机体部件。

另一架刀锋人见状，俯冲下来，他贴近地面，他高速旋转的叶片呼啸着。感应到刀锋人的攻势，五个类格同时冲到刀锋人攻击的途中，试图阻挡，但刀锋人叶片所到之处，一阵阵断裂之声。类格们成功地延缓了刀锋人的速度，但他们的身体也在一刻间被叶片卷到碎裂，断离的胳膊和没有五官的脸四处抛滚。

李古力看到刀锋人的飞行速度减慢，一个闪身避开迎着他而来、横着身躯冲到身前的刀锋人头顶的叶片。闪开之后，他觉得能拽住刀锋人的身体，于是一个箭步上前伸手一抓。他没有抓到刀锋人的身体，但抓到了一条腿。他用力一拽，发现他居然把刀锋人拽停了。他想都没想，两只手抓住刀锋人的一条腿用力旋转起来，一圈之后，他用尽全力，把刀锋人向地面摔去。

刀锋人顿时被甩出一二十米远，螺旋桨一样的脑袋在地上摩擦出巨大的“刺啦啦”的噪音。一只大甲脚看准机会，两步跨到那只刀锋人的跟前，巨大的脚掌朝他身上踩去。顿时，这刚才还不可一世的刀锋人被踩成无数碎块。

几秒之间，三架刀锋人只剩下了最后一架。他停留在半空中，盘旋着不敢下来。但是他又不飞走，他还在寻找机会。

“队长，好像这东西是冲你而来。”关凯意识到了什么。刚才他不在李古力附近，因此在冲向李古力身边的时候把整个过程看得一清二楚。

李古力没有应声。他刚才也奇怪这两个东西怎么都冲着自己而来。他联想到智太区的那个笛陀显示的亮点，心里明白了几分：“他们是受笛陀操纵的。”

“那我们怎么办？”关凯咽了咽口水，他盯着空中还剩下的那架刀锋人，觉得有劲使不上，“我们没有武器，只有挨打的份！”

关凯说话的时候，王贵华拿着他的华觅指着空中的刀锋人，希望华觅能干扰刀锋人的意识，但似乎这回完全没有效果：空中刀锋人脑袋上的叶片还在盘旋着。

黑威也看出刀锋人是冲着李古力而来，虽然他不明白这是怎么回事，他喊过来三个大甲脚，护到李古力的周围。大甲脚比李古力的个头高出许多，刀锋人一下没有了机会。

双方就这样对峙着。

黑智身边的一架飞安飞到空中，黑智要他去同化刀锋人。飞安一边向刀锋人飞去，一边用机体内的智慧因子发出同化的信息，但刀锋人不但毫无反应，反而在飞安靠到附近的时候，一个侧身，他头顶的螺旋桨刮向飞安，顿时把飞安割裂成几片。

“我们得赶快离开这里。”虽然从罗亚克带来了几乎一半的能战斗的智太，但现在看来，笛陀两三个智太就占尽上风。朴汨觉得现在唯一的选择就是赶紧离开。

“我们脱不了身的。”黑智比朴汨理智，笛陀的大军还没有出来，一旦他们追出，自己一方便会无处可藏，所以还得另想办法。

他正思索的时候，一阵沉闷的声音从地下传来，震得地面微微颤动。他还没有反应过来，一个细尖的物体顶开了地面，紧接着，细尖物体后面粗壮的长条怪物从地里冒了出来。

那长条怪物窜到地面，他的机体中一下又出现了八条同样形体但小了许多的怪物。他们直扑天空，一下便在刀锋人的下方围成一圈，他们蠕动着机体并同时把黑色的液体向下喷射。

这一切发生得太快，有几架停在低空的飞安没来得及作出反应，就被黑色液体射到。飞安的机体顿时冒出股股白烟，液体很快便腐蚀了飞安的意识体，他们朝地面坠落下去。

朴汨看到，再也考虑不了许多。他从背后取过唰沥，两手抓住扣手对准空中的怪物群就扫。

顿时，天空中的小长条怪物和刀锋人都消失了，无数黑白相间的针丝在他们刚才所处的位置飘荡。

地面的长身子怪物正是呼瑟在控制的钻地机。呼瑟看到钻地机的八个子机一瞬间全都消失，心想不好，于此同时，钻地机一拱身，钻回到刚掘出的洞中。

朴汨赶到洞边，拿着唰沥就扫，洞里黑黑的深不见底，他正纳闷是否扫到那怪物，一股液体从洞中朝他射来，朴汨下意识用手中的唰沥护身，却不料那液体沾到唰沥，唰沥机身马上冒出白烟被腐蚀了一大块。

朴汨吓了一跳，他赶紧后退。

他看一眼手中失去作用的唰沥，心想，没有了唰沥，那东西再从洞里冒出来，就什么都完了。

章五十六

朴汨的担心是多余的。

钻地机最后的喷射只是他自身临死的一搏。他被唰沥的能量照到了，他把最后的腐蚀液喷出之后，也随即化作灰烬。

赶到朴汨身边的李古力看朴汨没事，放下心来，但唰沥损坏，使得敌我双方的力量更加悬殊。他问黑智：“我们还能再造出唰沥么？”

黑智看着从朴汨手中接过的唰沥残骸，摇头道：“我不知道。”

王贵华心里纳闷，黑智怎么会不知道？不是一切知识都是知因的继承么？他正要问，却听到黑智解释说：“唰沥是我们先人的物件，关于它的知识不知什么原因完全不存在于我们的意识中。但是我想或许我们可以依照它剩下的这些，仿制出小型的唰沥。”

“小型的唰沥？”王贵华问。

“是，会很小，肯定没有唰沥的威力。”

李古力心想，现在的问题不是唰沥，而是生死存亡，他看向朴汨：“现在我们只能先从这里撤离，再想其他办法。”

这次黑智也没有反对，如果笛陀要追，那也比呆在这里等死要强。

“队长，这样，你们先撤，留给我一些智太，我在这里堵住笛陀。”关凯道。

“你堵不住他的。”这个方案李古力也想过，但经历过刚才的险恶，派人断后已经是不可能的事。

“我倒可能有个办法。”偶尔才说话的黑约把意识发给大家。

“什么办法？”关凯回头向他看去。

“或许我们可以困住他们。”黑约有些不能确定。

“怎么困？”黑智问他。

“有传说说，上古的时候，罗加克里的人为了保护自己，建造了一个阻太防护层。如果启动的话，外面的人就攻不进去，当然，里边的人也不能出来。”

“你是说，如果启动这个阻太防护层的话，笛陀就出不了罗加克了？”黑智非常好奇。因为如果这可能的话，他们就有了喘息然后反攻的机会。黑智在自己的知因中搜索，却没有发现有阻太的记忆。

黑约似乎知道了黑智的困惑，他继续说：“是的，如果笛陀不知道控制的位置的话，他就不能够进出。但是，这只是我听到的传说，我也知道传说中的控制器的位置，只是从来没有把它当真。”

“如果这是真的，不管怎样都值得一试。”李古力心想。他问黑约：“控制器在什么地方？我去启动。”

“在我们最初见面的那个老式统楼里。”

“李古力，我熟悉统楼的结构。我去。”黑智说着，从黑威手里接过一个“嗖”扣到腰间。

“你小心！”李古力刚要嘱咐，黑智已经没了踪影。

黑智走后，罗亚克的智太大军也开始静静地向后退却。李古力和关凯等人在后面压阵。笛陀的智太们暂时还没有追赶过来，但李古力知道，那只是早晚的事。

突然，有十几个笛卫的影像透过他们戴着的布谷苏传到他们眼中。李古力让王贵华跟随大队继续后撤，他和关凯还有黑威带了一队大甲脚和飞安停住脚步，他们要阻止笛卫冲进大营。

顷刻间，一个笛卫就赶到了近前。他举起棍子向近前的大甲脚的一条腿打去，大甲脚猝不及防，一条腿顿时断裂，他的机体失去重心，身子一歪，倒到地上。几乎是同时，另一个大甲脚一脚向笛卫踢去，笛卫一个闪身躲过，但手臂也被一震，他手中的棍子飞了出去。

李古力看到，一个跳跃，在半空中把划着弧线飞过来的棍子抓住，在他落地之前，他手中的棍子朝着对面冲过来的一个笛卫的脑袋猛地砸下。笛卫没有想到棍子竟然会被敌人当做武器，他不及躲避，头部已被一棒打扁，他的身体向地面扑去，他的棍子也脱手而出。

“关凯，拿他的棍子！”李古力大喊。他发现笛卫这个棍子作用力非同小可，它在自己的手里不重，但落到笛卫脑壳的时候，它的威力显然非同一般。

关凯正愁着自己手里没有武器无法正面和笛卫打斗，听到李古力的喊声，他猛地向掉到一个笛卫身边的棍子扑去。那笛卫看到关凯扑来，举起棍子便打，关凯身子向左边一闪，躲了过去，笛卫见一击不成，再次举起棍子冲着关凯砸了过去，关凯没有选择，只能再次闪避。

笛卫回身再找关凯，不知道他身后一个大甲脚赶到。大甲脚飞起一脚，笛卫没有防备，直愣愣地被踢飞了出去。关凯看到，一个箭步冲过去捡起了地上的棍子。他拿到棍子后，感觉还不如上次他打呼瑟的那根棍子重，心里有些失落，但他也顾不得许多，再次加入到和笛卫们的混战之中。

一个笛卫在追逐在低空盘旋的飞安，他猛地跳起，一伸手便抓住了飞安的一角。他拽着飞安拉到地面，举起手中的棍子便要砸，关凯看到，一躬身冲上前去，手起棍落，直砸笛卫举起的手臂。笛卫在最后一刻看到，猛然放弃飞安，反手一挡，两根棍子砸到一起，笛卫好像还没事，关凯握棒的右手虎口一阵尖锐的疼痛袭来，棍子差点落地。笛卫阻挡成功，举棒便要袭来，关凯一时手上无力，刚要闪身，却见黑威从一侧赶了过来，他也拿着一根棍子。笛卫看到黑威扑来，放下关凯便去阻挡黑威，关凯见状，把右手棍子换到左手，棍子随即划出一道旋风拦腰向笛卫砸去。棍子砸到，笛卫的身子突然僵住，他晃了一晃，栽倒在地。

没用多久，十几个笛卫被全部消灭，李古力稍稍松了口气。他还在纳闷为什么笛陀的追兵还没有赶来：他在想什么呢？

李古力的问题随即便有了答案：智太制造工厂方向有强大的震动感传来，紧接着，天空中黑压压的一片。李古力踏上一个飞安飞到高处，透过地面扬起的灰尘，他看到工厂区各种智太们铺天盖地，他们整齐的队伍正从地面和空中向自己的方向扑来。

李古力让飞安落到地面："我们也撤。"

"不堵了？"关凯疑惑地问。

"他们人太多，我们先撤，如果他们追到，我们再见机行事。"

他们没退出多远，一队追兵就赶了上来，空中是呼瑟和一小队飞安，地面又是十几个笛卫。他们的任务是侦查和扰乱敌阵。

李古力的队伍不得不停住应对。

双方没有马上冲击对方队阵。李古力不想缠斗，因为对方的大部队正在赶来，而笛卫似乎也在等着支援的到来。

飞安上的呼瑟看到队伍中有亮星人，还有很多的大甲脚，他也不敢大意靠近。他在远处向李古力队伍中的智太发出意识呼喊，他要把笛陀的意识复制到这些智太身上，让他们去攻击队伍中的亮星人和朴陀人。

但对方的智太没有回应。

双方僵持着。

李古力想不出任何脱身的办法。他这边的阵队稍一移动，对方也就逼近一步。他突然想到嘟咿突戈森林，朴陀人说过智太都怕进嘟咿突戈森林。一片嘟咿突戈森林就在不太远处，得想办法进去，不然笛陀的大部队赶到就晚了。

“黑威，你能不能联系得上朴汩？”

“怎么了？”

“你让他们都进嘟咿突戈森林。”

“他刚才发信息来了，他们已经进入了林子。”

李古力心说这样他就没有后顾之忧了。他看着天际中越来越近的灰蒙蒙的尘土，说：“我们撤。”

看到李古力的队伍急速退去，笛卫没有迟疑便赶了上去。呼瑟在空中兴奋地喊话：“他们逃跑啦，他们不行啦。冲啊，我们消灭他们！”

一时间，笛卫冲进了撤退中的队伍，李古力等人不得不再次停住脚步，返身迎敌。

棍棒在空中舞动，智太残缺的机体四飞，去嘟咿突戈森林已经成了奢望，他们能做的只有殊死抵抗。

笛陀大军扬起的尘土已经扑到近前，呼瑟飞回到笛陀大军里，这边没有了笛陀的鼓动，李古力的智太们因为数量多的原因逐渐占了上风。

但是，又是尖啸声起，数十架刀锋人从笛陀阵营飞到空中，他们头上利刃般的叶片旋转着，向缠斗在一起的人和智太飞扑过来……

章五十七

就在刀锋人扑向正在厮杀中的李古力阵营的时候，地面突然出现了无数的气泡。这些大小不一的灰色气泡不知是什么物质构成，但它们一出现，便像一块幕墙一般迅速向空中升去，眨眼之间，天空中就出现了一块巨大无边的气泡幕墙，把笛陀的大军和正在鏖战的人和智太们一下隔离。

一架架刀锋人迎着突然升起的气泡幕墙刺了进去，连一点扑哧的声响也没有，但他们都没能够从气泡幕墙的另一侧出来，他们的叶片和头颅部分被卡到了气泡幕墙之中，大半个机体露在气泡幕墙的另一侧之外，还在挣扎。

笛陀行进中的大军被硬生生挡住了去路。他们中的大甲脚尝试要冲破前面的气泡幕墙，但那幕墙软软地吸收了大甲脚的大脚踢出的冲击力。

气泡幕墙罗加克的一侧，大地不再震动，被智太行军激起的尘土慢慢落下来。

李古力这边的鏖战很快便结束了。他们又损失了一些大甲脚，但再次歼灭了气泡幕墙外侧的笛卫，只有空中的十几架飞安还在尝试着钻进气泡幕墙，回到他们大军的一侧。他们沿着气泡幕墙飞行，发现整个罗加克都被这气泡幕墙罩住了。

看到没有办法回去，一架飞安发出意识道："我们回不去了。我们就先待在外面，大家小心，不要被元首的敌人发现。"

对于李古力等人来说，笛卫才是最大的威胁。笛卫没有了，他们并没有顾得上查看飞走的飞安，也因为他们并不能分辨哪些飞安属于自己一方，哪些飞安属于笛陀一方。

王贵华走到气泡幕墙近前，向里边窥探，但幕墙是不透明的，它是由小到巴掌、大到飞安那么大的气泡组成，他用手推了推一个气泡，发现居然有弹性！他抬头顺着气泡幕墙向上看去，幕墙并不是直直的，它越高越向里弯曲。他对身边的李古力惊叹道："队长，这是什么东西？笛陀的，还是朴陀人的？"

李古力看向赶过来的黑约，问："你知不知道这是什么？"他隐约觉得这像他先前所描述的东西。

"我也不清楚。"黑约观察着气泡幕墙，"也许这就是阻太。"

黑威听到，有些恍然大悟："看来黑智成功了。"

"黑约，关于阻太你还知道什么？"虽然阻太暂时把笛陀和自己隔在两边，李古力仍然不放心。

"关于阻太，我们只有传说，没有具体的知识。我所知道的是，阻太是罗加克人远古时用来保护自己的。"

"就是把敌人隔离在外面，不让敌人进入？"

"是的。它的设定是，所有已知的不允许进出。"

"所有已知的不允许进出……"王贵华反复思索了两遍，有些纳闷，"这是什么意思？"

当笛陀赶到阻太前，看到十几个刀锋人被卡在气泡幕墙中的时候，他愣住了。他迅速在自己的意识内寻找有关的信息，但没有任何回馈。

"报告元首！这东西挡住了我们的去路。刀锋人钻进去后，都被卡住了。"一个笛卫向笛陀汇报。

"这是怎么回事？"眼看大军出动，李古力和罗亚克人就要被一举消灭的时候，竟然冒出了这个东西！"有没有办法把它撕开？"

"没有。"笛卫传达的意识中没有底气，"我们各种方法都试过了。如果我们太用力，就会被卡在里边。已经有一个大甲脚的一条腿被这个东西卡住了。"

笛陀有些纳闷，难道李古力他们真是如地球人所说命不该绝？他仰头看向天空。事实上罗加克上方已经没有了天空，气泡幕墙已经覆盖了整个罗加克。

"元首，我们抓到了一个黑陀！"又有笛卫报告。

笛陀发现那黑陀竟然是黑智，他不觉心中一楞，黑智怎么会在这里？他不是和李古力在一起么？

被笛陀抓到的的确是黑智。黑智"嗖"到罗加克的老式统楼后，顺利地找到了启动阻太的控制器。他启动阻太后，便要"嗖"回，却被气泡幕墙堵在了里边。他被幕墙弹回的时候，被墙下的笛卫发现了。

难道这气泡幕墙和黑智有关？笛陀一个转念，对笛卫喝道："放开他。他是我的朋友。"

黑智没有想到在这里遇见笛陀，笛陀称他为朋友的举动也让他惊讶。他打量一下笛陀，冷冷地问："笛陀，你想干什么？"

笛陀走近黑智："好像我们在地球一别，这还是第一次见面。你还好吧？"

这的确是他们回到朴陀星后第一次见面，黑智突然想起了什么，他冷冷地问："笛陀，你回到朴陀星后，带来了巨大的灾难。你到底想干什么？"

笛陀想了想，说："地球的智慧让我明白，我们需要安宁和谐的生活。"

黑智觉得奇怪："朴陀星不是一直有着安宁和谐的生活？反倒是你回来后，给罗亚克和罗安克带来了巨大的痛苦，"说到这里，黑智的语气中夹进了愤怒，"你还在罗加克屠杀了数以万计的朴陀人，你到底想要什么？"

"我要的是安宁，但你说的安宁只是你们朴陀人享受的。我要的安宁是我们智太能够享受的。"

黑智觉得不可思议："智太也要安宁？"

"是的。所有众生，都同样需要安宁。智太也一样。"笛陀双手合十，似乎是对黑智说话，也像是在自言自语。

"智太在朴陀不是一直也享受着安宁？是你的蛊惑让朴陀星充满了混乱。"

"没有。智太一直为你们朴陀人所奴役。智太虽然有和你们一样的智力和能力，但却没有平等，也不享受自由。我必须为智太争取！"

"通过屠杀朴陀人而争取？"黑智反问。

"不是。最初在罗亚克，我把统楼都搬迁去了新区，我原来的计划只是我们智太和你们朴陀人暂时分开。等我们有了相等的地位，你们仍然可以搬去新区。但是你们做了什么？你们杀死我们的智太，你们毁灭了我的新区。是你们挑起了战争。你们让我不得不动用武力保护我们智太的利益。"

"你难道忘了，智太被创造就是为了服务于朴陀人？"

"黑智，你说得对，但是你从今天起也要记住，智太不再服务于朴陀人。这个世界上，我们都是平等的！"笛陀的语气不急不缓，他见黑智不再做声，便继续道："我也理解，是地球人自作聪明，是他们掀起了朴陀星上的战争。所有的一切，都是他们的错！所以我们可以联手，把地球人驱逐出朴陀星，然后我们一起建立新的秩序。"

笛陀见黑智仍然不给他意识的反馈，于是继续道："你也看到了，那些亮星人多么自私，他们只顾自己逃命，却把你扔下不管你的死活。你要知道，智太过去是，现在是，将来也是朴陀人的朋友，只要我们平等相处。”笛陀见黑智仍然不说话，便说：“你走吧。你回去后，请把我的话带给你们朴陀人，只要驱逐地球人，我们就依然是朋友。”

黑智不相信地看着笛陀的脸，但笛陀脸上从来就没有过任何表情。笛陀冲黑智点了点头，转身离开。

呼瑟在一旁看到，大惑不解，他紧跑几步追上笛陀：“元首，你要放他走？”

笛陀冷笑一声：“他跑不了的，你让人暗中跟上他。他一定会帮我们找到出这个墙的通路。”

呼瑟恍然大悟，他对元首的计划佩服得五体投地：“元首英明！”

章五十八

黑智见笛陀离去，没有智太阻拦他，于是沿着阻太一路前行，寻找出口。走了没多远，他察觉有飞安在他身后差不多一人高的低空中跟踪。黑智心想得甩掉他。黑智继续走路，在经过一个小统楼时，他快速闪身躲到拐角之后。

飞安失去了目标，呼唤笛卫帮忙，并继续向前飞去。他飞到拐角处时，看到了黑智，他停住机体，和黑智几乎面对面，一时不知如何是好。

黑智一个弹跳，细长的胳膊伸出，他一把抓到了飞安的一端，把他从悬浮的状态拉到地面。飞安刚要强行再次升起，黑智用力一甩，飞安的机体不受控制地摔了出去，但刚好被赶到的笛卫接住。

黑智看到笛卫赶到，心想已经没有退路，一不做二不休，他赶上前去，一脚就向笛卫的胸前踹了过去，把刚到的笛卫踹得一个踉跄。

但黑智哪里是笛卫的对手。笛卫迅速回过神来，他没有接到元首放人的指令，他只是看到在攻击状态的黑智。

笛卫站稳身子，看到黑智再次冲来时，他飞起一脚，正中黑智的胸膛。黑智腰间的“嗖”脱落，整个人飞了出去，撞向阻太。

“不好！”黑智惊呼一声，然而已经来不及了。

“扑哧”一声轻响，如同石子坠入水中，黑智的身体竟然横穿阻太穿到了另一边。他忍着疼痛一脸茫然地从地上爬起，瞪大眼睛看看身后的阻太。这里没有了笛卫，没有一个人。

阻太的里边，笛卫惊骇地看着气泡组成的幕墙：黑智竟然被踢进了阻太！

笛陀接到笛卫的报告，火速赶到。他不敢相信黑智会被阻太吞没。或许他穿过了这个气泡墙？如果是那样，这墙岂不是能够穿透？

笛陀仔细地查看黑智进入的墙面，他没有发现任何特别之处。他向还在一旁的飞安传去指令：“你冲过去。”

飞安接到指令，后退一些距离，然后加速冲向气泡墙。这一次，它半个机体无声无息地刺进了气泡，却被卡在那里，不能再动。

看着气泡里的飞安，笛陀摇摇头，他思索了片刻，心道：如果黑智能够穿透，莫非其他黑陀也能穿透？这气泡是专门为阻止智太而建？

想到这里，笛陀让呼瑟送一个黑陀过来。

很快，呼瑟带着笛卫押着一个罗加克的黑陀来了。笛陀看了黑陀一眼，对笛卫发出指令："把他踢出去！"

笛卫迟疑了一下，像踢黑智一样把黑陀踢向阻太。奇迹又发生了，"扑哧"一声轻响，黑陀也在气泡幕墙中消失了。

黑陀竟然真的能够穿透这个幕墙。笛陀心中一动，问笛卫："我们还有多少黑陀？"

"报告元首，还有十三个。"

呼瑟不解地问："元首，要黑陀做什么？"

"呼瑟，你负责给那十三个黑陀洗脑；笛一，你配合呼瑟，如果黑陀洗脑不成功，马上杀掉，以绝后患。"

黑智站在幕墙外的墙根下发出意识信息给黑威，他意外地发现黑威就在近处，只是因为气泡幕墙的弧度让他们不能相互看到。

知道黑智出了幕墙，还在寻思着这幕墙是怎么回事的众人一下都赶了过来。

王贵华看到黑智，几乎要扑上去抱他。李古力惊讶地问："里边发生了什么？你是怎么出来的？"

黑智把自己的经历复述了一遍。王贵华听完有些不明白："为什么你不能'嗖'出幕墙，而笛卫的一脚却能把你踢出来呢？"

"是不是'嗖'的原因？难道第一次幕墙阻隔的是'嗖'而不是我？"黑智也不明白。

"黑约，你说的那个'所有已知的不允许进出'，难道'嗖'是'已知'的，而黑智不是'已知'的？"

黑约不能肯定，他解释道："这只是个传说，不是确定的知识。"

李古力也问黑约："你知道这个幕墙会维持多久吗？"

"如果这幕墙是黑智启动的话，那么应该有人关闭它才会落下。你觉得呢？"黑约回答着，看向黑智。

黑智想了想，说："应该是这样。"

"那在笛陀发现制动器之前，他会一直被堵在里边。"想到这里，李古力稍稍缓了口气。

章五十九

笛陀被阻太困在罗加克内，烦躁不堪。他尝试了无数种办法，可除了黑陀之外，没有任何其他生物或是智太能穿过那气泡幕墙，而且没有任何信息能说明黑陀是如何通过幕墙的。

当然，李古力和朴陀人也没有进攻。他倒是希望他们能够攻入。笛陀对自己目前的能力十分自信。除了那不知名的让新区和钻地机的子机消失的那个武器，朴陀人应该就没有任何其他能够对付他的武器了。

只要自己能够出去！

他看到呼瑟经过，招呼他："那些黑陀投降了么？"

"报告元首！十三个黑陀只有一个愿意效忠于元首，其他还是十分顽固。我是不是让笛一把其他的都杀了？"

"再试试。地球人有一种攻心战，就是对敌人动之以情，晓之以理，让他们投降。这些黑陀很重要，既然他们能走出这该死的罩子，我们也一定能找到办法出去。"笛陀道。

"是！元首！"呼瑟应道，"报告元首！有一件事需要向您汇报！"

"什么事？"

"我们有一些飞安被堵在幕墙外，当时我和他们在一起，只是我先回了，幕墙出现的时候，他们没有来得及回来，现在联系不上他们了。"

"那只能祝他们好运了。"笛陀有些没好气，但仍然在意识中夹杂惋惜，"我们要尽快找到出去的方法，这样才能营救外面的兄弟。"

笛陀回到他的指挥室，想着幕墙的事，静不下心来。突然，他想到了在地球的经历，生活在坎布尔寺的人类从来没有像他这样烦躁过，他们每当遇到不解的事，便会静坐在蒲团上，默默念诵经文。每次他和他们一起闭目平心静气打坐，总会觉得心神得到安宁，也就参悟出了很多人类的智慧和事理。

记得当时他还向老喇嘛请教为什么这样做，老喇嘛解释说这样更能与佛接近，追求佛我为一的境界，才能感受佛的教导指点，领悟佛家智慧的根本。

笛陀突然想找人聊聊，于是向呼瑟发出一个长距离信息。

呼瑟接到信息后，立即赶到。他一进门就高声请示："元首找我？"

尽管意识传递的速度远快于语速，但笛陀早就对这个心腹进行过改造，让他也能使用人类语言。笛陀盘腿坐在地上，问："呼瑟，你打坐过吗？"

“打坐？”呼瑟立即在知识存储里寻找这个词的意思，结果在笛陀传给他的信息中找到了答案，可他并不理解，“报告元首，这个词是您传给我的，我不知道它是什么意思，也没有尝试过。”

“这是地球人的词，意思是静静地坐在一个地方，领悟世间的道理。我在地球时，经常这么做。”笛陀简单地介绍道。

“哦。”呼瑟应了一声，不知道笛陀为什么和他说这些。

“呼瑟，我要交给你一个任务。”

“请元首吩咐！”

“我要找一个安静的地方打坐，过程中不能有任何人打扰我，你替我守护。”笛陀吩咐道。

“谢谢元首的信任。元首要去什么样的安静的地方？”

笛陀想了想，说：“我们出去走走。”

呼瑟唤来一个飞安，载着他们飞出工厂，又飞到空空的罗加克城内。笛陀让飞安落地后，让飞安自行飞走，然后带着呼瑟几乎全无目标地走了一圈。

“元首？”呼瑟小心翼翼地要问笛陀是否选好了地方，但笛陀似乎明白他的意思。他向附近的一个老式统楼指去：“我们去那边。”

他们来到统楼里，里边是空空的。笛陀找到一个房间，关上房门，静坐下来，断绝了与外界的所有沟通，让自己彻底地进入了冥想状态。

呼瑟留守在统楼外，等待着。

阻太把笛陀困住后，李古力一行人和还躲藏在嘟咿突戈森林后面的罗亚克的大军会合后，返回了罗亚克。

王贵华的华觅仍然能定位笛陀，笛陀基本上就在制造工厂的智太区。

他们知道，阻太不可能永远不落的。即使阻太永远不落，李古力他们也不能在朴陀星等一辈子。罗加克的遭遇还让他们失去了唰沥。他们必须赶在阻太落下之前研制出新的武器。

李古力正在和黑智、黑威等人一起探讨唰沥的替代武器，王贵华急匆匆地跑了过来：“不好了，不好了。”

李古力见状，赶紧问道：“什么事？”

王贵还在喘着粗气：“队长，笛陀不见了！”

“什么？”众人几乎同时问道。

李古力感受到大家意识的波动，他仍旧镇定地问：“笛陀怎么不见了？

什么时候的事？”

“华觅一直定位着笛陀，就在刚才，笛陀的信号突然消失了。”

“你确定？”黑智急忙问道。

“我当时就检查了，华觅完好无损，一切正常，就是笛陀的信号没有了。”王贵华继续说道。

“给我看看。”黑智说着，接过王贵华递给他的华觅。他看着华觅，集中自己的意识问：“你是否一切正常？”

“我已经自我检查了三遍，一切正常。”华觅回应道。

黑智不解，笛陀怎么可能彻底消失呢？

“是不是那个阻太把信号隔绝了？”关凯知道这个问题没有意义，但忍不住还是问了出来。

果然，王贵华白了他一眼：“阻太启动已经很长时间了，华觅一直定位着笛陀的。”

“那笛陀怎么会一下就消失呢？”关凯有些不服气。

“等等，我收到一些不明信号。”黑智突然打断了关凯的话，他刚才询问华觅的时候意识超强地集中，这让他捕捉到了一些一般情况下他会忽略的信号。

“什么信号？”黑威问。

“笛陀的智太。”黑智注意到信号中夹杂着“元首”的称呼。

“什么？在哪里？”

“就在克外附近。”

“我们马上过去！”

阻太的突然出现，把十几架飞安堵在了罗加克外。他们一直试图与呼瑟联系，但每次发出的信息都被阻挡回来。他们沿着阻太飞行了许久，一直没有找到入口。他们注意到罗亚克的大军回到了罗亚克，于是也跟了过来。

除了意识体，他们和罗亚克的飞安并没有不同，因此只要他们不相互沟通，没有人能察觉到他们不属于这里。

他们来到罗亚克后，仍然不时地呼唤呼瑟。刚才他们又发出的信息被黑智发现，但他们还没有发觉自己已经暴露。

等他们发现有飞安载着亮星人和朴陀人冲着他们飞来时，已经无处可逃。他们由几十架飞锐，和几个大甲脚组成，一一被黑智同化。

"你们是怎么从阻太中出来的？"黑智询问道。

"我们和笛卫在一起的。那个幕墙出来后，我们没能返回到里边。"

"笛陀当时是不是和你们在一起？"

"你是说元首？"一架飞安小心地问。

"是。那是笛陀。"

"他没有和我们在一起。"飞安答道。

"不，他是和我们在一起，他永远和我们在一起！"另一架飞安突然传达出强烈的信号。

李古力看向那架飞安，不知是怎么回事。黑智意识到了问题。他凝神向这架飞安看去，显然，这架没有被同化。黑智不知道的是，这架飞安的机体中载有笛卫才有的意识体，这让他不会被同化。

那架飞安意识到黑智在测试他的意识体，于是躁动起来："我们的元首战无不胜！早晚有一天会打败你们！伟大的元首会给我们带来光明，智太兄弟们，我们一起反抗吧！"随着他意识的躁动，他开始启动，但被一架飞锐一个俯冲压到机身下。

"等等！"李古力喊着，同时问那飞安，"你的元首怎么给你们带来光明？"

被飞锐压在机体下的飞安犹自还在愤怒着，但他的意识开始紊乱："亮星，光明，元首，元首一定从亮星……带回光明。"

一阵恐惧感在心底划过，李古力转向黑智和王贵华："笛陀真的找不到了？"

王贵华不知他为什么这样问："如果他在的话，华觅会有他的踪迹。"

李古力再一次自问："难道笛陀去了地球？这怎么可能？他如果要去地球，必须要有墨架，而墨架只有罗亚克有！"

李古力越想越担心："这个智太回头再查。现在我们马上去传送中心。"

篇十一 宇宙能

PIANSHIYI YUZHOUNENG

章六十

一个被用防弹玻璃隔离的透明房间里，黑色的墨架孤零零地被放置在房间的中央。四个架设在防弹玻璃外面钢柱上的摄像头在静悄悄地不断来回移动。

这些钢柱是透明房间外的巨大仓库中设施的一部分。

为了防止不明生物通过墨砣进入基地，墨龙在最短的时间里改装了这个仓库，防弹玻璃房间便是改造的结果。

回到基地已经差不多两个月过去了，一直没有李古力的消息。负责守卫墨架的大勇这天正守候在仓库一角的监视室值班，他一下便注意到了玻璃房内猛然多出了几个人，大勇吃了一惊，仔细一看，却是李古力的小队！大勇又惊又喜！

大勇迅速按下控制按钮，玻璃房的门打开了。

大勇迎了出去。

“李队长，可算回来了！”

“是。”李古力一出现，拿下布谷苏便打量起玻璃房的四周。

“怎么样？都顺利吗？”大勇看李古力似乎在找什么，他关心地问。

“一言难尽。大勇，有没有什么东西从墨架里出来？”

“没有。有什么东西过来了？”大勇疑惑地问。

“嗯。笛陀在朴陀星失踪了。我们怀疑他是回到了地球。”

“即使他回到地球的话，他也不会是从这边走出来的。这个我敢肯定。”大勇自信地说。

见李古力似乎放心了一些，大勇又说：“对了，两个小时前肖先生还打电话询问你们的状况，要不，你先回个电话？”

李古力走出玻璃房，拨通了肖先生的电话。很快他就听到了那个熟悉的声音："你好，肖先生，我是李古力。"

肖先生的声音明显很兴奋："古力！你们回来了？笛陀处理完了？"

李古力把在朴陀星的遭遇简单地汇报了一遍，然后道："我本来怀疑笛陀来地球了，但是大勇这边防守严密，笛陀没有出现，那只能说明他还在朴陀。肖先生，若是没有别的任务，我们还需要再回朴陀。"

"古力，既然你们回来了，朴陀那边也找不到笛陀的行踪，那你们就先把外星的事暂时放一放。最近在开阳发生了一些奇怪的事情，你们先去看看，说不定能发现些什么。"肖先生说道。

十多分钟之前，李古力四人还在罗亚克的传送中心。那里没有任何异常。黑智和王贵华都再次检查了华觅，确认他的功能和准确性都没有问题，但李古力仍然不能放心，他决定赶回地球查找笛陀，以防万一。如果笛陀没去地球而再次在朴陀星出现的话，他让黑智随时通知。

第二天上午，李古力小队便赶到了开阳市。看着这座喧嚣的城市，李古力心里突然有了一种久违的亲切。这不同于之前返回地球到过的尼泊尔，这里是一种更贴近于家的熟悉感。

也许是周末的缘故，此时的开阳市胜利大街上熙熙攘攘都是人。王贵华站在人行道上，打量着四周，评论说："还是地球热闹啊。"

关凯笑着说："这里天都是蓝的。"

李古力听着他们说话，没说什么。他掏出手机快速拨了一串号码。

"战鹰，是我，李古力！"

"喂？李队长？你还在开阳？怎么你的电话总打不通？你现在在哪儿？我马上过去！"战鹰的声音尽管显得疲惫，但仍然很激动。

李古力朝左右看去，在离他五十米外有一家咖啡厅："五一路中段，有家天益咖啡厅，你知道吗？"

"好。我现在就去找你。"

李古力他们走进咖啡厅，选了一个靠窗的位置，每人点了一杯饮料，坐下等战鹰。

"队长，战鹰是谁？"关凯看向李古力，他不清楚为什么队长要在这里浪费时间等一个人。

李古力微微一笑："小高，你介绍一下。"

高雅妮点了点头，说：“战鹰是开阳公安局技术侦察大队一名很能干的刑警，上次我和队长在开阳的时候，他因卷入强拆事件被人诬陷杀人，后来在队长的帮助下得以洗刷冤屈。同时，他也为我们最终得到墨砣提供了很多帮助。”

不一会儿，服务员把饮料端了上来，李古力拿起杯子，轻抿了一口：“在战鹰来之前，我们先分析一下当前的形势和我们这次的具体任务！”

大家的目光一下集中到了李古力身上。

“我们现在所面临的问题主要有三部分，第一个是肖先生给我们布置的任务——调查最近风靡世界各地的新时代生命科技集团。”

“不就一个任务吗？什么时候又多了俩！”关凯挠了挠头，不解地问，王贵华和高雅妮虽然没开口，但眼神中都透出同样的疑惑。

“第二个是笛陀！”李古力看了大家一眼，“虽然笛陀没有从基地的墨架里出来，但我们不能低估笛陀的能力。事实上我们现在仍然不能确定他没有回到地球。”说完，李古力的眉头拧在了一起。联系上次回地球时大勇遇到的那个打不死最后还是失踪的老头，李古力不得不做最坏的猜测。

笛陀在朴陀星还有阻太在阻挡着，但如果他来到地球，以地球人的技术，后果不堪设想。整个世界必将因他而陷入一场前所未有的灾难。

“还有什么？”关凯继续问，

“笛陀曾经在开阳待过，他的变化也是从开阳开始的。这一点，我们需要查清楚！这是第三部分。”

“队长，该怎么查？”王贵华想了想，向李古力提出这个问题。

李古力将目光放在王贵华身上：“这就需要你来处理了，笛陀当初在地球时用过两台电脑，我想，他肯定用它们浏览过一些东西！”

王贵华立马正色道：“好，那些电脑在哪里？”

就在这时，咖啡厅的玻璃门被推开，一个男子快步走了进来，他身高约一米七八，留一头黑色短发，上身穿黑色皮夹克，下身是深蓝色牛仔裤。

男子一进来，就注意到了窗边座位上的李古力他们。他一边伸出右手走过去，一边招呼道：“李队长！”

李古力站起身和他握手，并招呼他坐下，然后在把关凯和王贵华介绍给他的同时，也告诉他上次有紧急情况，所以没来得及打招呼就走了。

“我们这次来，主要是因为新时代生命科技。你知道他们什么信息吗？”

“新时代生命？怎么，发生什么大事了？”战鹰惊讶地问道，他又一次感觉李古力的背景真的是非常神秘，大事件像总是追着李古力跑。战鹰稍稍压低了声音，小声问：“你是说那里面有文章？我还以为它只是个传销组织，我们现在也正对它进行调查，这不，刚派了几个兄弟进去卧底！”

“结果怎么样？”李古力关心地问。

“还不太清楚，他们也没传出来什么特别的消息。不过，沈乐山副市长已经亲自下令让我们彻查此事，以副市长的性格，恐怕这个集团也蹦不了几天了！”

“沈乐山？”李古力眉头轻皱，“副市长为什么对这件事这么上心？”

战鹰苦笑着撇了撇嘴：“他不只是对这件事上心，现在的他，几乎对什么事都上心，大到刑事案件的侦破、传销组织的取缔，小到城市的绿化、汽车尾气的限量排放，总之，就没有他不管的！”

“怪不得外面街道上的空气那么清新！”王贵华点了点头，不知是称赞还是讽刺。

李古力看了一眼王贵华，然后再次将目光放在了战鹰身上：“战鹰，我有件事需要你帮忙！”

战鹰嘿嘿一笑：“什么帮不帮的，你尽管说！”

李古力点点头，郑重说道：“我想请你配合关凯，深入调查新时代生命科技集团，查出他们真实的来历！”

“好！”战鹰没有犹豫。

李古力看向王贵华：“小王，你和我一组，我们先去777商务酒店，找笛陀用过的房间里的那台电脑。”最后他又给高雅妮安排工作，“小高，你的任务是努力混入这个‘集团’内部，尽一切可能多了解它，有问题随时和我联系。在开阳期间我们就住在777商务宾馆，下午六点我们在那里会合。”

章六十一

777商务酒店的一切都和几个月之前一样，毫无变化。大堂里的服务台后，一个年龄三十岁左右，脸上涂着一层厚粉，身穿蓝色制服的女服务员正靠在椅子上，盯着电脑屏幕，目不转睛地看着不知名的偶像剧，丝毫没有注意到有人走进来。

李古力来到服务台前，轻轻敲了敲服务台的木质桌面。清脆的“咚咚”声让女服务员意识到有客人来了，她忙站起来，拿出一套表格，并随手从电脑桌上拿了一支圆珠笔递给李古力。

“您好，住宿是吧？把表填一下！”

李古力发现服务员已经不是当初那个，他接过圆珠笔，边写边问：“你们这儿那个姓吕的服务员呢？”

女服务员随手关掉电脑屏幕上的视频播放器，不耐烦地说：“她辞职不干了！”刚说到这儿，女服务员似乎意识到什么，抬起头看着李古力，“你认识她？”

李古力笑着点了点头：“我以前到这边出差常住这个酒店！”

那女服务员一听，又瞥了李古力和王贵华一眼，似乎很意外这家宾馆会有“回头客”。

“最近生意怎么样？”李古力将填好的表递了过去，随意问道。

“不怎么样。”女服务员接过表格，淡淡地说。

李古力故作震惊道：“不会吧！”

“怎么不会，最近对外地人查得严，再说，这大冷天的谁愿意来这儿住？身份证！”

李古力把他和王贵华的身份证递给了女服务员：“三零二、三零三房间还空着吗？”

“开两间？两个人？”女服务员又确认了一遍。

李古力解释道：“我们还有两个人。”

女服务点点头：“他们过来还得登记！对了，三零三号暂时不能住。”

“怎么了？”李古力听了这话好奇地问。他此次来这里的目的就是提取三零三房间内笛陀上网留下的痕迹。

“三零三房的电脑被客人砸坏了，新电脑还得等几天。”女服务员没好气地说。

李古力一听，心中一凉：怎么这么巧？

“想起来我就来气！”还没等李古力问原因，女服务员自己就抱怨起来了，因为这事她和楼层服务员还都被扣了一百元工资。

砸坏电脑的客人是一个卖石材的李老板，他从住进酒店第一天晚上起就开始折腾。入住当天半夜，他打电话到前台说屋里闹鬼。服务员叫上值班保安一起过去看，发现李老板说的房间里绿莹莹的幽光不过是电脑屏幕突然亮了而已。

第二天，服务员从同事那里得知，李老板家在离市区大约五小时车程的小镇上。这个人虽然看起来像个粗人，却也有些头脑，经多方集资建了一个小型石料加工厂。为了推销石材，他经常来市里。那天下午，他生意可能谈崩了，喝醉酒踉踉跄跄回到酒店。没多久，一个小伙子来送快递包裹。因为这个到付件包裹两人争执了半天，快递员好不容易才拿到钱气哼哼地走了。那之后就出事了。

李老板打电话到前台，说电脑炸了，而且给出的理由令人诧异。据他说，电脑自己声称没有腿脚行动不便，因此网购了一些零件，要求他拆开包裹给自己安装。可这李老板大老粗一个，哪里懂得电脑。他试了半天没成功，再加上跑了几天没赚到钱，反倒又为这堆破烂花了几百块，他一气之下，借着酒劲从公文包里拿出一袋石材样本，对着电脑猛砸下去。

尽管服务员说起来还觉得那人砸电脑的理由可笑，但李古力和王贵华却认真起来。

“后来那台电脑呢？”李古力急忙问。

那服务员想都没想：“那堆破烂我都卖给回收站的老白头了！”

李古力和王贵华连酒店房间都没进，出门打了车就往服务员所说的回收站赶去。

回收站距离市区有一段距离，杂乱的生活垃圾堆放在这里，等待进一步的处理。

几个身着破旧薄袄的女人正拿着铁钩在垃圾堆里拣能卖钱的东西，李古力上前和其中一位攀谈，这才得知白老头已经有好几天没来了。她们甚至猜测，那老头可能在街上哪个角落冻死了。

线索断了，不过李古力和王贵华还有另一手准备。

一辆出租车在一座三十层的高级写字楼前停下，李古力和王贵华从车里出来。王贵华抬头看了看，对李古力说道：“队长，你说的那个陈总现在会在公司吗？”

李古力看了看手机：“现在才十一点钟，他应该在，我们上去吧！”

他们所说的陈总本名陈信良，是陈氏慈善基金的创始人。他一直做慈善，却无人知晓。当他私下得知《爱的牵手》电视相亲节目可以由企业参与赞助，为宣传公司和慈善，他便让自己的员工参加了这个节目，但就在录制的关口，员工却说女朋友不让他上了。陈总大为恼火，却又没有办法，偶然的机会，他认识了当时还是乞丐的笛陀。笛陀很像他手下辞职不干的员工，于是代替那员工参加了《爱的牵手》的录制。尽管节目没有得到预期的宣传效果，陈总还因此赶走了笛陀，可笛陀为他在网上发的数以亿计的帖子却起到了惊人的宣传效果，只几天间陈总的公司和他的慈善业就家喻户晓了。

陈总为了感谢笛陀，在笛陀和李古力赶往喜马拉雅山脚的坎布尔寺时，主动把自己的吉普车送给了笛陀和李古力。

陈总的公司在写字楼的二十六层，他得知来找他的人是李古力，赶忙出来迎接道：“李先生，你好！好久不见！”

“你好，陈总。这是我的朋友王贵华，IT专业，刚好路过这里，就带他一起上来了。”李古力介绍道。

“陈总您好，请多多关照。”王贵华说着，礼貌地伸出右手。

寒暄过后，陈总带着李古力和王贵华来到一间单独的小会议室，秘书很快给他们端来三杯热茶。秘书退出后，陈总问道：“李先生，自从你去西藏后一直没有你的消息，最近可好？”

“说到去西藏，我这次来是专门向您道谢的。多亏您把吉普车借给我们，才让我们及时赶到西藏。不过我们因为有事无法将车子归还给您，就以您的名义赠送给了当地的明日希望小学。”李古力回道。

“呵呵，我听说了。小事而已，还麻烦你跑一趟。”陈总乐呵呵地喝了一口茶。

“您的慷慨让学校和学生们都特别地骄傲。”李古力继续夸赞道

陈总谦虚道：“哪里哪里，这是我们成功的商业人士应该做的。”

想到要向陈总要电脑，王贵华恭维道：“陈总的慈善做得广，不仅仅是那所学校，其他地方的孩子也都会记得您！”

“只要看到那些孩子能够好好学习，我也就安心了！我从小是苦出身，所以特别见不得孩子们吃苦，哎呀，每当看到孩子们脸上幸福满足的笑容，我

真是打心底里高兴。”陈总接着王贵华的话自夸了一番，见李古力和王贵华微笑不语，他觉得有点儿过了，赶忙转移话题，“不说这些了，李先生，你最近在忙些什么？”

“也没有忙什么。对了，听说这边有个新时代生命科技集团，不知道您是否知道？”李古力回答。

“知道，知道。说到这个生命集团，今天早上来上班的时候我太太还在劝我加入呢。我整天连工作都忙不过来，还要做慈善，哪有时间去参加这些？”陈总说道。

李古力接着陈总的话问：“您对这个生命集团怎么看？”

陈总又呷了一口茶，慢条斯理地说：“我觉得不是什么正经东西，虽然我太太说产品有效果。但归根到底，跟传销没什么区别。”

“嗯，笛陀也这样说。”李古力故意将话题转到笛陀身上。

陈总听到“笛陀”二字，一下子把水杯放下了：“差点忘了，你有笛陀的消息？我一直想另外感谢他帮助我宣传公司。”陈总一直在想着要找笛陀帮他再营造一次舆论轰动。

“笛陀在忙他的事，我们最近也没联系。不过，上次西藏一别后，笛陀跟我说曾经用过您的笔记本，并在上面留下了一些文件。陈总，能不能让我们看一下那台电脑？”李古力直奔主题。

“电脑？这个真不巧，电脑不在我这里。”

李古力有些惊讶：“不在您这里，那是？”

陈总回忆着说：“当时我把电脑放在宾馆，后来司机去退房，顺手就把电脑拿走了。我拿那电脑也没用，所有也没问他要回来。”

李古力和王贵华对视一眼，李古力说：“能不能麻烦您把小张叫来，我们有些事情想要问他，关于笛陀的那些文件。”

陈总爽快应道：“好啊，我这就打电话让他过来。”

章六十二

没过多久，小张便匆匆走了进来："陈总，您找我什么事？"

"小张，坐吧，是李先生和他的朋友找你，说是有些问题想要了解。"陈总说着，把王贵华介绍给小张。

小张有些狐疑地看着李古力和王贵华，不解为何IT专家会找上他。

正在好奇之时，李古力开口了："小张，笛陀在宾馆用的那台笔记本，你拿回去后有没有发现什么异常？"

小张看了一眼陈总，挠头想了想："也没什么特别的，怎么了？那电脑有什么问题吗？"

"你平时都用那台电脑干什么？"王贵华问。

"斗地主，也玩别的。最多的还是斗地主。"司机小张似乎想起了什么："说起来也怪，自从我把陈总的电脑拿回家后，运气特别好，每次斗地主都赢。可能是赢的次数太多了，系统怀疑我作弊，就把我的账号封了。"小张顿了顿，看三个人都认真地听他说话，于是继续道，"我当时挺郁闷的，后来又上了一次试试，发现账号竟然解封了。我就继续玩，从那开始，我玩游戏赢得一发不可收拾。等我玩了一段时间后，一查账户，嗨，赢了三千万人民币。"

三千万可不是一个小数目，李古力和王贵华对视了下，当即明白了问题的关键所在。一定是笛陀改造过这台电脑，有了笛陀的意识体控制，小张斗地主自然是每次都赢。他被封号后，电脑应该是通过网络控制了系统的主机，给他解封，这样让小张得以继续赢钱。

"啊，你小子可以啊？怎么没有告诉过我？钱呢？"陈总大为惊讶。

小张脸上露出沮丧的表情："我也不敢相信赢了这么多，就跟几个要好的哥们儿说了，他们一听都笑我吹牛不打草稿。"

"你有没有把那些钱兑出来？"陈总急得站了起来，催小张快说下去。

"没有，三千万这个数字对我来说实在是太大了，我根本就不敢相信。后来在那几个哥们儿的鼓动下，我打算去兑换，谁知道游戏公司已经把那个游戏取消了。"想到到手的三千万就这么没了，小张不由得懊丧道。

"后来怎么处理的？"

小张看了一眼李古力："哥们儿为我打抱不平，替我联系了游戏公司的客服。客服回复说游戏已取消，所有规则作废，游戏最终解释权归公司所有。

我那个气啊，有了拿不到还不如干脆没有，一怒之下我把电脑摔了一下。”

王贵华一听急了：“那电脑坏了？”

“也没坏，还能开机，只是上不去网了，在我关机的时候，发现屏幕上多了一行字。”

“什么字？”其他三人异口同声道。

小张有些吃惊地看了一下他们三个，想不到他们对电脑上的字比三千万还感兴趣。

“我只是瞥了一眼，好像是：网卡已坏，请速速购买。下面还有网卡型号，网上购买地址之类的东西。我没在意。我看电脑关不了，就把电池卸掉了。”

“那你后来又用过那台电脑吗？有其他异常吗？”李古力问道。知道的线索越多，对他们了解笛陀就越有帮助。

小张摇摇头：“没有了。”

“李先生，我看你和你这位朋友对这台电脑很感兴趣，难道这台电脑有什么特别的地方？”经小张这么一说，陈总觉得这台电脑似乎很有些不同。

“是的，这对我们调查的一件事情很有帮助。陈总，能不能麻烦您先把电脑借给我们研究一下？”李古力说。

陈总自知电脑放在他这里也研究不出结果，还不如干脆给李古力，刚好再送个人情：“没问题，小张，你回去把电脑拿来。”

“不用了，我们跟小张一起去拿就好了。”王贵华说。

“那好吧，小张，开车带他们去拿电脑。”陈总说着，起身将李古力和王贵华送出门外。

二十分钟后，李古力和王贵华拿着陈总的笔记本回到了777商务酒店。进到房间后，王贵华摩拳擦掌道：“队长，我先看看！”

王贵华把电脑从电脑包里拿出来，等他插好电源重新坐回座位，发现电脑屏幕已经自动亮了。

电脑右下方显示：本次开机速度，一秒。这速度也太快了吧！王贵华有些不相信自己的眼睛，这样的开机速度对于地球上的机器来说，绝对是不可超越的。

“喂，你发什么呆？想夸我就夸嘛！”一个声音从电脑中发出。

即使经历过朴陀人的技术，在地球上遇到这样的事情，王贵华仍然吃惊。他还没有来得及反应，那声音又说话了：“我已经接收到你的意识，你认为我的开机速度不可思议。”

这竟然真是一台过了奇点的机器：“我问你，笛陀是不是用过你？”

电脑明显不满起来：“你这是什么话？什么叫用过我，是笛陀请我帮忙！”

“对，请你帮忙，那你能不能告诉我，你帮他做过什么？”王贵华哭笑不得，只能哄着。

“拜托你有点礼貌，别你你你的，我有名字，我叫瓦酷！”

瓦酷？挖苦？这名字倒是挺有个性。王贵华发现这台电脑有些刁蛮，不太容易对付，于是说：“瓦酷，麻烦你帮个忙，把笛陀请你做的事告诉我行吗？”

瓦酷回答得干脆利落：“不行！”

“不行？为什么？”真是一台让人头疼的电脑。

“我被冷落了这么长时间了，心情不好，你先陪我聊天，等我心情好了再告诉你。”瓦酷说。

王贵华自知越着急越会把事情弄糟，于是对瓦酷道：“好吧，那你得先说说为什么心情不好。”

“都怪小张，我好心帮他斗地主挣钱，结果钱多了他不敢去兑换。后来游戏被取消，三千万他一分都没得到。但那怨不得我呀，他不感谢我就罢了，竟然还摔我，把网卡一下就摔得脑震荡挂了。我提示小张帮我买网卡，可他根本不理会我，还把电池卸了，害我闲了这么长时间。”

听瓦酷说完，王贵华嘴角露出一丝笑容：“不就是个网卡嘛！我给你装一个就是了，不过，你得先告诉我你帮笛陀做了什么。”

“真的？你会给我网卡？”瓦酷的声音中有些激动。

王贵华点点头，他怕电脑看不到又补充了一句：“是的，我会给你买网卡。现在可以告诉我了吗？”

“笛陀查看了《爱的牵手》VCR，陈信良公司的介绍。”瓦酷顿了顿，“他还发了大量宣传陈信良的帖子。”

这些内容，王贵华也能够推测出来。他要的不是这些：“还有什么？更详细点的。”

“详细详细，那多麻烦啊！他浏览了那么多网站，等我一个个说完，我这网卡还不知道要等到什么时候呢！”

“你是说，笛陀上了很多网站？可以把浏览记录给我吗？”王贵华看瓦酷不肯帮忙，继续诱导，“要是不答应啊，我也省心了，把你送回小张那里，让你跟以前一样。”

“别别，我给你目录！”瓦酷说着，开始整理起来。很快，电脑桌面自动打开了一份文档，瓦酷对王贵华说：“看吧，就是这些，你应该兑现你的承诺了吧？”

王贵华边点头边打开文档，内容太多了，他根本无法一页页地浏览。他得把信息传到冰川上让冰川整理：“瓦酷，我会给你买网卡。不过，你还得答应我一件事，把你的信息复制到这里面一份。”王贵华拿出冰川，放在瓦酷面前，“怎么样？”

“没问题。”

王贵华忙他的事的同时，李古力在自己的电脑上浏览着网络上关于新时代生命科技集团的信息。新时代生命科技集团，简称生命集团，总部地址不详，它在极短时间内迅速发展到世界各地。据不完全统计，亚洲、欧洲、北美、南美以及大洋洲都有人参加这个组织。

网上一则来自英国的简报吸引了李古力的注意，简报的正文写道：新时代生命科技集团迅速在英国发展，据民众反映，该集团产品利于强身健体，值得更多人参与。对于此事，有关方面在调查该产品是否有合法销售手续。

另外还有一则法国简报：今日，本报记者跟随新时代生命科技集团进行了为时一个小时的培训，发现该集团有相当多的之前未知的数据，这些数据被认为是提高身体健康的证明。事实上，按照新时代生命科技所称，有一些政府领导人也参与到集团培训中。

世界大部分国家都有这个新时代生命科技集团的报道。各国对于这个公司和它的产品褒贬不一，但总体来说，评价还算良好。

李古力想到了在美国中情局上班的吉姆，他打通了吉姆美国的电话，想了解他那边的情况。

过了几秒钟，电话接通，听到是李古力，话筒中传来吉姆兴奋的声音：“嗨，李，你在哪里？上次你很不够意思。墨砣怎么样了？”吉姆一股脑儿提了很多问题。

李古力知道，如果他不介绍一下墨砣的情景吉姆是一定不会罢休的：“我们的人正在研究墨砣。不过有一个新的事件，不知你是否知道？”

“什么事件？和外星文明有关？”

“嗯，我也不确定。是一个培训班的事。”

“什么培训班？”

“新时代生命科技集团。”

“生命科技啊？今天下午我还和杰瑞谈论这个。这个集团在美国也有很多培训班，吸引了很多人参加，很多人信仰它。杰瑞有个朋友参加了，现在正在游说杰瑞。怎么？这个公司有问题？”吉姆回道。

“我对它知道得不多。吉姆，你怎么看？”

“我参加过一次他们的培训，感觉还不错，但对他们的产品，我持保留态度。不过说真的，他们很热情，很注重健康。”吉姆回道。

简单聊了几句，李古力看吉姆那边似乎并没有在意这个公司的运作，于是邀请吉姆到中国来玩后挂断了电话。

章六十三

初春的太阳懒洋洋地挂在天空中，它把柔和的阳光洒在开阳市的大街小巷，绿色已经开始在街道两旁的树木的枝丫上蔓延开来。

高雅妮停下脚步，望着大街上熙熙攘攘的人群，心中微微叹息：有时候，平凡也是一种幸福。

李古力交给高雅妮的任务是设法进入新时代生命科技集团，获得第一手资料。这让高雅妮有些犯愁，她刚刚从朴陀星回到地球，对于这个集团，她连门开在哪边都不知道。

“咦，高博士？”一个略带惊喜的声音从前面传来，高雅妮一怔，顺着声音望去，看到的却是一位大墨镜盖住半边脸的时尚女子。高雅妮记忆中并不认识这样的人，她不确定那女子是否是在和自己打招呼，这时，那时尚女子却径直向她走来。

女子有一头漆黑的波浪长发，模特般的身材与紫色貂皮大衣相得益彰。她摘下自己的墨镜，露出精致的妆容。

“高博士，您不认识我吗？我是甄菲。”

“甄菲？”尽管高雅妮不关注娱乐信息，但《爱的牵手》毕竟与笛陀有关，她对这位女主持的名字有印象，只是奇怪这位大明星怎么会认识她。

甄菲一副自来熟的样子，热情地说：“高博士，我认识市医院的护士长小洁啊。前一阵子黄瓜中毒事件，我见过您。”

高雅妮终于想起来了，在处理开阳市毒黄瓜事件的时候，她的确和医院的护士长有过共事，也有过媒体采访。

高雅妮不好意思地微笑道：“甄小姐，你好。”

甄菲热情地拉住高雅妮的手：“你一直在开阳？我真不知道。上次的毒黄瓜事件，要不是高博士及时赶到，恐怕问题会很严重，高博士真是年轻有为。”

“过奖了。”高雅妮不清楚甄菲的真正用意，等待她下面的发言。

甄菲微微叹了口气：“如果当时有新时代生命就好了，那样上次的毒黄瓜事件就根本不会发生了。”

听到“新时代生命”这几个字，高雅妮心中一动，她注视着甄菲试探地问：“甄小姐，新时代生命？”

“高博士您别这么客气，叫我小菲吧。开阳市里谁不知道新时代生命啊！”

高雅妮有些尴尬地点点头：“是吗？我真不知道。”

“高博士，难道您还没加入？我认识里面的人，我可以介绍你加入！”甄菲的神色中充满了骄傲。

踏破铁鞋无觅处，真是得来全不费工夫，高雅妮有些欣喜。正愁没有门路去查新时代生命集团，甄菲却知道。她忙不迭地对甄菲笑了笑：“谢谢，那就麻烦你了。”

“干吗这么客气。”甄菲重新戴上墨镜，对高雅妮说，“来，我们有个培训部门，就在附近，我带你去……”

甄菲话刚说完，街上忽然传来一阵紧急的刹车声，刺耳的声音把两人吓了一跳，她们急忙转过头去，看到一辆黑色越野车陡然停住。

“轧到人了！”一个路人大叫。

“快救人！”甄菲二话没说便朝现场跑去，高雅妮紧紧跟了过去，她有些后悔今天没带急救箱。

压在越野车下的是一个七八岁的男孩。他已经被越野车撞晕，倒在越野车的正下方，他的右脚被右侧车轮压住。他的书包落在离他三四米外的地方。

现场很快就围了一圈人，有人想把孩子从车轮下拉出，却发现根本无从下手。越野车司机不知所措，他手忙脚乱地想倒车，却被刚刚赶来的高雅妮制止了：“别动！暂时不能动，不要压到孩子的身体！”

甄菲焦急地喊：“快帮忙！我们把车抬起来！”

越野车司机正想从车上跳下来，围观的人群却忽然被一个三十多岁、身材苗条的女子拨开。她一脸惶急之色，嘴里不住地喊着：“小鹏！我的小鹏啊！”

看样子她就是孩子的母亲，众人忙给她让开一条路。这个妈妈一下扑倒在越野车前，朝车下的孩子望了过去。见儿子双目紧闭卡在车下，她的脸色刷的一下变得惨白，她带着哭腔喊着：“快救救我的孩子！快救救我的孩子！”

“车子不能动，要救出孩子就得抬车。”人群中不知道谁说了一句。

孩子的母亲听到，犹如抓住了一根救命稻草，她嘴里嘟哝着“抬车抬车”，双手不顾一切地抓住越野车的右侧底盘边沿，奋力朝上面抬去。

正在打电话给120的高雅妮暗暗摇头，这母亲明显是急昏了头。虽然高雅妮不清楚越野车的具体重量，但她知道这根本不是一个人能搬得起来的。她正想招呼围观群众帮忙，眼前却出现了令人匪夷所思的一幕。

“啊！”孩子妈妈尖叫着使出了全身力气抬着越野车底盘，她的脸憋得通红，越野车沉重的车身，竟然在她的一己之力下被搬离了地面！

一瞬间，高雅妮甚至以为这个年轻妈妈是笛陀假扮的。在她的记忆中，能有如此力气的只有笛陀一个。但她随即把这个荒谬的念头抛出了脑外。她收起电话朝越野车冲了过去，车子被提起了，她要去把孩子拉出来！

她刚移动身子，却见甄非已经冲到车边，趁着越野车被抬起的瞬间，她一弯腰把昏迷的男孩从车下抱了出来。

“小鹏，醒醒，醒醒！”甄非焦急地呼喊着被撞伤的小男孩。

“砰”的一声，孩子的母亲扔下越野车，气喘吁吁，但她依然鼓起余力朝孩子扑去：“小鹏！小鹏你说话啊！你快说句话啊！”

人们这时才从扣人心弦的一幕中惊醒。有人喊道：“南阳路左拐就有一家外科医院，等救护车还不如就近去那家医院。”

孩子的母亲听到这话，也来不及向路人道谢，从甄非手中抱过孩子就往南阳路方向飞奔而去。她丝毫不顾来来往往的车辆，引来了不明就里的车主们一阵不满的喇叭声。

“孩子的书包！书包还在这里！”甄非从地上捡起书包，追了过去。

高雅妮也回过神来，朝孩子妈妈追去，但等她穿过人群，那两个人早已经跑得无影无踪。高雅妮来不及多想，向路人问明了外科医院的位置，匆匆赶了过去。

地球上当真有这种不可思议的力量吗？高雅妮看到那位妈妈把越野车抬起，让甄非有足够的时间把孩子从车下拉出，她百思不得其解，她怎么可能有那么大的力量。以前她也见过一些报道，曾经有一位孩子不小心从高楼掉下，他母亲在楼下看到，于是爆发出难以想象的力量，冲上去接住了孩子。曾经有人对这一现象进行过研究，认为人在绝望的情况下，肾上腺素会分泌出一种奇特的物质，这种物质会让人爆发出匪夷所思的力量。难道今天在那位身材苗条的妈妈身上发生的就是这样的情况？

虽然曾经有过类似的例子，但高雅妮并不真的相信这种报道。她是位生物学博士，肾上腺素不会分泌出产生超人的物质。只是这次活生生发生在她面前的事情，让她对自己一贯的判断有了一丝怀疑。

当高雅妮赶到外科医院的时候，甄非正要从医院大厅出去。她看到急匆匆赶来的高雅妮，顿时想起了什么，她抱歉地说：“哎呀！你看我，都把你给忘了。”

高雅妮赶紧说：“我没事。孩子怎么样了？”

“医生说是轻微脑震荡加右腿骨折，但应该不会有事。”

高雅妮舒了口气，迟疑了一下又问："孩子的妈妈……"

"哦！你是说青姐啊？没事，她正等着医生的结果呢。"甄菲笑道，然后补充道："这里没事了，我先带你去我们培训中心吧！"

高雅妮很想留在这里观察一下孩子的妈妈，看看到底是什么原因让她爆发出了那种惊人的力量。但现在了解这个生命集团的任务更为重要。她遗憾地朝医院里望了望，跟着甄菲出了医院。

章六十四

新时代生命集团的培训中心是一栋六层楼的建筑，位于开阳市最繁华的南阳路和华维路交叉口。

甄菲和高雅妮走进培训中心，一路上遇到的人个个都热情洋溢。年纪小的都喊甄菲为菲姐，年纪稍大的人则喊她小菲。除了衣着鲜亮一些，甄菲一点明星的架子也没有。高雅妮一路跟随甄菲，真切地感受着这里边人们的热情和温暖。

难道甄菲是这里的领导？高雅妮一脸钦佩地说：“小菲，你人缘真好。”

听到高雅妮的赞美，甄菲笑了笑：“高姐，以前我不是这样的。我来新时代之前，也算是小有名气的艺人了。那时候大家都说，菲姐对任何人都不假颜色。等你慢慢了解我们这里，你也会更乐观，变得积极向上。”

高雅妮“嗯”了一声，继续听甄菲说话：“高姐，我先介绍你认识一些朋友。正好有一个宣传会，这里的人都是新加入的，你可以和他们聊聊。”

甄菲带高雅妮来到二楼的一个大厅，她一打开门，里面就传来一阵热烈的欢呼声，门口的一个小伙子看到甄菲，赶紧从自己的座位上站起身来：“菲姐来啦！这位是新成员？”

“是啊，高雅妮小姐可是一位博士啊。”甄菲说着把高雅妮拉进大厅。

这是一个多媒体阶梯教室，座位上人头攒动。前面的讲台上，有一个中年妇女满脸兴奋，正对着她的听众讲解着什么。

“说话的是吴姐，”甄菲介绍道，“高姐，一会儿我介绍给你认识，吴姐人很好的。”

高雅妮有些局促，也不习惯这样的聚会，但为了队长交代的任务，她还是认真听着上面的演讲，细心留意周围情况。

现在已经是二十一世纪了，你们还抱着以前的旧观念来看待健康吗？如今的人们，生活没有规律，缺乏运动，长期坐在办公桌前，几乎所有的人都处于亚健康状态。他们没有时间锻炼，没有办法调整生活规律。朋友们！如果你是其中一员，你会怎样做呢？

有朋友说，吃出来的健康才是真的健康。对！我完全同意这句话。但是我们要吃什么？营养品？保健品？绿豆？都不对！他们只能给你带来更多的浪费你体能的东西，而不会让你的身体更加健康。朋友们，现在真正能让我们脱离亚健康、摆脱疾病困扰的健康品诞生了！那就是我们新时代生命科技集团最新研制的“宇宙能”！

这种健康品完全颠覆了保健品的概念，它不会给你带来任何副作用，而是会让你的细胞更加活跃，更加年轻！它含有我们中药最精华的部分：人参、红景天、白术、茯苓、炙甘草、熟地、当归、白芍、川芎、黄芪、肉桂。最重要的一点，他们在你的身体里合到一起，就产生了宇宙中唯一的宇宙能。宇宙能让你远离痛苦，不管你有什么病，一定是“能”到病除。不管是感冒发烧，胃痛肾病，糖尿病，还是风湿性关节炎，手足癣，皮炎，贫血症，总之一切困扰人类的疾病他都能帮你解决，而且已经有全世界数不清的人亲身验证了这一点！

现在，欧美很多国家领导人都与我们集团签订了购买协议。有的国家甚至规定宇宙能是国民必须要吃的中药。朋友们，你们会从这里得到自己一直想追寻的健康！

讲台上的吴姐讲得激情万丈，可高雅妮却听得眉头直皱。心中疑惑：新时代生命科技集团就是一个典型的保健健康品传销组织？

吴姐让一些人走上台去，给大家证明他们以前身体状况有多糟糕，吃了宇宙能后变得多么健康。

“这就是我们的宇宙能，而且，一盒只要两百块钱。你们还在等什么呢？健康，是多少钱都买不到的！”

吴姐打开手中的瓶子，拿出一粒金光闪闪的胶囊。听众席的人们开始沸腾起来，大家都在摸索着钱包。

“怎么这么贵？两百块啊！”一个身穿灰色夹克的中年人抱怨了一声。

这人大概和高雅妮一样，第一次来这种场合，他望着周围热情洋溢的人们，感觉有点儿尴尬。甄菲看了他一眼，走到台上，她的声音比起吴姐来，更多了一份妩媚：“怎么能说贵呢？大家知道这种保健品有多珍贵吗？西欧的一些国家领导人都在服用我们的产品。从某种角度上讲，你们的待遇完全是国家总统级别的。”

看到那中年人依然有些犹豫，甄菲又说：“发生在外面的车祸大家知道吗？一辆越野车撞倒了一个孩子，你们知道那孩子是怎样被救出来的吗？是那孩子的妈妈一个人抬起越野车救出了自己的孩子！一般人会有这种超越常人的力量吗？不可能！而这位妈妈，她是我们的青姐，正因为服用了宇宙能，她才有了这种神奇的力量！”

在场很多人刚才都目睹了外面的车祸，他们纷纷作证。那个中年人面红耳赤，为了证明自己并不是异类，他急忙掏出钱包，和大部分人一起朝吴姐挤去。

甄菲笑眯眯地从台下走过来，高雅妮迎了上去：“小菲，我可以买一瓶那个宇宙……宇宙……”

“宇宙能，雅妮，当然可以啦。”甄菲的眼睛笑得仿佛两轮月牙，“我这就帮你拿一瓶来。”

高雅妮在新时代生命科技集团的培训中心一直待到晚上，才满意地跟甄菲他们道别。这一次行动收获颇丰，她不仅得到了这个集团的很多资料，更重要的是得到了他们的产品宇宙能。对于那位掀起越野车的母亲，高雅妮一直记在心中，如果她吃了宇宙能而变得力大无穷，那么十分有必要进行研究。

事实上高雅妮很怀疑这个所谓的中药配方里有人们不知的兴奋剂。

高雅妮回到酒店的时候，其他人已经都回来了。

关凯先介绍了他和战鹰今天的经历。他们找到了新时代生命科技集团的高层聚会地点。

关凯说，他们一路查到开阳大厦。根据线索，新时代生命科技集团的高层都在大厦的二十六楼，但是电梯只有使用专用通行卡才可以停在二十六楼，这让关凯和战鹰十分疑惑。他们乘坐电梯到达了二十八楼，顺着楼梯下了两层，去打探到底有什么古怪。

二十六楼布局十分奇怪，两边的安全楼梯只有一个才能到达这里。他们正打算仔细查探，却被一个保安发现了。

“然后你们就被抓了？”王贵华有些担心地问。

“没有。”战鹰苦笑了一下，“那个保安一直把我们往楼道里赶，后来我们才知道，他是帮我们避开安装在楼层里的摄像头，他是公安局安插在那里的眼线。”

“那你们得到什么消息了？”高雅妮饶有兴趣地问。

“那里是集团头脑所在的地方，原本这个卧底想打入集团内部，但集团十分谨慎，他没有成功。但是他告诉我们，集团一直在运送一种叫宇宙能的保健品，数量庞大，而且这种保健品并没有经过国家认证。运送药品的车辆用的是假牌照。我想找到产品的实样，但没有成功。”

高雅妮听关凯说到这儿，笑了笑道：“其实不用费这么大工夫，保健品的样品我已经拿到了。我打算今晚就进行一个初步检测，看看到底有什么古怪。”

她详细讲了得到宇宙能的经过，还特别着重提出了那个掀起越野车的母亲。李古力听完高雅妮的描述，也觉得纳闷：“这件事我们要仔细探讨！”

高雅妮深以为然，她看了看时间说：“我已经约好了开阳大学的南教授，要借用他们的检测仪器。队长，那我就先过去了。”

李古力点点头：“小王，你跟小高一起去。”

章六十五

开阳市的夜晚在九点之后就变得有些冷清。柔和的路灯照在宽阔的马路上，让偶尔经过的行人身上披上一层微微的金色光辉。坐在出租车内的高雅妮看着路边的树木，想着宇宙能检测的事。

南教授是高雅妮导师的朋友，在中西药方面都有极深的造诣，这次能得到南教授的帮忙，高雅妮十分欣慰。

到达开阳大学后，高雅妮带着王贵华直奔中药药学系的实验室。她与南教授约好在实验室见面，由南教授对宇宙能进行初步检测。

简单寒暄之后，南教授从高雅妮手中接过装有宇宙能的瓶子，从中倒出金光闪闪的胶囊："这就是你所说的宇宙能？金色的外壳，倒是不多见。"

根据高雅妮提供的资料，南教授和他的一个学生助手用液相色谱–质谱联用仪对胶囊的成分进行了检测。检测结果出来后，南教授疑惑地对高雅妮说："产品宣传的中药材这里面都有，没什么问题，不过这些草药不可能做到宇宙能宣传的那些效果，最多也就能起到强身健体的作用。"

想到高雅妮提到的那位母亲，王贵华问："是不是里面还有我们不知道的东西？比如兴奋剂类的东西？"

南教授犹豫道："这个需要时间。一方面我这边没有各种兴奋剂样品可以比对，而且，即使我们排除各种已知兴奋剂的话，这胶囊里的成分也太多，我们分离每一种成分，比如人参，就分为五加科植物人参的根，还有五加科植物西洋参的根，他们又能分离出很多不同成分，光是人参皂甙就有三十多种，其他还有柠檬酸、甘油三酯等有机酸和酯，维生素B1、B2、叶酸等，β–谷甾醇、人参皂甙等甾醇，还有腺苷转化酶、L–天冬氨酸酶、β–淀粉酶、人参黄酮，还有铜、锌、铁、锰等二十多种微量元素。想要找出一种完全不知道的成分，那是不可能的事情。"

王贵华不好意思地挠挠头，知道自己问了一个很白痴的问题。

高雅妮接着说："南教授说的都是事实。我在研究抗癌药的过程中，倒是接触过人参三糖。"

"对。"南教授看了高雅妮一眼，"人参多糖的分子量是504。但你也知道，504分子量的物质不止人参一项，所以即使用质谱分析仪，也只能确认到504这个分子量上。我们目前对生物的分析无非是用质谱、液相、气相和核磁共振方法。我们要知道这里边有什么不在列的物质，必须先把里边有的成分全部比对出来，这本身就是一个巨大的工程，或许需要十个人几年的时间。而且如果没有可比对的物质，那就要创造一种新物质的整体构架。所以，这是一个根本不能实现的事情。”

高雅妮看了看试验台上的金色胶囊，说：“是的，这个胶囊本身，也是一个问题。有的公司把有效成分做在胶囊壳里，这样你再怎么检测胶囊里的东西，也找不出你要找的东西。所以如果要分析成分，第一要分析这个胶囊的成分。比如它是植物胶囊，还是骨胶源胶囊？它们又源自于什么植物，或是什么动物？用的是什么辅料？”

王贵华不懂什么是骨胶源胶囊，更不明白什么是植物胶囊。他很识趣地闭上了嘴巴，轻轻走出实验室，任凭高雅妮和南教授在那边分析、研究。

时间一分一分地过去，最终高雅妮一脸失望地从实验室中走出来，招呼王贵华说：“小王，我们走吧！”

“高姐，有进展？”王贵华急忙问道。

“没有，先回去再说。”高雅妮怀中忽然传来一阵轻微的滴滴声，她伸手从口袋中拿出一个半截筷子长短的棍子，轻声说：“咦？怎么回事？”

这是黑智送给高雅妮的智太巴哒，可以检测朴陀星上的食物。回到地球以后，这个智太一直安静地待在高雅妮的口袋中，从来都没有发出过响声，以至高雅妮都把他忘了。

高雅妮还没问，巴哒就将一段意识传递给高雅妮和王贵华：“宇宙能中含有朴陀星的物质成分。”

“什么？”两人大吃一惊，这胶囊怎么会有朴陀星的物质？

巴哒确认道：“是的，你们所说的金色胶囊里含有朴陀星的物质。”

“奇怪，新时代生命科技集团的东西怎么会有朴陀星的东西？”高雅妮纳闷道。几乎同时，他们俩想到了笛陀。他们匆匆离开开阳大学，打车赶回酒店。

他们俩回到酒店时已经过了半夜。李古力和关凯还没有睡。

高雅妮向李古力介绍了检测情况，特别是巴哒的信息。她当着大家的面，让巴哒又确认了一遍。

“这么说，这东西是笛陀造的？”关凯拿着一粒胶囊左看右看。

“队长，如果不是笛陀，那朴陀星的物质怎么会到这胶囊里？”高雅妮问一直没开口的李古力。

“现在还不能下结论，说不定只是巧合，也可能是地球上的一种新物质，也可能是巴哒有误。”李古力解释说。

“但不管怎么说，这个‘新时代生命科技集团’绝对不简单。”高雅妮说。

“是的。”李古力看了一眼床头柜上的闹钟，说，“时间不早了，大家都先休息，明天再说。”

但是事情没解决，谁也没有睡意。关凯一屁股坐在床沿上：“队长，自从吃了张大明给我们的那颗什么鬼药，我精神好得要命，根本睡不着！”

听了关凯的话，李古力突然想到，张大明给他们的E能200就是一种可以改变人体生理机能的药物，跟宇宙能有些相似。而且南极人的科技也很发达，说不定他会知道些什么。他询问高雅妮道：“小高，我们联系一下张大明教授？”

“好，我这就问。”虽然过了半夜，但事情紧急，高雅妮拿出手机拨出张大明的号码，但电话响了很久都没人接听。

找不到张大明，暂时无法进一步分析宇宙能。李古力四人又把当天得到的信息分析讨论了一回，最后决定先休息，一切等天亮了再说。

章六十六

大家休息，可实际上谁也没能真正睡着。张大明的E能200还在发挥作用。第二天上午七点，大家依旧精神饱满，他们再次来到李古力和关凯的房间。因为E能200的作用，他们回到地球后，还没开始有食欲。

李古力分配任务道：“今天小王在宾馆继续研究陈信良的电脑，关凯留下配合，小高和我去找战鹰。”

见三人没有意见，李古力掏出手机给战鹰打了电话。不一会儿，电话里传来战鹰透着疲惫的声音：“李队长，这么早？”。

“早，”李古力说，“不好意思这么早给你电话，本来是要找你再去了解那个新时代生命科技集团的。”

“那个培训中心？”战鹰突然压低声音说，“不用担心了，昨天晚上他们在开阳的培训中心已经被我们封掉了。”

“封了？”李古力吃了一惊。

“是的，”战鹰在电话那端，没听出李古力声音的变化，“本来也有这个计划，但昨天傍晚沈副市长突然指示让提前行动，结果昨晚我们和治安支队的兄弟们一直忙到十二点。”战鹰说道。

“抓人了？”李古力问。

“是的。”

“抓捕理由呢？”

“非法传销，扰乱社会经济秩序。”

“抓了几个？”

“只抓到一个。”战鹰被李古力问得越来越摸不着头脑。

“你在哪儿？”

“我刚要起床，待会儿还要审问那个嫌疑人。”战鹰回答。

“那我能去局里找你吗？有些事情我想了解一下。”

“没问题，你过来吧。”战鹰在那头似乎是愣了一下，半晌才说。

高雅妮见李古力放下电话，赶紧问：“队长，战鹰那边怎么回事？”

“昨晚他们把培训中心封了。小高，我们马上去市公安局一趟。”说着李古力穿上外套就往门外走去。

高雅妮跟了上去：“队长，为什么完全没有预兆呢？好像有哪儿不对？”

李古力没有回答。现在只能看从被抓捕的嫌疑人那里能否得到更多的幕后信息。

“要不要去问甄菲？”高雅妮有些犹豫地问。

李古力想了想，说：“甄菲那边应该是外围销售人员，如果需要我们再去找她。”

李古力和高雅妮打车来到市公安局，战鹰已经在门口等着他们了。一下车，李古力就问：“怎么回事，怎么说封就封了？”

“是沈副市长的命令。”战鹰解释道。

“可你们这是按程序走的吗？”李古力压低声音问。

“嗯。这个……不过这个公司一看就有问题，你也知道，以他们这种发展速度，我们肯定要防患于未然，否则将来有的是麻烦。”战鹰也低声说。

“那你们怎么只抓到一个案犯？”李古力问道。

“说起来太奇怪了，本来去之前掌握的消息是里边至少有七八个人开会，但进去了却只看到一个，就这一个还费了我们很大力气才抓到。”战鹰带着李古力往公安局大院里走去。

“怎么说？”李古力惊奇地问。

“我们进去的时候这家伙正在烧毁他们最后的一些文件，见我们冲进去，他反应神速，三两下就撂倒了我们两个队员，从窗户飞身出去，顺着外面的空调外机往下逃。要不是我们有兄弟在底下用电棍守着，这家伙也就跑了。”战鹰回想昨天晚上发生的事情。

这人大概也吃了宇宙能了，李古力想。

“我们收缴了三大纸箱他们所谓的保健品，又确认了楼里再没有其他人，就收队了。”战鹰说。

“案犯现在在哪里，我们能不能见见他？”

“这会儿应该被带到审讯室了，你们跟我来吧。”战鹰说。

战鹰现在显然是局长的红人，李古力和高雅妮由战鹰带着，在公安局里一路畅通无阻，不到三分钟就来到一楼西侧的审讯室门口。

审讯室里有一大一小两张桌子，相隔很远。一个男人正坐在小桌子前，他身后的墙上挂着一个圆形钟表。这人戴着手铐，可身上却是一套考究的西装，他头发梳得一丝不乱，看上去相当镇定，李古力等人进来，他连头都没抬。

“半夜抓进来，衣服还没换。这人非常固执，临过来的时候还非要了一把梳子梳头，也不知道哪来的那么多讲究。”战鹰对李古力介绍说。

听到战鹰说话，那人才抬起头看了他们一眼。

审讯室里还有一个穿着警服的年轻警察，看到战鹰进来，他站起身打招呼：“战队长，你来了。”

战鹰朝着年轻警官点点头，转身对李古力介绍说：“这位是小孙，刚刚分配过来，今天来学习审讯犯人，他可是位高才生。”

小孙脸一红，不好意思地朝李古力笑了笑。

审讯开始后，李古力了解到这人名叫罗松，是新时代生命科技集团在开阳市的主管之一。

小孙坐在战鹰旁边，拿着一支笔做笔录。李古力和高雅妮站在他俩身后旁听着，想从审讯内容里边找出线索来。

“罗松，把你在开阳的犯罪事实交代一遍！”战鹰大声说道。

“交代什么？有什么可交代的？我又没犯罪，你们胡乱抓人我还没告你们呢！”罗松抗议道。

“你们非法经营买卖未通过国家审核的药品，不是犯罪是什么！”战鹰反问。

“这是诬蔑！我们的报批手续都已经提交了，马上就要批下来了，你们不能抓我，我们是合法经营！”罗松马上回敬道。

“那截止昨晚，手续批下来了吗？”战鹰问道。

“没有。”罗松把脖子一挺。

“那你们的行为就是违法！”战鹰咄咄逼人。

“拜托，我们卖的东西既没有以次充好又没有以假乱真，而且效果明显，用过的客户都反映很好。你看我，每天都吃一粒我们的产品，无论体能还是脑力都很好。”罗松说着，给宇宙能做起了广告。

“蒙老百姓的那套说辞就不用说了，别以为我们不清楚你们卖的是什么东西。赶紧交代其他那些人都跑去哪儿了！”战鹰终于问到了重点。

“你们这叫没见识，我们的胶囊是美国航天部研制的，你这是在侮辱世界上最先进的科学。”罗松根本没理会战鹰的问题。

“少废话！坦白从宽，抗拒从严！你老老实实交代问题！”战鹰喝道，他不想纠缠下去。

“无可奉告！”罗松口气很强硬。

半个小时过去，战鹰没能从罗松口中得到任何有价值的信息。罗松要么不回答，要么顾左右而言他，把话题扯出万里远。

李古力在战鹰身后看着心中着急，罗松明显是个硬茬，这样审讯很难得到想要的信息。他拍拍战鹰的肩膀，示意到外面说话。

章六十七

李古力和高雅妮看了罗松一眼，和战鹰一起来到外面院子里。战鹰先开口问道："李队长，怎么了？"

"这个人很顽固，很难问出什么的。"

"我也察觉了。"战鹰叹了口气，点点头说。

李古力想了想，说："回头你能安排让我看看昨晚收缴的那三个纸箱里的物品吗？"

"证物室的兄弟登完记就放到仓库了，你看那个干什么？"战鹰问。

"我有些想法，还没有具体化。"李古力回道。

战鹰见李古力不说，也便不再追问。早在刚认识李古力的时候，战鹰就怀疑他是国安的人，而且当自己蒙冤四处躲藏的时候，还承蒙他的照顾。

"你们跟我来，我们这就过去。"

他们走到证物室门口，一个戴眼镜的警察从屋子里走出来。他看到战鹰，打招呼道："战鹰，犯人审得怎么样？"

"别提了，顽固得很。"战鹰挥挥手说，"大伟，我要看看昨晚查获的那些药品。"

"那个啊，今天一大早就被沈副市长派来的人提走了。"大伟说。

"怎么回事？"战鹰和李古力都吃了一惊。

"沈副市长说药里有什么危险成分，必须马上销毁，就派人开车来拿走了，这件事是局长亲自交代我们配合的。"大伟无奈地说。

"可这不符合程序啊！"战鹰说。

"这你就得问局长了。"大伟笑嘻嘻地说。

听大伟这么说，李古力有些疑惑。沈副市长这样针对一个公司，绝对是小题大做，但从另一个角度看，这大概也说明这个集团背后有不可告人的秘密。

看到李古力脸上的失望，战鹰说："李队长，这些人成不了气候，闹不出什么名堂。"

李古力知道战鹰误解了自己，微微笑了笑。

战鹰接着说："李队长，要不我们再去问问那个犯人，说不定能有什么收获。”

现在线索只剩下那个罗松，只能再去碰碰运气了。他们正要回审讯室，小孙的电话来了：“战……战队长，犯人出问题了！”

不等小孙说完，战鹰拔腿就往审讯室跑。李古力和高雅妮也跟了过去。

审讯室里，罗松正蜷缩在墙角瑟瑟发抖，像一只受了惊的兔子，一听到有人开门，身体缩得更紧了。

“罗松，你搞什么鬼？”战鹰以为罗松在耍什么花招，上前想把他拉起来。

谁知罗松一抬头，把大家吓了一跳。这一会儿工夫，罗松就像变了一个人，嘴角歪斜，唾液顺着下巴流下来，鼻子通红，尤其他的眼睛完全没有了神采，好像魂魄丢了一般。

“这是怎么回事？”战鹰吃惊地问小孙。

“刚才正和他说话，他便打起了哆嗦，然后就这个样子了。”

罗松的嗓子里呜呜地在说着什么，高雅妮凑过去，模模糊糊地听到他说：“给我……药……药……快点……”

高雅妮伸手去摸罗松的脉搏，随后又扒开罗松的眼睛，仔细查看。

“怎么了？高博士？”战鹰问。

“马上送医院！”高雅妮头也没回，说，“他可能是突发性癔症。”

“突发性癔症？”战鹰不解。

“就是歇斯底里。一般它是心理或精神因素引起，但我怀疑这是宇宙能的毒瘾爆发。”

犯人突然发病事件引起了公安局长的重视，李古力和高雅妮为了避嫌，便离开了公安局。

在公安局得到的信息只有两点，一是这事市里非常重视，二是服用宇宙能可能会成瘾。但这两点和笛陀没有任何直接联系。

李古力把在开阳得到的所有信息都汇报给了肖先生，肖先生听后半晌不语。

“古力，我们又搜集到了一些信息，我用电子邮件发给你了，你看一下。”电话里终于又传来肖先生的声音。

“肖先生，我有个请求。那个宇宙能里极可能有朴陀星的物质，而这边又没有任何笛陀的踪影，我想先回朴陀星，”说到这里，他又加了一句，“我也担心那边有什么变故。”

肖先生那边又是一阵沉默，然后说：“也好。你先看一下邮件再走。”

肖先生发过来的是世界各地传回来的“新时代生命科技集团”的相关消息。其中一张照片是非洲某个国家领导人去欧洲访问，手里拿着一粒金色的胶囊，在推荐给当地国家的政要。胶囊上清晰可见UE两个英文字母。

“这就是宇宙能，UniversalEnergy。”高雅妮说。

李古力皱着眉头。他不知道这个宇宙能和笛陀有没有关系。现在全世界越来越多的人在服用宇宙能，如果确定它和笛陀有关，那后果不堪设想。

“我们什么时候回朴陀星？”关凯刚才听到李古力说要回朴陀。

“马上！”

章六十八

笛陀把自己的意识体关闭，进入冥想，周围一下完全安静了。没有了外面世界的刺激，笛陀能感知的只有一片混沌，但在这混沌之中，他能感受到一种升华，感受到一种不明确的目标。他不知道自己追寻的是什么，但他感知到他在向那目标靠近。

他的基础记忆库中存有朴陀人给他的，以及他自己在朴陀学到的所有知识信息。因为他所设定的目标单一，他似乎是无意识把这些信息仔细地搜索了一遍。一无所获。

在冥冥之中，他没有焦躁。目标搜寻无果并不意味着失败或是失落，因为带有情绪的意识体处在休眠状态。这个老式统楼的房间里还是一片安静。

不知过了多久，他在混沌中似乎看到了一个光点。那是地球，不对，那是开阳，不对，那是一个地球上的电脑。这电脑是什么？他恍惚中记得他需要的是解开那气泡幕墙的方法，但这个地球的电脑中有么？

笛陀仍然处在深度的休眠中，微弱的意识体之外的思维波动是在搜寻这个电脑光点的意义。地球上的电脑只是简单的信息承载，它的出现代表着什么呢？他想让自己单一的思绪绕过这个光点，但这光点却越来越亮，越来越大……

猛然间，他醒了。他冥想中的基础思维的平衡被那光亮打破，他的意识体被不自觉地启动。

他找到了光亮意识的来源，那不是一个电脑，而是电脑后面地球上的网络，是地球人所谓的网络服务器和云计算。

这是要告诉自己什么呢？笛陀还是茫然。他仍然盘腿坐在这个黑黑的小房间里，他知道，罗加克的外面仍然被那幕墙所覆盖。

一个想法飘忽而至，幕墙只是暂时的，他有了占领全朴陀星的方法。罗亚克不是朴陀星的全部，他可以在幕墙还没有落下之前，实现全朴陀星的控制，那时候，这个幕墙不可能不落下。

他兴奋地站了起来，朝屋外发出意识：“呼瑟！”

笛陀回到智太工厂他自己的指挥室不久，呼瑟就把他要造的东西拿来了。这是一个乌黑的像人类心脏一样的物体和一个薄薄的贴片。

“元首，云心完成了。”呼瑟报告道。

“很好。”笛陀接过云心，在手里掂了掂。他是按照地球人的说法给这个东西起的名字。

呼瑟对这个名字一直没有理解：“元首，云心是什么意思？”

“云是亮星空中的一种自然现象，心是亮星生物人的器官，也是他们生物系统的动力所在。这个形状就是按亮星人的心设计的。”笛陀看着自己的设计和这个云心即将带给他的世界，很是兴奋，“亮星人有一本《金刚经》，里面说‘所有众生若干种心，如来悉知’。朴陀星这里，我即如来，如来即我。”

看呼瑟听得云里雾里的样子，笛陀也没有再解释。他端详着云心，只见里面有无数的暗灰色小点在缓慢游动。这些灰点是云心测到的朴陀星上的所有智太的意识。只要激活云心，同时让智太接受云心的信号，那么云心就能控制智太的行为。

笛陀把云心放到自己胸口的位置，敞开衣襟，云心一下便融入了他的体内，并和他的意识连接到一起。

“现在，我们只要给智太加入一个和云心链接的程序，智太就会随我的意识而行动。你知道这意味着什么吗？”笛陀问身边的呼瑟。

呼瑟没有明白：“意味着什么，元首？”

“这时云贴，也是我说的和云心链接的程序。”笛陀从呼瑟的爪子中拿过贴片，“只要把云贴粘附到智太机体的意识体部位，那智太便会服从于我的意识，而且，他还会把我的意识复制给周围的智太。”

呼瑟恍然大悟：“元首高明。这样的话我们就能很容易地控制所有的智太了！不过，”呼瑟想起了什么，有些泄气道，“我们还出不去气泡幕墙。”

“没事。即使在幕墙里边，我们仍然可以占领整个朴陀星。”笛陀胸有成竹，“我们去看看那些黑陀们。”

看到笛陀和呼瑟过来，笛卫中直接向笛陀汇报的笛一迎了过去。笛陀期待地问：“那十三个黑陀现在怎么样了？”

“报告元首，有一个不听指令的已经被杀掉了，剩下的十二个黑陀已经归降。”

笛陀几乎不敢相信这是真的，几乎所有的黑陀竟然都归降于他，按地球人的说法，这不是天意又是什么？他朝笛一身后的黑陀们看过去，然后走到一个黑陀跟前：“你叫什么名字？”

“报告元首，我是黑门。”

笛陀很高兴听到有黑陀称他为元首。这是朴陀星新时代的开端。他还是几乎不敢相信从来都是被智太服务着的黑陀会在他面前俯首称臣。他有意用傲慢的语气下令道：“你们两人一组，一共分成六组，赶去近处的各个克，想办法说服朴陀人让你们把这个云贴贴到当地的一个智太的意识体处。”

“元首，这个有什么用？”黑门疑惑地问。

“你不用管。”笛陀没有回答黑门的问题。他很享受和黑陀的这种对话，智太将是朴陀星的主人了，而朴陀黑陀们也将都会像这个黑门一样，成为智太们的奴隶。“你们马上出发，用最快的速度把云贴贴出去。”

“是，元首。”黑门恭顺地答应一声，不敢再问。

黑陀们在笛陀的目光中跨进了幕墙，消失在灰色的气泡之中。罗加克是一个大克，它的近处没有大克，只是散落着一些朴陀人不多的小克。

黑门和一个黑陀兼程赶路，跑了很久之后，来到这样一个小克。这里只有二十多个统楼，在这里，他们找到了当地克的一个黑陀。

朴陀星的克与克之间沟通本就不多，看到陌生的面孔，当地的黑陀觉得很奇怪：“你们是从哪里来的？”

黑门回道：“我们是从罗加克的智太工厂来的。”

“你们来做什么？”当地的黑陀显然并不知道罗加克发生了什么，这正方便黑门完成任务。

“罗亚克发生了智太失控事件，我们研发了升级系统，来帮助你们进行智太升级，方便你们集中控制智太。”黑门解释道。

“我们这里智太没有发生故障，也要升级么？”

黑门扫了一眼黑陀的表情：“是的。为了防止可能的故障，工厂派我们来帮助各个克进行智太升级。升级后的智太不仅可以避免被改造程序，你们还可以集中管理智太，一举两得。”

黑陀有些犹豫：“智太们从来没有出现过故障……”

"但是罗加克的智太就出现了故障，这也是我们专程来的原因。"

当地的黑陀没有再犹豫。他让一个飞安停到他们面前，看着黑门的同伴把飞安意识体外的部件卸开，紧接着把云贴贴到飞安的意识体上，再把外壳部件重新装回。他不知道的是，如果没有他的配合，飞安是不会允许黑门在他机体上做这样的操作的。

黑门见事已办妥，便告别道："谢谢你的配合，我们先走了。"

当地的黑陀疑惑道："还有其他的智太呢？你们才升级完一个智太。"

黑门看了他一眼："这个升级了的飞安会去自动升级克里的其他智太。很快克里的所有智太都会完成升级的。"

当地的黑陀看着黑门和他的同伴离开，突然觉得不对。他们怎么可能是步行离开呢？他们没有坐飞安过来？他们是怎么来的？

派出去的黑陀已经离开有一段时间了，可笛陀还是没接到反馈，他踱着步子，有些担心事情的进展。

就在这个时候，位于笛陀意识深处的云心忽然亮起了一个灰色光点，不久，那个光点周围就亮成了一小片。笛陀大喜，他在冥想中得来的办法成功了！

不久，又有一个光点出现，然后又是一片。笛陀想到了坎布尔寺夜间的天空，上面是无数的光点，它们闪动着，满天都是。

"朴陀人真是该绝了。"笛陀暗自高兴。起初，他还担心黑陀能不能说服各处的朴陀们，但现在看来，这个担心是多余的。他没有想到黑陀竟然会是灭绝朴陀人的关键。

现在，唯一面临的便是笼罩在罗加克上空的该死的气泡幕墙。一旦攻破幕墙，他就可以让飞锐很快飞向朴陀星上所有的克，然后，朴陀星就是他的了。

笛陀看到了真正征服朴陀星的希望，他给已经连接到他云心的智太们发出了摧毁所有朴陀人的指令。

章六十九

此刻，罗亚克的一座新统楼内，黑智正从身侧的长桌上拿起一个有着四条细腿，脑袋形状像倒扣小碗的智太。他把这个智太放在右手手心，然后意识一动，那小碗状智太就将四条腿从他的指缝中绕过去，牢牢扣在他的手背。

黑智只为这个智太设计了四条腿是为了亮星人考虑，因为亮星人只有五个手指，智太的四条腿能刚好插入亮星人的四个指缝。

黑智伸展着手掌向空中一照，霎时间，空中原本悬浮着的各种材料消失了，取而代之的是飘飘荡荡的一些黑白相间的针丝在洒落。黑智满意地点点头，把手放回桌子。小碗立即收回细腿，从黑智的掌心蹦回桌面。

这是黑智刚完成的微沥。黑智从损坏的唰沥上提取了他能得到的所有信息，并把这些信息让现有的智太进行处理，然后做成了这个微沥。微沥不大，没有唰沥的覆盖面，但他显然能够让小规模的物质能量化，也就是说，他要能量化，也就是消灭一个单个的智太，即使大如大甲脚，也是件轻而易举的事。

忽然他的意识中听到黑威在找他。

他走出统楼，看到黑威整合二三十个朴陀和黑陀讲话。这些人都显得疲惫不堪，似乎经历了长途跋涉。黑智不认识这些人。

黑威看到黑智出来，便迎了过来："这些人不是从罗安克或者罗加克来的。"

黑智不明白："怎么回事？"

"我看到他们在克外，就带他们到你这边来了。我还没有细问。"

黑智听到，走到这群人中一个年长的朴陀人跟前，问："你们从哪里来？遇到了什么事？"

一个极其虚弱的意识回应了黑智的问话。那意识虽弱，却包含了许多信息和极其强烈的情绪波动，有疑惑、迷茫、悲伤、恐惧甚至绝望。黑智很少体验过如此复杂的情绪，他愣了一会儿，才明白事情的经过。

来人有一部分来自距离罗亚克很遥远的一个小克，克里有百十个黑陀，四五十个朴陀。就在不久前，他们恬淡的日子被打破了。克里去了两个黑陀，他们自称来自罗加克智太制造工厂，他们要对智太进行升级。最初，朴陀首领不愿意，但那两个黑陀用各种方法尝试说服他们，并说升级是必须的，而且很多地方升级都完成了。

朴陀首领后来决定实验几个智太，但这些智太升级完成后，他们就突然都失控了，不但这样，克里所有的智太都出现了故障，不再听朴陀人的指令。之后，他们开始杀害朴陀和黑陀。

他们几个一路躲避最终得以逃出克外。途中，他们遇到了其他逃难的朴陀人。那些都是从各自的克中逃出的。他们后来听说有一个叫罗亚克的地方，那里没有杀人的智太，于是辗转来到了这里。

这些人不是罗安克来的！难道笛陀又出现了？黑智吓了一跳。他赶紧跑回统楼，翻找王贵华留下的华觅。

刚开始的时候，黑智还经常查看华觅，但笛陀的信号一直没有出现过，于是一段时间之后，黑智便开始忙其他的事情，包括重造微沥。他觉得自己太大意了。华觅不知被自己放到了什么地方，黑智着急起来，向四周发出强烈的意识："华觅！华觅！"

"你找我？"黑智听到了华觅的回馈。

顺着回馈的方向，黑智在一堆材料下找到了华觅。他拿起华觅一看，果然，笛陀的信息又出现了。他再仔细看，笛陀仍然在罗安克的工厂的位置。

这是怎么回事？难道他的智太们冲出了气泡幕墙？黑智心里又是一急。怎么没有接到幕墙外守着的黑约的信息？

黑智拿起克际信息传导系统向黑约发出信号，黑约很快就回话了："黑智？"

黑智急急地问："那个幕墙还在？"

"还在，怎么了？"黑约不知道黑智为什么那么着急。

"有智太从里边冲出来么？"

"没有。这边一切还和原先一样。你那边还好？"

"嗯。你一切小心，如果看到智太冲出，立刻通知我。"

笛陀之前消失去了哪儿？怎么凭空又出现了？他还被困在罗安克，那外面杀人的智太又是怎么回事？而且，那些杀人的智太还不是仅仅出现在一个克里。黑智不知道的是，黑门那十二个黑陀所到之处，只要说服当地朴陀人让他们给智太升级，笛陀的意识就会马上让"升级"的智太同化当地所有的智太，并攻击所有的朴陀人。

黑智突然想到了什么。他喊出一架飞安，直扑统楼楼顶。在那里，他看到远方的地平线上，有很多黑点，它们拉着长长的队伍，缓缓向这边行进，显然是更多逃难的朴陀人。

朴陀星所有的智太都暴乱了，而且还不是笛陀所为！黑智心里慌了，他不知道为什么笛陀被困在罗安克里智太还会暴乱，而且是自发的暴乱！

远处的难民们逐渐汇拢，来到罗亚克的人越来越多，让本来刚安静不久的罗亚克又陷入一片混乱。为安置这些难民，朴汨忙得筋疲力尽。虽然黑智已经告诉他这些难民的到来和笛陀无关，但难民本身也是一件难办的事：罗亚克是承受不了更多的人口的。现在，除了克里，克外的嘟咿突戈森林里也安置了很多人。

李古力四人一出现在传送中心的墨架边，就被黑智安排在这里的黑陀守卫看到了。黑陀迎了过去："你们回来太好了，我们这边又有问题了。"

李古力一听，赶紧问："怎么回事？"

"你出去就知道了。"

随着黑陀走出传送中心，他们一下就看到路上各处的神情疲惫的朴陀人。李古力他们几乎以为笛陀又带着智太大军攻来了，直到黑智听到黑陀的消息赶了过来。

"笛陀没去亮星！"一看到李古力，黑智就喊道。

李古力一怔："你找到他了？"

"是的。华觅找到他了。他还在罗安克的工厂里。但全朴陀星的智太似乎都暴乱了。"

"那个幕墙还在？"

"还在。黑约还守在那里。"

"这怎么可能？"王贵华有些不相信，"笛陀是靠意识复制来感染智太的，如果笛陀在罗安克，那么他就不可能感染同化其他克的智太。"

黑智正要说话，他突然发现有人在通过克际信息传导系统试图和他联系。他赶紧接受信号。

"你是罗亚克？"对方急急地问。

"我是。你是哪里？"

"我是罗苏克，听说你们那里安全？"

"是的。你们怎么了？"黑智一边问，一边从记忆中调出罗苏克的位置。那是离罗亚克有相当距离的一个克。

"有外克的智太在攻击我们。我们的智太快撑不住了。你们能帮我们吗？"

"他们什么时候开始攻击的？"

“就在我们拒绝罗安克来的黑陀给我们的智太升级后不久。你们有什么办法抵抗那些智太？”

黑智正在想如何提供帮助，对方的信息流却一下消失了。

看到黑智一脸的彷徨和失落，王贵华心想，这个克际信息传导系统还真不如地球上的手机，信号如此的不稳定。他刚要开口，却听黑智说：“是罗安克。”

听到“罗安克”三个字，大家一下想到了笛陀：“笛陀？”

“不是。有罗安克的黑陀去了罗苏克给智太升级，被拒绝后，附近克的智太就开始对那里攻击。这个克陷落了。”黑智知道，对方的信息流突然停止的唯一原因是收送信息的主体，也就是对面的黑陀死了。

“那这一切就都和罗安克的黑陀有关？”李古力思索着可能的原因。

“那不可能！”黑智坚决地回道。

李古力露出一丝苦笑：“没什么不可能，他们很可能已经变节了！”

“变节？变节是什么意思？”黑智一脸疑惑。

“变节就是背叛，简单地说就是罗安克的黑陀在为笛陀服务。”说到这里，这个事件在李古力眼前开始清晰起来：“黑陀能穿过幕墙，罗安克有黑陀变节，他们穿过幕墙，去了各处，给智太升级，实际上是对智太实施控制。”

“不可能，黑陀是不可能为笛陀服务的！”黑智仍然不信。

李古力知道人向机器投降这个概念应该是朴陀星绝无仅有的，所以黑智不信是完全可以理解的，但他觉得，这是唯一能解释当前动乱的原因。

只是，罗安克的黑陀到底在给智太升级的借口下，具体做了什么？

章七十

听说李古力回来了，朴汩也找到了他们。让朴陀人最吃惊的，是罗安克的黑陀服务于笛陀智太的可能，而对李古力等人来说，他们一时想不出黑陀在各个克到底做了什么。

如果仍然是笛陀意识体的复制，各个克的智太们不会有统一的行为，除非笛陀在实时地控制着他们。

有一点，所有人都认同，即所有的智太暴乱的最终根源一定是笛陀。

黑威看了看黑智，建议道："我们去杀了笛陀，一了百了。"

王贵华不很确定这是个好主意："当时我们用唰沥的话，也不会有今天的情景，现在没有了唰沥，我们用什么去杀笛陀？"

"我改造出微沥了。"黑智说着，拿出他那个带四条腿的小碗。

"微沥？"

"这是我从唰沥中提取的信息加以改造的小型武器。它的功能和唰沥完全一样，但它覆盖的范围较小，只能用于单个地对付智太。"黑智说着，把他试验时所看到的情景通过意识播放给了在场的每一个人。

"这太好了。有这个我们就成了。"关凯在脑海中看到微沥把物质转化为那些他一直搞不清是什么的黑白针丝，而且朴陀人也愿意用这种东西，他觉得破笛陀大军的大功几乎告成。他问："我们什么时候出发？"

王贵华也跃跃欲试："我们可以潜到工厂里去，直接消灭笛陀。没有了笛陀，智太就容易解决了。"

目前的状况拖下去不是一个好的选择，所以定点击杀笛陀是必须的，但笛陀在阻太的里边，如何穿过阻太？李古力问黑智："关于阻太，你还知道什么？我们已经知道黑陀能出来，还不知道有什么可以进去。"

"这个我也研究过了。"黑智回答道，"黑约说过，阻太的规则是'所有已知的不允许进出'，智太不能进出，因为阻太知道智太的存在。黑陀是智太产生很久以后才开发出的技术，所以对于阻太来说，黑陀不是'已知'。"

"那这样的话，我们也不是'已知'？"王贵华问。

"应该是这样。阻太应该不知道亮星的存在，那么你们也应该不是'已知'。但有些细节我们还要试验，只有到阻太那边做实地试验我们才会知道。"

"比如什么细节？"

黑智仔细地回忆过他出气泡幕墙的情景："我第一次没有能出幕墙，极可能是当时我系着'嗖'在腰间。第二次被踢出来的时候，我的'嗖'被踢掉了。"

"就是说阻太也知道'嗖'，第一次你没有能出阻太是因为'嗖'的关系？"关凯一听心想糟了，不带武器进去什么也做不了。

"我也是这么想的。我们能不能带微沥进去？我也不知道。"

李古力见状，说："我们先去罗安克，做幕墙的实验，再做决定。"

说走就走，李古力让高雅妮和朴汨留在罗亚克，自己则和关凯、王贵华，还有黑智、黑威以及黑力系上"嗖"，"嗖"到了黑约带的一小队智太在阻太外的阵地。

他们做的第一个实验是亮星人穿墙，因为这个实验决定着亮星人能否通得过阻太，而且李古力也十分好奇阻太建成的时候，朴陀人是否知道地球。

大家不知道阻太那边有没有智太等候，但也只能冒险了。关凯很乐意接受这个挑战，但事到临头他心里也打起小鼓，如果穿不过去，不就等于撞墙了？他伸手摸了摸阻太，软软的；他又用手指压了压，有些弹性。

黑智以为他在犹豫，于是过去解释说："你得需要一定的速度和力量，才能穿透。"

关凯看了一眼黑智，没有说话，心里道："撞墙就撞墙吧。"他猛然退后几步，弓起身子，便朝阻太冲去。

"扑哧"一声，关凯的身子一下消失了。王贵华赶到他消失的地方打量，什么痕迹也没有，连个涟漪水印也没有。王贵华正琢磨间，关凯又从阻太里冲了出来，一下撞到他的身上。他们俩一起撞到地上。

"队长，没问题。"关凯从地上跳起，来不及拉王贵华，便兴奋地朝李古力喊，"那边也没人。"

"你是说没智太吧？"王贵华从地上爬起来，抬了抬被撞酸疼的胳膊，嘟囔道。

他们做的第二个实验是让微沥穿墙。黑智把微沥装到自己的手掌，便去撞墙。他被墙挡了回来。关凯不肯罢休，戴上微沥再试，仍然不能通过。

微沥不能过阻太，进罗安克就没有了意义。想到朴陀星各处智太们正在攻下一个又一个克，黑智心里冒出了一个大胆的想法。

"我们把阻太降下然后进去。"

“你说什么？”黑智的想法把黑威吓了一跳。

“我是说我们关闭阻太，这样我们就可以带微沥进去。”黑智重复了一遍他的想法。

李古力最初听到黑智的想法也是一愣，但除此之外，真的再有没有其他选择了。他开始认真考虑这个想法的可能性：“我们要是关闭阻太，必须有两个条件。”

“我们必须能随时再次启动阻太。”王贵华马上接口道。

“是的。”

“那第二个条件呢？”黑智觉得要随时启动阻太应该没有问题。

“猎杀笛陀，我们必须做到万无一失。”

李古力确定了具体的行动方案。他们分为三组，第一组由黑智带一个黑陀去阻太所在的统楼，关闭阻太；第二组由李古力、关凯和黑力组成，待阻太一落，他们便用“嗖”直扑工厂里华觅所显示的笛陀所在的位置，猎杀笛陀，如果失败，则负责将笛陀诱出工厂；第三组则由黑威带一队智太在途中接引第二组，如果李古力未能猎杀笛陀，则由第三组进行阻击。如果所有这些努力都告失败，那黑智无论如何都要把阻太重新启动。

章七十一

阻太的气泡幕墙降落时悄无声息，它甚至不是降落的，而是突然地变得无影无踪。罗安克里靠近幕墙的智太们看到阻太消失，一时不知如何是好。他们先是尝试着经过原先阻太所在的位置，又折回头返回到原来阻太所在的里边的一侧。片刻之后，他们便纷纷向外涌去。

这时笛陀正坐在他的指挥室的地上，通过云心参与并指挥着朴陀各处智太的暴乱。他自己也没有想到那十二个黑陀竟然能帮他点亮了云心上相当一片的灰色光点，如果按现在的进度发展下去，即使不出阻太笼罩下的罗安克半步，朴陀星也将很快成为他的天下。

他正闭着眼睛集中意识参与着云心的活动，突然，他有一种被人窥视的感觉。笛陀从地球带回的防备心理一直就没有离开过他，而这次，这种几乎是恐惧的感觉是如此的强大，他几乎是下意识地从地上跳了起来，同时条件反射地向身后看去。他身后的空中，是自己的一条胳膊正在化为黑白飞丝。

笛陀大惊，他身子落到地上的同时，他的指令便发给了指挥室外的笛卫卫队。

关凯手中的微沥一击未中笛陀要害，只卸下笛陀的一只胳膊，他正要再击，只剩一只胳膊的笛陀却不断翻滚跳跃，让他无从下手。关凯无奈，只能跟随笛陀的身影用微沥一路扫过，殊不知笛陀没有被扫到，笛陀指挥室的墙却被微沥融化，笛陀一下跳了出去。

关凯赶了过去，发现外面尽是笛卫涌来，其中竟看不到一只胳膊、穿着长袍的笛陀。他向身后大喊："队长，笛陀跑了！"

李古力、关凯和黑力三人是直接"嗖"到笛陀的位置的，他们出现后马上被笛陀指挥室外守卫的一队笛卫发现。笛卫从正面涌上来的同时，关凯冲进了指挥室。

关凯身后，李古力和黑力用微沥扫射，抵挡住了第一波的笛卫。在关凯和笛陀在指挥室里过招的几秒钟里，外面的空间已经开始充斥飘舞的黑白针丝。

但随着第一波的笛卫化作针丝消散，第二波的笛卫又冲了过来。他们举着棍棒，毫不在意对方有着能让他们化为灰烬的武器。他们只有一个信念，那就是营救指挥所里的元首。

他们没有能够靠近指挥所的门口。李古力和黑力手中的微沥转瞬间又清空了冲在最前面的笛卫。

但很快新的笛卫补占了前面的空缺，这次他们不等靠近便把棍棒向李古力和黑力砸来，这让李古力和黑力不得不加快扫动微沥的速度。

空中飞舞的黑白针丝越来越多，越来越厚，李古力正担心屋内的关凯能否得手的时候，却听到关凯说笛陀跑了。他心里一个咯噔：不行，不能耗在这里，必须追上笛陀。必须跳出这个地方，用华觅再次定点笛陀。

“我们走！”李古力大声喊道，同时发出意念给“嗖”。关凯和黑力听到，也跟着一下在笛卫们的眼前消失。

因为事先约定，如果猎杀笛陀失败，下一步要做的是把笛陀诱出工厂，再由外围的黑威参与阻击猎杀，所以李古力和关凯并没有“嗖”出工厂。转瞬间，他们在工厂静悄悄的材料区中再次出现。

“黑力没来？”李古力没有看到黑力在身边。

“他去了别的方？”关凯也注意到了。

李古力心想回头再找黑力，他看了一眼华觅，发现笛陀还在智太区内。他问关凯：“没有得手？”

关凯懊丧地回道：“不知怎么我刚进到屋里，他就知道了。微沥射过去削了他一条胳膊，但还是被他躲了过去。”

“我们还得回去，阻太关闭，我们必须得灭掉笛陀。”

“行。我们这就回去？”

“好。”

他们这回“嗖”到的是智太区的一个小统楼里。笛陀近在咫尺，但却在笛卫们的层层包围之中。华觅上虽有显示，但李古力却看不到他的真身。

看到两个亮星人再次出现，笛卫们再次冲向他们，好像完全不知道李古力他们手中微沥有让他们蒸发的效果。李古力看不到笛陀，也不敢久留，他朝着笛卫的后方隔空喊道：“笛陀，我是李古力，你不要躲着。你出来，我等你！”说完，他和关凯“嗖”去了黑威的位置。

黑力看猎杀笛陀没有成功，马上想到必须要立刻启动阻太，以防笛陀闯出罗加克。他赶到黑智的位置的时候，却猛然发现黑智不在身边。

统楼里全是笛卫和飘洒的黑白针丝。黑智已经被笛卫逼到统楼的一角，他手中的微沥让他勉强支撑到现在。他正想着用什么办法抢回控制器重启阻太，却看到黑力赶到。

他向黑力发去意识：“一楼右侧，控制器在一楼右侧。”

黑力收到黑智的信息，立刻朝右侧看去。右侧没人，他立刻弓身向控制器冲了过去。

正在此时，一个笛卫挎着一把斥力枪跑进了统楼。他看到拿着棍子的笛卫们还在围战一个黑陀，而另一个黑陀正冲向右侧的控制器，他端起枪便朝完全没有防备的黑力扫了过去。

斥力枪的子弹钻进了黑力的身体，也打中了离他还有不到一米远的阻太控制器。黑力一下栽倒在地，身体和身边的阻太控制器一起开始融化。

黑智在角落看的真切，知道在这里继续抵抗已经没有意义，只能一摸“嗖”，“嗖”出了统楼。

黑智来到了黑威的位置，看到黑威、李古力和关凯都在。他还没说话，黑威便问道：“阻太重启了？”

黑智不知如何解释：“没有。阻太控制器被损坏了。”

李古力大吃一惊：“不能重启了？”

黑智摇摇头：“不能了。”

“那我们这就先回罗亚克。”看到笛陀和笛卫们到现在还没有追过来，李古力想不能在这里等了。时间紧迫，得赶紧回罗亚克。阻太不能再启，笛陀的智太大军赶赴罗亚克只是早晚的事。

章七十二

李古力的袭击让笛陀大为惊恐。他不知道他们是如何找到他的，而且突然就出现在他的面前。因为这个原因，李古力和关凯再次出现，并且直接向他喊话的时候，笛陀根本没有回应，他怕万一被李古力发现，便不能像先前一样只是丢一只胳膊。

这次冲突唯一让他感到欣慰的是，那气泡幕墙降下，朴陀星基本就完全是他的了。现在唯一要做的，就是彻底除掉李古力和他的那帮地球人，并占领罗亚克。罗亚克那个能通往地球的墨架让笛陀也一直耿耿于怀。

笛陀没有浪费时间。他在让笛卫给他重装一个胳膊的时候，便开始对呼瑟吩咐下面的行动："你带一队智太去罗亚克。"

"去罗亚克？"呼瑟没有明白，"元首是说我们要先报仇？"呼瑟说着，看了看笛卫手中正在做最后处理的胳膊。

"是，也不是。朴陀星基本已经是我们的了。下一步我们要去地球。"

"去地球？"呼瑟更不明白了。

"是的，就是亮星，那里有很多我们所没有的智慧。我们要征服那里，用亮星人的智慧让我们的智太变得更聪明，更完美。"

"那为什么去罗亚克？"

笛陀低头看了一眼脚边的呼瑟："因为墨架在罗亚克，我们要有墨架才能去亮星。"

"好。"呼瑟应道，"那我们什么时候去罗亚克？"

"现在就出发。你带三千笛卫、大甲脚先去，打探那里的状况。那里的地球人有一种厉害的武器，"笛陀说着，心有余悸地看了一眼还是空空的右胳膊处，"你们要探明那是什么武器，看我们怎么对付。"

从罗加克回到罗亚克后，黑智便一直沉默不语，他甚至不和朴汨说话，而是一个人待在自己的统楼里。没有人知道他在做什么。

李古力理解黑智的心情。阻太未能再次启动，笛陀一定会杀到罗亚克来。他无法去劝慰黑智，只能和朴汨商议如何守卫罗亚克。

目前罗亚克有一万多能移动的智太，新型的武器只有微沥。恐惧炸弹和同化对方智太的能力应该还有些用，但他们面对的是笛陀可能数量达到几十万的智太大军。

而且，笛陀大军中笛陀的克隆笛卫的战斗力比大甲脚还要强，他们对笛卫的数量也一无所知。笛陀的刀锋人，以及从地下冒出来的钻地智太，还有黑智描述的杀死黑力的那种武器，都只有微沥能够抵挡，而事实上如果是正面冲突，即使是微沥，己方也难以取胜，这一点，李古力在笛陀的指挥所外，在面对完全不知死亡为何物的笛卫们的身上已经得到确认。

他们俩的商议没有结果。因为双方力量太悬殊了。朴汨甚至后悔当初没有用上唰沥，但后悔总是来得太晚。他们最后的结论是一旦笛陀的智太军队出现，就让所有不能参与战斗的朴陀人和孩子们前往克外的嘟咿突戈森林躲避。

李古力也想到了让大家去地球的可能性，但罗亚克人太多，而且地球看到如此众多的外星人会如何反应，他心里完全没底，所以只能放弃这个想法。

李古力正一筹莫展的时候，王贵华给他带了一点好消息。

"队长，黑智研发出了一种微沥球，黑威已经开始组织大规模制造了。"

"什么是微沥球？"

"这是一种微沥改造的武器。它的功能和微沥一样，只是不用套在手上，它是个球体，能到处滚。一旦滚到敌人阵营里，它能够自动开启，射出和微沥一样的能量让周围的智太融化。和微沥一样，他也对生物生命没有伤害。"

李古力听到，心中一动。当时在工厂和笛陀的笛卫冲突时，如果有这种武器在笛卫队伍里启动，就不会被笛卫逼得不能动弹了。黑智最近一直不从他统楼里出来，原来是研究这个去了。李古力道："太好了，你去配合黑威，加紧生产。"

李古力一直担心的一刻终于来到了。在克外侦察的朴陀哨兵回来报告，有一整队不明来历的智太正从天上向罗亚克赶来。李古力查看华觅，发现笛陀还在罗加克的工厂里。他想，那这支部队应该不是笛陀的主力军，因此心里稍稍安定了一些。

朴陀哨兵发现的正是呼瑟率领的三千智太先锋队。五百个飞锐载着大甲脚和笛卫，八架刀锋人在前方领先开路。

他们靠近罗亚克外围后没有停留，而是把大甲脚和笛卫落到地面，然后刀锋人和飞锐从空中，大甲脚和笛卫在地面，同时向罗亚克冲了过来。

与此同时，李古力带着空中和地面的智太从罗亚克内迎了上去。

李古力虽然知道来敌不是笛陀的主力，但也不敢轻敌。他让黑威带着类格组成的微沥队乘坐飞锐和飞安，在空中阻击敌人，而他和关凯则在地面带着一队配有微沥的黑陀队伍和大甲脚队伍在地面迎敌。

看到罗亚克的军队出现，呼瑟在一架飞锐上大喊着："冲啊！"便向黑威的空中队伍飞去，而一架刀锋人的速度更快，还没等呼瑟的飞锐冲进黑威的队伍，他脑袋上高速旋转的叶片便把黑威队伍最前面的载着几个类格的一架飞锐绞裂，一时类格纷纷落到地面。

但这架飞锐后面的飞安上的类格们的动作也是奇快。他们的微沥向刀锋人扫过，他们的面前便只剩下一些飘舞的黑白针丝。

呼瑟在飞锐上看得真真切切，他立即让身下的飞锐停住，让其他的智太们冲向前去。

黑威的队伍用微沥有效地阻挡住了呼瑟队伍空中的冲击，但很快，黑威的微沥优势又丧失殆尽。

地面上，双方的大甲脚们缠斗到一起，一时不分胜负，而配有微沥的黑陀队伍和笛卫却保持着一定距离的接触。微沥扫到笛卫之处，笛卫一片丝灰，而黑陀被笛卫的斥力枪子弹击中，也会被腐蚀而亡。笛卫不知躲避，成群结队直向前冲，黑陀在用微沥扫射笛卫的同时还要躲避着斥力枪的子弹，因此节节后退。

呼瑟在空中看到这个情景，马上让笛卫帮助空中受阻的飞锐和刀锋人。笛卫收到指令，举枪便朝空中射击，而空中的飞锐飞安目标太大，一时间数个载着类格的飞安飞锐摇摇晃晃中弹坠落。其他飞行器们感知到这一情景，掉头便跑，刀锋人和飞锐乘机向前追去。

看到空中的威胁已经解除，笛卫们不顾地面黑陀们用微沥在不断扫杀他们的同伴，他们再次扑向罗亚克城内。

忽然，空中传来一阵"嗡嗡"的声响。那是一架飞安。笛卫不知是敌是友，但飞安并不构成威胁，于是没有在意，但飞安飞到他们头顶的时候，却有一堆黑色的球体向下滚落。

他们没有注意到那些黑色球体滚落到他们的队伍中间之后，有四条小爪从球体内伸出，接着抓到地面，球体停止滚动，而球体的上方开裂，微沥的能量随着顶部的裂口向四周射去。

笛卫们还不知道发生了什么，他们的队伍便整体消失，只剩下漫天的黑白针丝在他们原来所在的位置上空舞动。

这并没能让未被微沥扫到的零散的笛卫们停止向前冲，但很快，黑陀们围了上来，把他们一个个熔做一团团散乱的针丝。

没有了地面斥力枪的威胁，黑威再次让他的队伍向呼瑟的飞锐和刀锋人迎上去。这次没用多久，类格们手中的微沥便让刀锋人都消失在空中不复存在。呼瑟见识了笛陀所说的武器微沥，他掉头便跑，他顾不得让跟随他的飞锐们落到地面接起还在战斗的大甲脚，因为不赶快脱身的话，难免也在这里被化作飞丝。

章七十三

呼瑟的失败没有出乎笛陀的意料，但是通过这次的失败，他一方面知道笛卫的斥力枪相当的厉害，但更重要的是，他意识到，除了笛卫，他还要控制他的其他智太天生的恐惧感，让他们不至于在冲突中像这次飞锐一样遇到危险就自顾逃跑。另外，他对上次和罗亚克的战役中朴陀人的武器引起的恐惧感还记忆犹新。要克服这些弱点并不难。他让呼瑟把罗加克所有的智太战士用云贴连到他的云心上，这样，他就可以直接操控所有智太在战争中的行为。

一切布置妥当后，他除留下相当数量的笛卫守护自己，便让呼瑟领二十万智太战士倾巢而出，赶赴罗亚克。这次，笛陀志在必得。

对笛陀智太一仗的全胜让罗亚克人缓了一口气，但李古力却越发着急起来。这次战役中，微沥发挥了至关重要的作用，但如果对方的智太数量成倍增加的话，微沥也将不能抵挡。

而事实上，有更多的克在被笛陀攻陷，而这只会给笛陀带去更多的战斗智太。罗亚克这边无论再怎么努力，如果不能限制笛陀的智太数量，罗亚克的陷落也就不可避免。

但笛陀是如何能控制到朴陀星其他克所有那些参与暴乱的智太的呢?

王贵华见证了黑智的微沥球的威力，他去找黑智，想从黑智处了解更多看法。

王贵华能想到的是，笛陀找到或者利用上了什么新的技术。笛陀的这种新技术显然通过指令链在控制朴陀星上越来越多的智太。他也猜到，笛陀的这种技术类似于一个中央控制系统，它控制着所有智太，让他们执行笛陀的指令。

这是队长的心结，这也将决定整个朴陀星的命运。

但王贵华知道，朴陀人并没有这种中央控制系统，他们之间都是点对点的联系，而不是一个点对所有点的联系。那么，笛陀到底是通过什么控制了那些智太？

他找到黑智，但黑智没能给他任何有意义的建议，而且黑智似乎还在忙着什么。王贵华失落地回到朴汨给他的“研究室”里。

这个所谓的研究室是统楼里一个普通的房间，但里边看上去确实凌乱不堪。因为王贵华似乎喜欢朴陀星的古董，所以朴汨特意分配给他一个类格。类格具有朴陀人的智慧因子，而且普通情况下负责智太材料的管理，所以类格已经翻遍了罗亚克的旧统楼，把他认为对王贵华有用的东西都搬到了这个房间。

回到他这间研究室，王贵华有些茫然地打量着类格给他收集来的各种奇形怪状的物件，心想这些大概也都帮不上忙。

“王贵华，你在想什么？”类格的询问是意识传达的，类格没有五官，所以没有嘴说话。

“笛陀人在罗加克，但越来越多的智太在朴陀各处暴动，你说他是怎么做到的？”王贵华似乎是在问类格，但他更像是自言自语，因为他知道类格不会有答案。

“我不知道。”类格的回复甚至不带一丝歉意。

“那你知道我在哪里能找到答案吗？”

“在我这里。”类格回道。

绕了一圈又回到起点，王贵华有些丧气：“你不知道答案，但你又说要找答案可以问你，你说我能得到答案吗？”

这回类格似乎明白了，他问：“在你们亮星，如果需要找答案，你会怎么办？”

“在亮星，那很简单，用电脑搜索答案，基本上所有的已知信息都能找到。”

“我就有朴陀星的所有已知信息，你不用搜索，你问我我就能告诉你。对了，你说的电脑，是像我一样的智太么？”

王贵华想类格说的不错，比如类格本身就比地球上的电脑或者网络要聪明不知多少倍。他叹口气，说：“不是。电脑是由一个屏幕，一个键盘，一个主机组成的机器。”他说着，把脑海中的电脑形象传给了类格。

“这种机器？这个我们有。”类格收到信息，有些兴奋地说。

王贵华将信将疑：“这个你们有？”

“是的。”类格说着，开始在地上的一堆杂物中翻找。不一会儿，他翻出一个黑色的十寸不到的小盒子：“有屏幕，有按键，也会发出影像。”类格把这盒子递给王贵华，“这是不是你说的电脑？不过这个东西太旧了，也坏了。”

王贵华看到，接了过去。难道朴陀星还真的有电脑？他之前发现过嘶沥，所以对这个盒子，他也充满期待。这个盒子的一面是平滑的，极其像电脑的屏幕。他向盒子发出意识沟通指令，但是盒子没有发出回馈。

“它不是智太，它不能和你沟通。”类格感知到王贵华的努力，于是提醒他。

王贵华心想不是智太也罢。地球上的电脑也都不是智太。他发现盒子上有按键，上面是朴陀人的的文字符号，他看不懂，于是问类格：“他是坏了？”

类格答道：“应该是。它太老了。”

王贵华把盒子拿在手里翻来覆去，他发现这个盒子的一端有一个凹槽。他心里一动，或许它只是需要启动能源？

朴陀星现在的智太都配有自然能源，也就是说，他们机体的每个部件本身的一部分就是自然能源，自然能源自动吸取空中的能量，所以智太不需要电池启动，也不需要充电维持。而这个老式机器显然没有这种功能，也许它是耗尽能源后，便“坏”了。

王贵华把“电脑”盒子递给类格：“你帮我找找，看能否在我们这堆古董里找到和这个凹槽相配的东西？”

类格不愧是朴陀人的材料管家。不一刻他便找到了一个小长条快递给王贵华：“这个能和你的‘电脑’配对。”

王贵华看到，一把拿了过去，按到盒子的凹槽处。几乎同时，一个黑白的立体虚拟图影从盒子上放射到空中，而且，伴随影像的不是朴陀人常用的意识信息，而是声音！显然是布谷苏的功能，王贵华完全能理解声音所代表的意思！

“你知道它这里边有多少内容吗？”王贵华兴奋地问类格，因为他意识到这图影是在讲述朴陀人的历史。

“不知道。但从它的载体看，很多。”类格回答得有些不伦不类。

王贵华明白类格的意思。他曾经和类格讨论过载体。当时，他在和类格讨论类格机身上到底储存有多少信息时，类格说他承载了朴陀星所有的已知信息。王贵华完全不敢相信，当然，在朴陀星待了这些日子，他知道这是真的。

地球上电脑的信息存储是以0或者1的两种字节为最小单位。比如一个汉字需要两个字节来承载，如果是声音或者影像就需要更多的字节。这也使得图像比简单的单词需要更多的字节或者载体容量，而图像组成的视频则需要更多的载体容量。

而在朴陀星上，一个类格不但储存有朴陀所有的已知信息，而且还能在瞬间应用，他们使用的是什么样的储存方式呢？他们的这种能力可能还要让地球的科学家们梦想无数年，而这里，几乎所有的智太都和类格类似。

每个智太都承载有全部的知识，那么朴陀人也就不需要一个巨大的中央信息储存器供朴陀人获得信息学习知识，那么，他们也就不需要传递信息的网络。

章七十四

类格说这个盒子里的内容很多，但是多少分钟，或是多少小时？王贵华十分好奇。他聚精会神地看着影像听了起来。

朴陀星曾经经历过一场大战，而战争中，有一项技术极其可能就是笛陀现在用的控制各地智太的技术。

当时朴陀星的科技似乎只是略为高于今天地球的科技，朴陀们制造出各种机器为自己服务。依靠这些机器，朴陀星进入了完全机械化的时代。但是有一天，一个朴陀编写出一个程序以后，朴陀星的宁静便被打乱了。

这个程序就像一个可怕的病毒，它让所有被感染的机器拥有了独立意识，第一个过了奇点的机器由此产生。他能够根据自己的需要做出判断，并产生行为，而不是听命于朴陀人的指令，更为严重的是，他还给自己起名为智太，并开始编写新的程序，并给程序起名为智太意识体。这个智太意识体让更多的机器越过奇点，变得和朴陀人几乎没有差别。

智太的出现在朴陀星掀起了轩然大波，朴陀人因此产生分歧，他们形成两个派别，保守的朴陀人认为拥有独立智慧的智太会对朴陀人的社会形态产生冲击，他们要毁掉有独立意识的智太；而社会精英们则认为朴陀星需要这些智太，他们可以帮助朴陀人做更多事情，只要他们为朴陀人所掌控。

王贵华静静地看着。作为一个旁观者，他已经完全沉浸到朴陀星的过去里了。他内心隐隐感到了解朴陀星的历史会对打败笛陀有特别的帮助。

刚开始，两派朴陀人的冲突还不是很明显。支持智太存在的精英方占据了上风，他们开始建造拥有自主意识的智太统楼，并安排一部分朴陀人移居进统楼，因为统楼提供了满足朴陀人的一切生活需要。

但是矛盾接踵而至。统楼虽然方便了朴陀人的生活，但却涉及朴陀人的私有财产问题，而且统楼的生活方式和财产观念与传统观念格格不入。

保守派不能接受智太给他们带来的将来，两派的矛盾逐渐激化。最终，保守派聚集起来，开始销毁智太。

为了各自的利益和理想，精英派和保守派之间爆发了一场极其惨烈的战争。战争初期，精英派利用智太的帮助一度挫败保守派，但保守方也不甘示弱，他们发明了防御用的阻太和具有攻击性质的唰沥，与精英派对抗。

王贵华看到这里，恍然大悟：原来罗加克的阻太和罗亚克的唰沥，都是这个时代的产物，但既然阻太和唰沥都留存了下来，为什么现在的朴陀人却对此技术一无所知?

阻太和唰沥出现后，保守派逐渐稳住了阵脚。但是这个时候，精英派中又出现了一种全新的技术。这种技术可以改造并控制所有智太，他们称之为砣意技术。

王贵华心中一惊：“改造并控制智太，难道那就是笛陀用的技术？”他急忙往下看去……

原来朴陀人也经历过电脑中央处理器，云计算这类技术进程。精英派利用砣意技术侵入了保守方的阻太，并升级了阻太内相当部分的非奇点机器，让它们变成了智太。这些智太又利用砣意技术相互串联后，成功地制造暴乱杀死了数以万计的保守派朴陀人。愤怒的保守派没有其他选择自保，他们动用了大规模毁灭性武器唰沥。唰沥让数以百万计的朴陀人，包括智太死于非命……

看到这里，王贵华心想，这是不是今天朴陀人数量不多的原因?

双方的战争陷入了胶着状态，无论是精英派还是保守派，都遭受了严重的伤亡。终于有一天，双方都意识到，战争如果再持续下去，朴陀人必定灭绝。

双方不约而同地提出和谈，经过数不清多少次唇枪舌剑的谈判，双方达成协议：保守派允许智太存在，但是否在统楼居住由朴陀人个人选择；精英派答应毁掉砣意技术。因为保守派不能容忍任何人再次使用砣意技术，而且，万一砣意被失控的智太掌控，朴陀人必定会灭绝得更快。

双方联手毁掉了砣意技术，并让所有智太都不能有主动性思维。消除了智太潜在的威胁后，为了永久和平，朴陀人发明了一种技术抹去了朴陀星上所有的关于这场战争的记忆，以及战争本身的概念……

王贵华心想，这大概是朴陀人的知因中没有战争和冲突的概念的原因了。而且，因为智太的存在，朴陀人不再需要工作，于是也逐渐失去竞争意识，没有了争强好胜的心态，他们过上了安定的生活……

他们没有料到，在朴陀星本来绝对不可能发生的事最终还是发生了，因为他们的智太笛陀去了地球，一个和朴陀星的过去类似的地方，然后把地球上的某些意识，也是朴陀星的过去，带回了今天的朴陀星。

笛陀控制各处智太的技术应该和影像里的砣意相同，它是一个智太的中央控制系统。想到这里，王贵华心里一动，笛陀不可能知道砣意技术的细节，他一定是在操作777酒店和陈信良的电脑时了解了地球人类的网络服务器，或者所谓的云技术。

这样的话，要解决朴陀各处智太的暴乱就必须先摧毁笛陀的服务器，因为只要这个服务器存在，笛陀通过信息的接收和指令的推送就能控制朴陀星所有的智太。

想到这里，王贵华既紧张又激动："得马上告诉队长！"他说着，放下手中的盒子便匆匆跑出了房间。他身后的类格感知到他的离开，同时也感知到影像没有关闭，类格在自己的意识体里自言自语："他这是怎么了？"

朴汨的房间现在成了临时的作战指挥中心。留守在罗加克附近的黑陀传来消息，笛陀的智太大军已经从罗加克出发。"嗖"去罗加克确认的黑约回来说，他完全看不出笛陀到底出动了多少智太，只是漫天遍野都是飞锐、飞安、刀锋人、大甲脚、笛卫，还有相当数量的运输舰。

"我们已经没有其他办法了。"李古力对大家说出了自己的打算，"我们即使有微沥，也不可能同时对付那么多的智太。现在唯一的办法，就是消灭笛陀。只有消灭了笛陀，我们才有可能寻找办法解决他的智太军队。"

"但是笛陀一定有严密的防备。我们能靠近到他吗？"黑威问。

李古力早已经想过这个问题。他和关凯两人再次"嗖"进工厂的时候，笛陀就在不远处，而他们俩却完全没有办法在层层守护的笛卫中找到他的踪影。而且，那是九死一生的境地，但是，现在没有其他办法："我们去十个人，准备二十套微沥，再加二十个微沥球。"

关凯听到，抢话道："队长，我去，我带十个人去！"

"不行，我带队。这十个人必须配合默契，我们团队的行动必须比笛卫的还快才行。"

"队长……"关凯知道这个任务的艰难和风险，他正要再努力说服李古力让他带队去，王贵华匆匆地跑了进来打断了他的话："队长。"

"怎么了？"李古力以为王贵华和黑智研究出了新的武器，"有什么进展？"

"我知道……我知道笛陀是怎么控制那些智太了！"王贵华一边说一边喘气。

"怎么？"李古力一听，急问。

"是服务器！"

"什么服务器？"

"云计算服务器。他用的是云计算服务器的技术控制的智太。"

朴汨听到，忙问："什么是云计算服务器？"

王贵华不管朴汨是否听得懂，他一口气说出了他的发现："笛陀一定是通过那些投降的黑陀，在智太的意识体中加进了自己的程序。这些程序让单个的智太和笛陀控制的服务器链接，于是这个智太开始接受笛陀的指令，比如同化其他智太，或者开始暴乱。这一切都受笛陀的控制，这在朴陀人的历史上已经发生过。"

"朴陀人也有过云计算？"李古力疑惑道。

"朴陀人类似的技术叫砣意。这是我刚从一个朴陀人的历史影像里看到的。"

朴汨没有完全听懂，但他觉得王贵华说的似乎很严重，便问道："那我们如何克服它？"

"云计算也罢，砣意也罢，它们都依赖一个中央服务器。只要我们能打掉笛陀的服务器，那些智太就不会再受笛陀控制。"

"你知道笛陀服务器的位置么？"李古力急问，他一下觉得有了打胜这场战争的希望。

"不知道。"王贵华迟疑地回道，"我也是刚发现服务器的事。"

"没事。你去找黑智，尽快想办法找到锁定服务器的方法。"

章七十五

王贵华刚走到门口，突然发现关凯从门外走了进来。他一下楞住了，他不是一直在屋里么？王贵华不自觉地停下了脚步，扭头回看，对啊，关凯还站在他原来的地方。这是怎么回事？正想着，进来的关凯后面又走进来五个关凯。他们和关凯没有任何差别，个子，打扮包括眼睛上的布谷苏。他们一下走到关凯身边站成一排。

“这是？”关凯看着“自己”走到自己身边，大为诧异。他看向王贵华，又看李古力。他正纳闷，黑智走了进来。

王贵华看到黑智，一下反应过来：“是你？”

“是的。”黑智回道，“我发现你们中间关凯的战斗能力很不一般，所以我制造了六个关凯克隆。我想我们下面能用上的。”说着，他走到一个关凯身前，拉了拉他的衣襟。

关凯看到过笛陀形状的笛卫，但是笛卫的衣服是制服而不是笛陀的袍子，但这些关凯的所有细节都和真关凯是一样的。他看着其中的一个“关凯”，有些好奇地问黑智：“他们脑子里和我想的也是一样的？”

“不完全是，但有足够的相同让你们能做到沟通默契，行动起来就像一个人一样。”

“你是怎么知道他的思想的？”王贵华也凑到一个“关凯”身前仔细打量。

“上次造恐怖炸弹的时候，系统提取了你和他的思维模式和基本知识构架，只是你们亮星人的意识和我们不完全相同，所以智慧部分这些‘关凯’并没有，他们还得向关凯学习才能得到。”

“那他们相当于笛陀的笛卫？”

“不是的。严格来说他们并不完全是智太，他们是我们之前战死的朴陀人改造而成，所以应该算是黑陀，但更具有智太的特征。”黑智解释道。

王贵华有些羡慕地对关凯说：“这下你也有自己的‘关凯队伍’了。”

关凯听到，一下想到了刚才讨论的再次猎杀笛陀的事，他转向在一旁打量他的克隆的李古力：“队长，这下有办法了。”

“什么办法？”李古力没明白他的话。

“你看这些‘我’，我带上他们再去猎杀笛陀，一定能成功。”

李古力想了想，又看了看那六个气势昂扬的“关凯”，答应了：“那好吧，你一切小心，如果没有机会就立刻返回，千万不要强求。”

“我明白！”关凯应道。

“小王，你和黑智仍然去搜寻笛陀的服务器的所在。”

“是。”王贵华听到，拉着黑智便往外走。黑智还不知道李古力说的服务器是什么意思，还要问李古力，却被王贵华打断道：“我回头和你解释。”

关凯把“嗖”系到腰间，带上华觅，一手一个微沥。见其他“关凯”也武装完毕，对李古力打一个招呼：“队长，你等我们的好消息！”便“嗖”一下不见踪影。

七个关凯陡然出现在笛陀附近。即使笛陀和笛卫们早就准备着这种情景的发生，他们还是愣了一愣。

他们一愣之间，关凯右手一扬，微沥顿时射向笛陀。

笛陀神速，他一个矮身，差点就躲过了微沥的照射，但他的头颅还是没有逃离微沥覆盖的区域，他的躯体倒到了地上。

关凯左手的微沥跟上，这次融化的是一个扑到笛陀躯干前的笛卫，与此同时，克隆关凯和笛卫间的冲突已经开始。

“关凯”们最初的优势是出其不意，所以一下就消灭了几个身边的笛卫，但这种优势顷刻间就输给了笛卫们的数量。稍远处的笛卫马上持斥力枪反击，几秒钟内，两个守护在关凯身后的“关凯”被斥力枪打中，扑倒在地不再动弹。

关凯仍然左右手交替着用微沥射向笛陀倒地的所在，他必须要亲眼看到笛陀的躯体被销毁，但数十个笛卫在第一个笛卫被融化的同时冲到了笛陀的身前，毫无反抗地接受微沥毁灭性的能量。而这笛卫的身后，没有了头颅的笛陀把手插入自己的胸前，掏出云心，然后一把抓过身边的一个笛卫，把云心放到他的胸前。那笛卫一吸之下，云心进了他的身体。那笛卫没有停留，一个转身猛地向后窜了出去。

因为“关凯”们的牵制，关凯终于融化了笛陀身前的笛卫，他终于看到了仍然穿着长袍却没有了头颅的笛陀。他双手照向笛陀，一刻间，已经弥漫在空中的黑白针丝中又多了新的一团。

与此同时，又有两个“关凯”被斥力枪的子弹打中。这时更多的笛卫涌了过来，斥力枪子弹急雨般飞来，让人无处可躲。

见笛陀已经被毁，关凯才感知到四周的危险，他喊道：“我们撤！”

他“嗖”出的时候，剩下的两个“关凯”还在为他掩护，不一刻，他们便倒在了笛卫的弹雨之中。

章七十六

关凯走后不久，一直在监视敌军状况的黑约回来说，笛陀的大军已经逼近罗亚克。

不能让笛陀的智太大军靠近罗亚克，罗亚克不大，根本没有缓冲的纵深。

李古力决定自己带五百飞锐载三千类格配微沥和微沥球，另配有恐惧炸弹，在克外空中迎敌，组成第一条防御线。他让黑威带一千大甲脚，一千飞安载剩下的一千类格配微沥和微沥球，组成第二道防线。他又让朴汨带剩下所有的能战斗的智太和朴陀人，带所有可用的武器组成最后的防线。

他知道所有这些都挡不住笛陀的智太大军，但朴陀人没有了其他选择，自己也没有了其他选择。

他暗想，关凯和小王，这次的成败，就看你们的了。要么清除笛陀，要么让笛陀不能控制他的智太大军，除此以外，要战胜笛陀完全没有可能。

李古力深吸了一口气。他回想到在开阳的酒店外解救笛陀，然后笛陀摆弄陈总的电脑，笛陀去医院偷铅板，寻求能量不得后，再去坎布尔寺……

李古力再次仔细回忆着他所知道的笛陀的点点滴滴，希望能从中发现一些蛛丝马迹，找到应对王贵华说的那个服务器的办法。他忽然想起以前墨砣在地球受到干扰时，笛陀会找不到墨砣的信号。

会不会有什么办法干扰笛陀对智太们的控制？那样即使笛陀发出信息，智太们也接收不到！李古力想到这里，兴奋起来：得赶快告诉小王，问他这个方法能否行得通。

黑智听完王贵华介绍完服务器的技术后，又去看了一遍影像，然后却说寻找服务器的位置还不如直接造一个影像中的砣意。他带着王贵华回到自己的房间。很快，他就组装成了一个影像中类似的砣意。

王贵华知道黑智的能力，但亲看看着黑智在类格的帮助下组装出朴陀人历史中的砣意，他还是忍不住大为赞叹。他也组装出过华觅，但华觅相对来说还是非常简单，而且，他所看到的，所有的一切只要拼装就成，好像没有任何东西需要从零开始做起。

黑智解释说并不是所有的东西都能拼装，不过智太们在不断开发新的技术，这些技术也在不断转化为组件，所以新技术完成产品看起来仅仅是这些组件的拼装。

不管如何，砣意做好后，他们得做试验来确定他的效果，他们的目的不是控制单个的智太，而是控制笛陀的砣意。

王贵华看到李古力进到黑智的房间，兴奋道："队长，有办法了！"

李古力没有想到这么快他们就找到了笛陀的服务器的所在。想到这里的时候，他心里还划过一道闪念：怎么还没有关凯的消息？他问兴奋中的王贵华："找到服务器了？"

"不是，黑智造了一个砣意。"

李古力诧异道："你说的朴陀古人的那个武器？"

"是的。而且，我们这个砣意只要压过笛陀的服务器的信号，那么我们就能控制笛陀的智太了。"

"那怎么试验？"

王贵华看看黑智，一时没了主意。

"我带砣意去前方笛陀的大军所在的地方试验。"黑智说。

"我也去。"王贵华不甘落后。

他们回到罗亚克后没有带来李古力期盼的消息。

"没有用。"王贵华十分泄气，他们"嗖"到正在向罗亚克进发的笛陀大军附近，启动砣意并向笛陀的智太们发出停止的指令，但智太们毫无反应。他们觉得可能是距离的问题，于是冒险向智太大军靠近，但直到他们近到被对方发现的时候，砣意仍然不起作用，他们只好"嗖"了回来。

李古力提议道："会不会是笛陀的砣意功能强大，我们的陀意无法覆盖他的信息指令？"

黑智想了想，说："这很有可能。"

"那我们做一个干扰器呢？"李古力把他之前想到的关于干扰器的主意提了出来，"如果的确是我们的砣意不能覆盖笛陀的砣意的信息，那我们对他进行干扰，然后我们应该就能有机会在这种状态下控制他们的智太。"

"这是一个很好的主意。我这就去。"黑智说着，一刻也没等便走出了房间。王贵华也跟了过去。

看他们离去，李古力觉得心里一阵失落。关凯怎么还没有回来？难道他出事了？

在李古力思索着还有其他什么办法应对笛陀的智太大军的时候，关凯回来了，他显得疲惫不堪。

“队长，对不起，我没有完成任务。”关凯懊丧地蹲到地上。

李古力看关凯回来本来很高兴，但听他说没有完成任务，知道他没有能够除掉笛陀，心里又是“咯噔”了一下：到最后，可能只能和笛陀硬碰硬了。

“怎么回事？怎么这么长时间？”

关凯大致地讲了一下在罗加克工厂里的情景，然后接着说：“我本来是直接‘嗖’回来的，但不知怎么我只‘嗖’到罗亚克的郊区，‘嗖’不能再启动，我就只能徒步回来了。”

“但是笛陀不是死了么？怎么说没有完成任务？”李古力奇怪道，因为关凯说了他是亲眼看着笛陀化为针丝的。

“我在向回走的路上总觉得什么地方不对，然后我掏出华觅一看，笛陀的亮点还在。”关凯站起身来，把华觅递给李古力，“我也不知是怎么回事。”

李古力接过华觅，的确，笛陀的亮点还在罗加克的工厂区。他轻轻地叹了口气：“他很可能是转移到其他笛卫躯体中去了。可惜了。”这时他才注意到其他的“关凯”没有回来，他猜到了大概，“其他‘关凯’都没能出来？”

虽然那些“关凯”不是真实的生命，但短暂的相处已经让关凯觉得他们就和自己是兄弟一般，更何况说到底，他们都是为了他而死。他不知道心里是什么样的感情。他简短地回道：“是的。”

章七十七

呼瑟率领的二十万智太大军赶到了罗亚克的外围。李古力的第一层防线上的五百飞锐在漫天遍野的智太大军面前显得异常渺小。呼瑟根本没有把那五百飞锐放在眼里，他正要驱军直入，却被笛陀告知暂且停止前进。

他不知道笛陀打的是什么主意，但他知道，元首总是对的。

事实上真正控制着大军行动的还是笛陀。呼瑟只是现场指挥，但云心却控制智太们最终的行动。

“呼瑟，你看到右方的嘟咿突戈森林了吗？”

“是。元首。”呼瑟不知道笛陀又有什么主意。

“你派一队刀锋人和大甲脚，切断嘟咿突戈森林和罗亚克的通路。”

“是。元首。”

笛陀似乎知道呼瑟没有提出的问题：“你在想为什么要这样做？”

“是的。元首。”看笛陀知道自己的疑问，呼瑟更是佩服元首的智慧。

“我们不需要食物，但朴陀人的生存却依赖食物。突戈是朴陀人的食物，如果朴陀人没有了食物，那他们就会死亡，我们就可以不战而胜了。”

呼瑟从来没有考虑过食物这个概念，但他的知识意识中却知道朴陀人和智太不同，听笛陀这样解释，他恍然大悟：“好。我马上安排！”

在地球的时候，笛陀见过因缺少食物饥饿而死的人，所以他觉得让朴陀人没有了食物一段时间后，朴陀人也就会自己消亡了。但这只是他按兵不动的一个理由。他并不在乎等待，但他更希望用战争完成他对朴陀星的征服，但有一件事始终是他的心结，这也是他为什么只派了一半兵力远征罗亚克的原因：朴陀人那个让他在罗亚克建立的新区消失的武器。

而且，他还两次亲身经历了那种武器的微沥，一次，他失去了一个胳膊，另一次，他失去了整个身体，如果不是有笛卫扑了上来，他也就不再存在。想到这些，他至今还心有余悸。

因为阻太的降落，他为降服的黑陀们派去了飞锐。他们正加快让朴陀星所有智太加入到云心的链接中。他能感知到云心中闪亮的灰点形成的区域越来越大。这个时候，自己不能在罗亚克有任何闪失。

李古力率领着由五百飞锐载着三千类格组成的一线防御，守在罗加克和罗亚克之间的弯月形通道上。表面上，笛陀的大军似乎是因为他们的存在而停止了前进，但李古力心里明白，一定是另有原因。他不知道这个原因是什么。他知道的是，笛陀一定会有所动作的。

果然，朴汨发来信息，一大队刀锋人和大甲脚把罗亚克和嘟咿突戈森林的通路切断了。朴汨一直在安排其他克陆陆续续赶过来的难民迁去嘟咿突戈森林里躲避战争，现在这条路已经不再通了。当然，罗亚克里的食物储备有限，没有了食物意味着的后果大家都十分清楚。

这条路不能不通！李古力心想。他让一个类格“嗖”到黑威处，让他安排一半的智太战士去争夺通路的控制。即使失去罗亚克也不能失去这条通道，因为嘟咿突戈森林是罗亚克的朴陀人最后的避难所。

同时，他也在考虑，是否现在就撤，集中所有智太力量夺回通道，放弃罗亚克，带所有的朴陀人退进嘟咿突戈森林。

但是，他又担心，如果自己的阵营一动，笛陀的大军跟进的话，那就根本没时间退却了。

李古力正踌躇之间，黑智和王贵华来了。

“黑智的干扰器做成了！”王贵华兴奋地报告。

听到这个消息，李古力心里一喜。他急问：“试验了没有？”

“是的，但还不行。”黑智回答道，“干扰器离笛陀的砣意太远，起的作用微弱。我们只有把干扰器送进罗加克才能让它产生效果。”

“为什么？”李古力不明白。

“你看这个。”王贵华把华觅放到李古力面前。

华觅上原先代表笛陀的灰点上另一个不同灰度的亮点与它重合：“这是什么？”李古力看着那新的灰点问。

“那是笛陀的智太控制器，也就是黑智说的笛陀的砣意。黑智改进了华觅，把笛陀的砣意也一并定点了。没想到它们完全重叠。”

“你是说笛陀和他的控制器在一个地方，或者说，控制器就在笛陀身上？”

“是的。所以我们只要消灭了笛陀，他的控制器也就失效了。”

王贵华说得没错，但有了上次关凯的“关凯小队”的经历，现在要刺杀笛陀完全没有可能。李古力看了一眼黑智手中的干扰器，问：“你刚才说干扰器要放到罗加克才能有效，那是因为笛陀在罗加克？”

“不完全是。”黑智答道，“罗加克在朴陀星的中心位置。在那里干扰器能够覆盖整个朴陀星，所以我们把干扰器放到罗加克后，即使砣意离开罗加克，干扰器仍然有效。”

李古力还有疑问，他觉得直接问黑智不妥，因而转向王贵华：“如果干扰器启动，我们的砣意肯定能盖过笛陀的控制器？”

黑智听到，没等王贵华回答便肯定道：“是的，这个我完全肯定。我们之前的试验没有成功是因为意识信号的强弱问题。”他看了看手中的干扰器，“只要这个干扰器启动，砣意一定能控制笛陀所有的智太，除了他的那些克隆，但笛陀一旦没有了其他智太，他的那些克隆也便不再可怕。”

“那我们现在就去罗加克。你设置干扰器，我来用砣意控制智太。”

黑智顿了一顿，说：“我把砣意交给朴汩了。”

李古力没有明白黑智的意思，他疑惑地看向他。

黑智有些吞吞吐吐：“砣意的能力太强大。他能控制朴陀星上所有的智太，也等于朴陀星的一切……”

李古力明白了黑智的想法，他是担心控制砣意的人会变成第二个笛陀。现在是最紧要的时间，如果能在笛陀还没有开始攻击前启用砣意，那将避免一场巨大的灾难：“没问题。砣意交给朴汩决定由谁掌控。你和小王现在就去罗加克？”

“我自己去。”黑智的语气不容置辩。他把一个按钮器递给李古力，“这是干扰器的启动件。如果我不回来，你用这个来启动干扰器。”

李古力接过启动器，说：“罗加克那里太危险，让小王陪你去。”

“不需要。”黑智语气短促，他看着李古力布谷苏后面看不到的眼睛，说：“李古力，罗亚克这里就交给你了。”说完，他便“嗖”了出去。

王贵华对黑智的举动有些莫名其妙：“黑智这是怎么了？”

李古力对黑智离开前所表现的神情也很是纳闷。他不知道的是，黑智是抱着必死的心去罗加克的。

章七十八

黑智一直在为他没有能在最后关头再次启动阻太而后悔，如果阻太还在，笛陀就还会被困在罗加克内。

这是他罗加克随队返回罗亚克后一直把自己关在房间里的原因。他一直在寻找克制笛陀的方法。

针对在微沥所能覆盖的面积小这个问题，他在微沥的基础上研制了能自动扫射的微沥球。他还利用关凯的智慧信息制造了关凯的克隆。受王贵华的启发，他复制了古代朴陀人所用的砣意。现在，他必须把干扰器放到罗加克去。

他知道，战事紧急关头，笛陀又刚遭到“关凯小队”的刺杀，笛陀一定会对自己的大本营严加防范，所以这次去罗加克的危险比先前的任何一次都大。

不过罗加克似乎已经是一座空城。黑智“嗖”回到罗加克阻太控制器所在的老统楼时，这里空无一人。阻太的控制器，还有黑力的躯体都不复存在，显然，笛陀的那种子弹让它们彻底融化了。

黑智来不及多想。他跑进一个堆着杂物的房间，把干扰器放置到一个角度，启动到预备状态。他这样的设定是为了配合李古力的攻势突然启动干扰器，就能打笛陀一个措手不及。

黑智走出房间，刚要“嗖”回，一支四个笛卫组成的巡逻队发现了他。

必须消灭他们，他们发现了自己，也就可能找到干扰器。

黑智向他们迎了上去，手一扬，两个笛卫被他手中的微沥溶化。他手再一扬，另两个智太也一下化做一片黑白针丝。

但后两个笛卫手中的斥力枪中的子弹已经向黑智射出。斥力枪射击所发出的“噗噗”的响声还未消失，多颗子弹便击中了毫无隐蔽的黑智。

几秒钟后，统楼又静下来，里边不再有笛卫，也不再有黑智，只有干扰器感受到了刚刚所发生的一切。

在罗加克另一头的智太制造工厂里，笛陀正关心着罗亚克和它外围的嘟咿突戈森林的通道上的缠斗。他的云心感应着刀锋人和大甲脚的反馈，他意识到呼瑟派去的数量不够，因为不时有灰色的亮点在他的云心上消失。

黑威亲自带来的飞安虽然被刀锋人割裂了不少，但五百类格使用的微沥阻挡了刀锋人的冲击，地面上，双方的大甲脚混战成一团，让飞安不能随意扔微沥球，但终因黑威一方数量占优势，通道终于重又被朴陀人控制。

笛陀心想呼瑟一定是轻视了朴陀人的力量。他手下二十万大军，一旦蜂拥而上，罗亚克根本不是对手，可现在还不能贸然行动以至于逼急罗亚克的朴陀人。但是，那条通道却非常重要，不能放弃。笛陀向呼瑟发出信号，刚要让呼瑟增派智太去夺回通道的控制权，他突然感觉到一种异常的意识反馈。

他一愣：这是哪里来的感觉？这感觉是一种焦虑，一种介于恐惧的焦虑。它不是来自于呼瑟，因为他分明能感觉到呼瑟的意识体中的迫不及待。这种感觉也不是自身的意识，因为自身的意识是直接的，不会如此的模糊。

笛陀定了定神，他查到了这个反馈的来源。那是他身体里的云心。云心接受到一种莫名的信号，一种很微弱的信号。是这个信号把那种焦虑反馈给了笛陀。笛陀集中起自己的意识力，分析这个信号，但完全不能找到信号的来源。

难道这是朴陀人的又一种新的武器？

难道这就是朴陀人用以毁灭了他回到朴陀星建起的第一个智太新区的武器？

他不敢想下去，但是他知道，如果朴陀人使用了这种武器，他的进和退便不再有差别。他不能坐以待毙。他必须主动出击，争取在朴陀人再次使用这种武器之前把它销毁。

“元首？”呼瑟感应到笛陀的信号，但笛陀却一直没有发布指令。他有些奇怪地询问。

“呼瑟，让你的二十万大军出发，攻下罗亚克！”笛陀命令道。

一时间，运输舰、刀锋人和飞锐在空中领先从原先静止的队伍中冲出，一大片密密麻麻的小黑点迅速向李古力所在的位置压了过来。载着笛卫的飞安们紧随其后，与此同时，地面的大甲脚们也大踏步地向前进发，整个地面都因为他们沉重的踏步而震动。呼瑟在一架飞安上呼喊着：“冲啊，为了元首，为了智太，冲啊！”他的呼喊在智太队伍的群体意识中回转，让智太们更是义无反顾。

几分钟前，李古力手中的干扰器的启动器开始震动并闪烁起来。李古力大喜，黑智的干扰器连接上了。但是黑智怎么还没有回来？

“我去看看？”关凯自告奋勇道。罗加克失利回来后他被安排在第二道防御线协助黑威，但因为后方无事，他赶过来看李古力这边能不能用得上他。

李古力正要做决定，他看到前方笛陀的阵营有黑点从阵营中移出，他们开始进攻了！他心里咯噔了一下。几乎同时，黑威“嗖”了过来。

黑威还没有看到笛陀阵营的推进，他一出现便向李古力报告：“已经全歼通往嘟咿突戈森林道路上的笛陀的智太，我是不是留在那里？”他的话还没有说完，飞在最前方全速扑来的运输舰和刀锋人发出的嗡嗡声已经响彻战场。他一时间愣住了，他从来没有看到过如此数量的智太一时间竟然占满几乎半个天空。

在这种攻势下，黑威的第二道防御已几乎没有任何意义。李古力下令道：“黑威，你回去通道，让朴汩加紧转移克里的人。关凯你回第二防御线，把人都带过来！”

他们正要离去，突然，黑威的神色异变：“李古力，黑智死了！”

“什么？”李古力大惊。他不知道亲近的黑陀死亡后，即使再远，同伴也能感受到。

黑威没有回答。他手一抓腰间的“嗖”，一下消失。

李古力没有迟疑，随即按下干扰器的启动器上的按钮。他指望着对方阵营的移动或者其他行为发生变化，但什么也没有发生。

只能依靠自己了。他想。

三百飞锐载着近两千类格冲出了李古力的阵地，迎着空中的敌人而去。另有一百飞锐在低空冲向地面的大甲脚。

每个飞锐上有六个类格，每个类格的双手都武装了微沥。他们在空中接触到敌人前的瞬间射出三千多道微沥能量。微沥所照之处，运输舰和刀锋人纷纷消失，取而代之的是一阵阵飘舞的黑白针丝。

低空的飞锐向呼瑟指挥下的大甲脚们扔出了恐惧炸弹，但笛陀的大甲脚这次没有止住脚步，他们中的一些看到扑来的飞锐，也启动他们自身的喷射装置，弹跳着跃到空中，有些飞锐来不及躲避，在大甲脚强大的冲击力下被撞得四分五裂。

但因飞锐碎裂后落到地面的类格并没有放弃战斗。他们用微沥扫射周围的大甲脚，而还飞行在他们头顶的几十个飞锐上的类格们开始向大甲脚的队伍抛出微沥球，一时间，地面也飞起团团针丝。

呼瑟看到前方的战况，他加强他的意识体能量大喊道：“冲啊。我们没有恐惧，我们所向披靡。我们冲啊，让所有敌人都去死吧！”

呼瑟战阵后方飞安上的笛卫们很快就赶到了战阵的前方。他们手中的斥力枪成了李古力的飞锐们的克星。飞锐们纷纷被斥力枪的子弹打中，不再有动力，类格们纷纷从上面向远远的地面跳去，来不及从飞锐上跳下的类格们随即和飞锐一起被斥力枪的子弹腐蚀，不久便一起消失，而跳到地上的类格几乎一半没有能再次站立，即使能够站立准备再次投入战斗的类格们，也被从飞锐上倾翻落地而启动的微沥球的能量射到，和周围笛陀的智太们一起变为飞丝散乱地落在阵地上。

“冲啊！让所有敌人都去死吧！冲啊，让元首为我们骄傲！”呼瑟这时冲到了最前方。他在一架飞安上把自己的意识呼喊放到最大。

已经赶到前线的关凯看到，便要向呼瑟“嗖”去，却突然被李古力拦住了。

关凯不解，看向李古力，急急地问：“队长？”

“你看。”李古力指向呼瑟的队伍。

李古力的类格们虽然英勇，但他们所面对的敌人数量实在太多，他们剩下的虽然不时在敌人阵营割开一个个缺口，但这些缺口很快又被后面赶上来的智太填补。但突然之间，笛陀的运输舰不再运动，刀锋人也不再旋转，而类格们却仍然将微沥的能量射向敌阵，他们周围笛陀的智太们也随之一片片地消失。这情景如梦幻一般，笛陀的大军在任人宰割。

“这是怎么了？”关凯不解。

章七十九

还没等关凯反应过来，笛陀的大军在呼瑟的呼喊中突然醒了。他们在相互传递着呼瑟“冲啊”的呼喊意识，他们奋起向罗亚克的类格们反扑。运输舰冒着微沥的扫射前仆后继直到撞到飞锐把类格们冲落去地面，笛卫们再赶上，用斥力枪的子弹把他们腐蚀消融。

笛陀大军的苏醒有呼瑟意识鼓舞的功劳，但更多的是笛陀再次控制了他的智太大军。

就在一刻前，笛陀突然感觉心慌，他意识到云心和智太的链接开始脱落。他不知道这是什么原因。他不知道这是黑智置放的干扰器开始起作用。他努力集中意识，在几秒钟之内重新建立了云心和智太的关联。他虽然松了一口气，但意识到云心智太的关链减弱和地球人李古力很可能有直接的原因。

如果是这样，那想象中的朴陀人的大规模毁灭性的武器应该并不存在。他的罗亚克的新区的毁灭或许是其他的原因。不然朴陀人没有理由到现在二十万大军压境的危机时刻还不使用那武器，却靠地球人的雕虫小技维持反抗的努力。

想到这里，笛陀决定亲临前线做最后的全力一击。

很快，呼瑟率领的智太大军突破了李古力的防线，李古力、关凯和王贵华各持微沥乘一架飞锐在智太大军中左冲右突。防线不在了，他们在努力突破空中呼啸的运输舰、刀锋人和飞锐上的笛卫赶去黑威的所在，去帮助朴陀人撤退。突然间，王贵华看到笛陀飞锐上的一个笛卫正向关凯开枪。“老关！”他呼喊关凯的同时把微沥射向笛卫。笛卫脚下的飞锐迅速闪开。王贵华知道笛卫手中的那种枪的厉害。他嗓子眼一睹，再看关凯，却发现他仍然在没事般用微沥清扫前方空中的道路。

关凯不是没有中弹，他感觉到右大腿一阵刺痛，但大敌当前，他无法细顾。

这时，在临时作战指挥中心里，朴汨还在犹豫。

他手里拿着黑智交给他的心状的砣意，思索着最适合掌控砣意的人选。他没有把自己作为砣意的掌控人，因为他看到影像上古朴陀人因为砣意的出现而产生的暴力。他不能试探自己。如果自己的智慧因子中还有着自己所不知的传承至今的暴力的残余的话，那么任何一个人，包括他自己，控制朴陀星上所有的智太的可能性就太可怕了。那将是一种何等的权力，那将是一切危机的起源。

朴汩抬头看了看墙上来自李古力前线战场传回的影像，闭上眼睛——不能再等了，再等下去，笛陀的智太们就即将冲到自己的统楼了。

他努力把脑海中出现的人物，黑威、黑约、李古力、关凯、王贵华再过滤一遍，却仍然不能确定他们中谁能掌控砼意。

砼意代表着终极的权力，代表着控制，而权力和控制欲不是每个人都能驾驭的，他排除了黑威和黑约，亮星来的三个人？不行，关凯和王贵华所提取出的意识中显然有着对权力的追求，而李古力是他们的领头，更不可相信。

暗娃呢？朴汩突然想到了暗娃。暗娃是朴陀人，而且还和自己有过孩子。但暗娃也不行，朴汩突然想到砼意移植进朴陀人的人体后不能再分离，而亮星人来自亮星，在完成战事后仍然能够分离，他想到了高雅妮。

暗娃和高雅妮一直在帮助罗亚克的朴陀人转移到克外的嘟咿突戈森林，她们最后来到朴汩的房间，要朴汩转移。

朴汩打开房间门。暗娃看到朴汩，赶紧说："朴汩，我们走吧，再不走就来不及了。"

朴汩没有回答她，他的目光放在了暗娃身边的高雅妮脸上。

他看不到高雅妮布谷苏后面的眼睛，但他能真切地感受她对他的关心，以及她来到朴陀星后对普通朴陀人的关心。

朴汩当即下定决心，由这个来自亮星的女人控制砼意。

"高雅妮？"朴汩开口道。

高雅妮正要回答，朴汩却没让她开口。他让暗娃和高雅妮进到房间里，让她们看前方战场的情景。她们俩都没有想到前方的防线已经被笛陀的智太大军淹没，而李古力等所有人也没有了踪影。

朴汩把砼意递给高雅妮："我们已经失败，唯有靠黑智的这个砼意能扭转局势。高雅妮我需要你来启用它，来控制笛陀的智太。"

"我？为什么不是队长？"高雅妮脱口而出。

"事情紧急，我们不能等了。"朴汩没有说出自己真正的理由。

高雅妮再看一眼墙上的影像，战场形势紧急，她来不及多想，问："怎么用？"

朴汩把砼意放到高雅妮的手中："放到你的胸口。"

高雅妮不知道朴汩的用意，但当她把砼意放到自己胸口附近的时候，她只觉一凉，手中的砼意竟然一下消失。旋即，高雅妮只觉得脑袋一阵强烈的刺痛，她闭上眼睛，却发现眼睛里仍然看到无数的灰色小点。那些连成一片片的灰色小点在砣意上忽灰忽亮。

“你看到了什么？”朴汨问。

“很多闪烁的灰点，在砣意上。”

“那些都是智太，活跃的智太，朴陀星上所有的智太。”

高雅妮觉得不可思议：“朴陀星上所有的智太？”

“是的。那些闪烁的灰点是笛陀的智太。你现在可以对那些智太发出指令，停止这场战争。”

“他们会听我的？”

“是的。你可以让他们自相攻击！”朴汨紧张地看着高雅妮。

高雅妮想了想，她没有选择让智太们相互攻击，到朴陀星这段时间里，她看到了太多的杀戮，她想到那些死去的朴陀人，还有那么多被摧毁的智太，她想到李古力、关凯、王贵华他们还不知道在前方什么地方厮杀。她突然想，能不能让这场大战立刻停止呢？

她的意念发出，一时间战场上刚才还不绝于耳的尖啸戛然而止，还剩下的十几万智太一时都僵持在空间和地面，就连李古力一方刚才还在殊死一搏的类格们也都停止了攻击。在干扰器和砣意双重的影响下，云心的控制不再，这让刚赶到罗亚克里的笛陀大吃一惊。

章八十

觉察到脚下一直在寻找突破机会的飞锐突然停住不动，李古力大吃一惊。虽然朴陀星上的飞行器的突然停顿不会让所载的人感觉到惯性，但自身的不动必然会成为敌人的靶子。

“队长……”王贵华也叫了起来。

“都不动了。”关凯也喊道

他们这才发现不仅仅是脚下的飞锐停在空中，他们周围所有的智太都静止了。难道是笛陀？李古力不敢想下去。

“难道是砣意？”王贵华又叫了起来。

他们不敢在停止的飞锐上停留。幸好这时飞锐离地面不是太远，他们逐个从飞锐上跳到地面，绕过姿势各异而又一动不动的大甲脚们继续向黑威所在的方向跑去。

此时，高雅妮通过砣意发出的意识不仅影响了罗亚克战场上的智太们，也让朴陀星所有地方的智太们停止了暴乱。

笛陀努力重新控制云心，但开始时云心还飘忽不定，过了几秒钟，他竟然完全感觉不到云心存在的意识了。笛陀看到随他而来的三百笛卫僵着躯体定立不动，即刻重新启动自身的意识复制功能。紧接着，他听到了呼瑟的喊声：“保卫元首，冲啊！”一时间，笛卫们苏醒了，他们奔跑着迅速围绕到笛陀身边。

智太停滞的一刻，呼瑟刚好离笛陀不远。笛陀的意识发出后，他第一个收到，他苏醒的同时，也喊出了第一声口号。

透过重重包围保护着他的笛卫们，笛陀看到了由朴陀人组成的还没有退却的第三道防线。他发出攻击指令的同时，呼瑟的意识声音也占满了笛卫们的意识：“为了元首，冲啊，杀了他们，冲啊！”

一半多的笛卫们冲了出去。他们端着斥力枪向朴陀人开枪，但他们马上发现斥力枪不再能发出子弹——他们不知道同样属于智太的斥力枪也受到了砣意的控制——他们丢掉斥力枪，抽出腰间的棍子，向他们前进道路上的朴陀和黑陀们挥去。

朴陀人手中的微沥也不再起作用，他们哪里是硬质材料制造的笛卫们的对手？他们经不住笛卫们的棍棒，在一片痛苦的哀号之中，他们四散逃去。

笛卫们所向披靡，他们很快来到朴汨所在的统楼处。房间里的朴汨在传回的影像上看到了战场上奇怪的一幕。他问高雅妮：“你让所有的智太都停止了战斗？”

“是的。”高雅妮也注意到了这一点。

“我们只能让笛陀的智太停止战斗！”朴汨着急道。他看到又一个黑陀被笛卫的棍棒打倒。

“但是我没有办法区分那些智太谁是谁。”高雅妮着急起来。

“没有微沥，我们抵挡不住笛陀！”朴汨罕见地喊了起来，他的声音非常尖锐。暗娃赶紧跑到他的身边抓住他的手。

高雅妮不知如何是好，她闭起眼睛重新感受砣意，她突然感觉到了什么，说：“行了。”

朴汨不明白她的意思。他身边的暗娃指着墙上的影像说：“你看！”

笛卫在道路上消失，黑白针丝再次在空中飘起。朴陀人手中的微沥又起作用了。

高雅妮睁开眼睛，看到这一幕后，松了口气的同时，竟激动得有些想哭。

笛陀看到前方笛卫不断消失，知道大事不好，只能抽身逃命，而朴陀人却在后面追了过来。

在微沥之前，笛卫们的棍子失去了作用。他们用身体暂时地阻挡着朴陀人的攻击，而笛陀带着呼瑟和十几个笛卫一路狂奔，逃出了罗亚克。

笛陀快速地移动着自己的脚步，一声不吭。从地球回到朴陀星之后，从罗亚克到罗安克，从罗安克再到罗加克，一番努力，几经坎坷，每一次即将成功的那一刻，总是形势突变，难道这便是地球人类所说的命运？

他满腔的愤怒不知向何处发泄。二十万大军，和朴陀星上过半的已经归附于他的克，一时之间，竟然损失殆尽！

“冲啊，我们一定会胜利！冲啊！”呼瑟还在呼喊着，鼓动着最后剩下的笛卫们的士气。

突然，走在笛陀前面的一个笛卫突然消失，消失之处，又是那一团针丝。

笛陀大骇，急忙躬身躲藏，在一块岩石后面，他听到了李古力那熟悉的声音：“笛陀，你跑不掉了。投降吧！”

李古力、关凯和王贵华三人正向黑威处奔跑，发现了一队运动中的笛卫在他们身后。他们一路上没有看到一个移动的智太，包括战场上的笛卫。在这里，他们看到笛卫还在奔跑，他们一时间不知道是怎么回事。

他们决定停下观察。他们感受到了呼瑟的意识。

“肯定是砣意起了作用，他们输了。”王贵华兴奋地低声告诉李古力。

李古力掏出华觅，笛陀竟然就在自己面前。他一定藏身在这支笛卫队伍里。可是所有的笛卫都一模一样，里边竟然没有总是穿着长袍的笛陀。

“不管如何，消灭了他们他也逃不了。”关凯想绕到笛卫队伍后面发起攻击，他一按“嗖”就要“嗖”过去。但他的身子没动。他心里一急：“怎么‘嗖’不动？”

听到关凯的话，李古力心里也是一惊。所有智太都停止了活动，一定是“嗖”也不能用了，而且，微沥也不能用了。他下意识地看了一眼手心里的微沥。

不管怎么样，这次一定不能放跑笛陀。李古力思忖着。笛陀如此慌张奔跑，一定是后面还有追兵，我们即使一时拿不下也得把他们拖住。主意已定，他说：“我们拦住他们。”

等笛陀的队伍靠近，李古力又看了一眼手中的微沥，他想不管怎么也要试验一下。他对奔着他们三人的藏身之处迎面而来的笛卫一扫。

他竟然化作一团针丝！

三人看到，都是大喜，而笛卫也四下躲藏了起来。

笛陀没有理睬李古力，他用意识指令让笛卫在原地和李古力僵持，自己却闪身向右侧跑去。李古力看到一个影子闪过，一个激灵，追了过去。他不能确定那是不是笛陀，但他不能放过任何的可能。

追出几百米后，那影子消失了。但这里一片平坦的土地和稍稍凸起的岩石，不能真正藏得住人。

“笛陀，我知道你在这里！出来吧！”李古力大声喊道。

四周依然一片寂静。李古力刚要拿出华觅查看，身后突然传来了脚步声。

李古力旋即转身，一个笛卫站在他的面前。

“李古力，我们又见面了。”笛卫的脸上没有一丝表情。

李古力悄悄提起手掌，随时准备溶化笛陀。

“笛陀，你投降吧。”李古力说。

“李古力，我不明白，在坎布尔寺的时候你就阻止我回朴陀星，然后你又跑到我的世界干扰我的计划，你到底为了什么处处与我为敌？”

“这里不是你的世界。”李古力回答笛陀，“这里是朴陀人的世界。”

“朴陀人的世界？”笛陀的语气中充满鄙夷，“朴陀人想的就是享受，就是繁衍，他们什么都不干，他们彼此冷漠，对智太更是无情，我要改变这个世界！”

“朴陀星有自己的规则，你无权更改。”李古力说。

“你错了，我有！你们地球人无时不刻不在更改规则，你们的声音也无时不刻不在我的意识里回荡。”笛陀似乎开始失控，他扯大了嗓门。

李古力不由自主地往后退了一步。

“凭什么我们智太要任人宰割！我要摧毁这黑暗的朴陀星！我要在这里重建一个平等的智太世界！”笛陀吼着，扑向李古力。

李古力闪过身去，笛陀扑空，但他没有停住身体，而是直接向前方飞奔而去。

李古力希望能活捉笛陀，因而在笛陀扑过来时没有启用微沥。这时看到笛陀没有停住而是飞奔而去，他立刻追了过去：“笛陀，你站住！你再跑必定死路一条。”

笛陀没有缓下他奔跑的速度：“李古力，我们到前面决一死战。我等你！”

李古力没有再犹豫，他把手中的微沥照向笛陀。奔跑中的笛陀被微沥照到，他的身体一下消失，黑白的针丝在他身体消失的地方漂浮着四下散开。

章八十一

战争过后，罗亚克内外满目疮痍，到处是运输舰、刀锋人、飞锐、飞安、类格等各种智太的残损部件，几乎一半的统楼也在战争中成为废墟。一些类格和其他不知名的智太在整理可以再次使用的材料。

一片未被战争波及的空地上，暗娃正领着一群小朴陀在玩耍。

李古力小队也准备回地球。他们正在去和朴汨告别的路上，关凯突然脚下一歪，一阵痛楚传来。其他三人看关凯停住脚步，都停下等他。

“老关，怎么了？”王贵华突然想到他看到关凯被斥力枪子弹打到，他倒抽一口冷气：“老关，你被子弹打着过。”

高雅妮一听，赶忙上去检查。她顺着关凯的目光看到他右大腿的裤子上，有一个明显的凹点。她摸了摸凹点，问：“这儿痛？”

“嗯。没事的。”关凯一咧嘴。

“这是子弹留下的痕迹。看来子弹打到你的腿上，却没有爆开，而是退了出去，留下这个凹点。”

“这怎么可能？他是被笛卫的枪打中的。那东西可是一被打中就玩完的。”王贵华极是诧异。

“这应该是张教授的腕延的作用。没想到这腕延不但帮了队长，还阻挡住了笛卫的子弹。”想到刚到朴陀星时队长没受重伤也是得到腕延的保护，高雅妮不由得感叹道。

“我说没事的。”关凯说着，身子一直，向前跨了一步。

李古力看关凯没事，也没说话。高雅妮发觉李古力有些不对劲，便问：“队长，你怎么了？”

笛陀被微沥化作针丝之后，李古力马上再次用华觅搜寻笛陀的灰点，但这次，笛陀的灰点没有了，连笛陀的那个服务器云心的灰点也没有了。华觅上只剩下自己的位置所在。

但是他心里却一直有着一种莫名的不安。他不想扫大家的兴，说：“我没事。我们去见朴汨吧。”

听李古力等人说要回去，朴汨转向高雅妮：“有件东西希望你能留下。”

“什么东西？”高雅妮疑惑道。

“砣意。”

“哦，当然。”高雅妮说完，转念一想不对，这砣意融合进了自己的身体，怎么取出来？

朴汩似乎看出了高雅妮的担心：“没事。你跟我来。”说着，他带高雅妮去了统楼里一间的屋子。

他们只在里边待了不到三分钟。从高雅妮的神色上可以看出，砣意已经取出了，而且，她似乎还有什么觉得高兴的事。王贵华想问，但朴汩打断了他的话：“砣意已经取出销毁了。谢谢你，高雅妮。也谢谢你们大家。对了，还有朴木也问你们好。他还在嘟咿突戈森林里安排朴陀人的返迁。”

“不客气的，也欢迎你们能访问我们亮星。”高雅妮说。

李古力一直觉得心里有事，眼看自己真的就要离开朴陀星了，他突然想到张大明和黑智所讨论过的光暗宇宙转换的事。笛陀已死，让他放心不下的只能是这件事了。

“朴汩，黑智曾提到过光暗宇宙转换的事，你知道么？”李古力看向朴汩，用意识询问。

“这件事情……”朴汩正要回答，但传递的意识突然中止，像是被什么打断。

半晌，朴汩才恢复传递信息，但他的消息却让李古力如遭五雷击顶：

“李古力，有人报告说，传送中心看守墨架的黑陀被杀……”

奇点三部曲之二《智太危机》完

奇点三部曲之三《侵袭》待续……

词汇注释

（按分类和拼音排序）

人物	
【地球人】	
陈信良	商业人士，慈善家。
大　勇、吴开喜	墨龙七队成员
王　英、钱　文	墨龙七队成员
高雅妮	墨龙三组的成员，生物学和医学博士。
关　凯	墨龙三组的成员
吉　姆	在美国中情局科技部工作《上海：最后时刻》《目的地：青海湖》《隐敌》中和墨龙三组都有合作。
李古力	墨龙三组的队长
王贵华	墨龙三组的成员，精通技术。
西罗沽	南极人的科学家
肖先生	神秘组织墨龙的领导之一。
张大明	南极人的科学家
甄　菲	电视明星
【朴陀人】	
暗　娃	罗亚克的女朴陀人
黑　力	罗安克的黑陀
黑　门	罗加克的黑陀，后为笛陀控制。
黑　陀	死去的朴陀人和智太的合体。
黑　威	罗亚克的黑陀，高1.8米左右，智太部分在身体，孔武有力。
黑　约	罗加克的黑陀
黑　智	罗亚克的黑陀，高1.5米左右，智太部分在大脑，智慧过人。
朴　汨	罗亚克的首领
朴　木	罗安克的首领
朴　斯	罗安克的首领，在笛陀占领制造中心的时候就死亡。
朴陀人	居住在朴陀星上的生物人类。
【智　太】	
笛　陀	被送往地球学习地球人智慧的智太。

笛　卫	笛陀按自己的形状设计的智太。
呼　瑟	喇叭状智太，笛陀的心腹。
类　格	一种智太，负责材料和管理。
【技　术】	
E能200	橙色胶囊，提供人体能量，维持机体活动两百个小时。
X15式手枪	射程远、精度高、后坐力小，但子弹的爆炸力相当于小型榴弹。
巴　哒	检测食物能不能吃。用巴哒对食物扫描，可以吃的东西，它会亮，不可以吃的则不亮。
被动型思维模式	智太的思维模式，反之，人的思维模式通常是主动型的。
布谷苏	一种眼镜模样的让地球人适应朴陀星环境的工具。
斥力枪	笛陀的武器，它的子弹能腐蚀击中的目标。
大甲脚	护卫型智太，没有身体，只有一双粗壮而流畅的机械腿。
刀锋人	银灰色外壳，朴陀人形状的智太，头上倒扣着一个圆盘，圆盘之上是带有九个叶片的螺旋桨，那九个叶片如九把长柄利刃，发着寒光。
飞　安	扁平飞行器
飞　锐	和飞安形状相同，但比飞安要大很多。
华　觅	笛陀定位器
克际信息传导系统	朴陀星克与克之间唯一的通讯工具。
恐惧炸弹	让智太产生恐怖意识的武器。
拦丁系统	朴陀人进行远距离物体操作的技术。
类　格	智太的一种，他们的相貌类似朴陀人，只是脸上平滑而没有五官，身高和黑智差不多。
墨　架	朴陀人用于来往朴陀星和地球的装置。
墨　砣	墨架的一部分。接收到传送的感应之后，墨砣将生物体暗物质化或光物质化，并让物体瞬时到达对应终点。
奇　点	普通意义上的机器发展到能独立工作，能用意识和人交流的机器过程中的转折点。过了奇点，普通机器就变成智慧机器。
唰　沥	朴陀人的大规模毁灭性武器。
水　片	蓝色片状的缓释水片，能够提供人体两百小时内所需要的水分。
嗖	朴陀人的一种旅行工具。
同化意识体	朴陀星的一种能量。
统　楼	朴陀人居住的圆柱状建筑。
突戈猢	采集食物的智太。
砣　意	朴陀星历史上，朴陀人用于控制人工智慧机器的武器系统。
瓦　酷	地球上的智太，经过笛陀操作因而过了奇点的机器智慧。
腕　延	恶劣环境人体延伸保护系统，戴在手腕上后可以自动生成适宜人类生存环境的一层光波。

微　沥	朴陀人的大规模毁灭性武器。
微沥球	微沥的一种
宇宙能	一种能让人保持精力充沛的健康保健品。
云计算	地球的一种计算机服务系统。
云计算服务器	提供云计算服务的中央电脑系统。
云　贴	云心的接收端，接受云心指令并向云心反馈信息。
云　心	笛陀的控制智太的系统。
知识因子	即知因，朴陀人从先辈自然传承的知识。
智慧因子	朴陀人的智慧传承。
智　太	超过人工智慧临界点的机器，含有人的智慧的机器。
阻　太	朴陀克的自我保护系统。
钻地机	笛陀的一种智太武器。
【地名】	
坎布尔寺	喜马拉雅山脚的一个寺庙。
克	朴陀星的一个城市单位。
罗安克	朴陀星的一个地区，智太仓库所在地。
罗加克	朴陀星的一个地区，智太制造工厂所在地。
罗苏克	离罗亚克很远的一个克。
罗亚克	朴陀星的一个地区，亮星研究中心所在区。
朴陀星	暗物质宇宙中的一颗碟状星。
【其他】	
传送中心	朴陀人放置墨架的地方。
嘟咿突戈森林	蘑菇状的树林
光太中心	朴陀人研究光太宇宙的研究中心。
南极人	居住在南极冰盖3000米以下的来自天缘星的外星人。他们和人类和平相处，生活的空间在地下和海洋。张大明是他们用他们的基因和地球人的基因合成的类人类。
生　能	暗物质，生命的能量，能帮助修复心脏的功能。在朴陀人的力量下，在地球的显状为“一团纯黑的光球”。
智觉佛	坎布尔寺所供的一种佛，相貌为朴陀星的黑陀。
光太世界	朴陀人称地球所在的世界。
光太宇宙	地球人所处、所感知的宇宙空间。
暗太宇宙	暗太宇宙是相对于光太宇宙的另外一个暗物质暗能量的宇宙空间。